Jette !
Balance ton PN

Lincey K. Paule

Jette !
Balance ton PN
Roman

LE LYS BLEU
ÉDITIONS

© Lys Bleu Éditions – Lincey K. Paule

ISBN : 979-10-377-1590-6

À mon oncle Sarkis et ma famille,
Pour son optimisme enivrant et solaire.
À mes arrières-grands-mères, à mes grands-mères, à ma sœur,
à ma tante, à mes tendres amies,
Les femmes piliers de mon temple en ce monde.
À Cécile Raynaud et Marie-Pierre Aubert,
Mes maîtresses spirituelles.
À mes cousins Mohamed et Sacha,
Gardiens protecteurs et bouclier de mon existence.
A mon soleil, mon or, mon tendre amour, Cédric.

Introduction

Je ne pensais pas que cela puisse m'arriver. À aucun moment de ma vie. C'est sans doute ce qui fait de nous les proies les plus faciles. Généreuses, empathiques, sympathiques, douces ou altruistes, tant de traits de personnalité qui font de nous de belles personnes, des cibles parfaites. Nous donnons tout, le meilleur de nous-même et pourtant. On se lève certains matins avec une peur au ventre, celle de l'insécurité, d'un manque de discernement soudain, d'une folie qu'on ne connaît pas, dont on se persuade qu'elle vienne de nous, de notre esprit. Nous ne savons plus qui nous sommes, comment on en est arrivé là ni pourquoi. C'est la confusion la plus totale, celle dont on essaye de se convaincre que ce qui cloche au fond ça doit être nous, pas l'autre.

Après le choc de la découverte vient l'acceptation, la libération et enfin la mémoire de cette emprise subie.

Si la perversion narcissique aborde un modèle et un processus précis, le rôle de victime d'emprise aussi. Cela peut prendre quelques mois, pour d'autres, des années, avant de le saisir pour avoir le courage de fuir.

Lorsque j'ai réussi à me libérer de cette emprise, je me suis fait une promesse. De ne jamais cesser de croire en l'amour et en la bonté de chacun – bien que cet homme m'ait abîmée ou raturée – et de saisir l'opportunité de pouvoir aider celles et ceux traversant cette épreuve de vie, peut-être en ce moment même.

Pouvoir prendre conscience de cette approche, dans le couple, parfois au travail ou en famille, relève d'un procédé douloureux mais salutaire. Accepter de lâcher prise, de s'être fait avoir, de n'avoir rien vu venir. Se pardonner aussi. Pouvoir tomber pour mieux se relever et s'élever. Mettre de côté la honte qui nous accapare pour pouvoir faire face et assumer ce que l'on vit et s'apprêter à traverser, quitte à y laisser ses plumes ou quelques meubles.

Dans cet ouvrage, j'aborderai la perversion narcissique au masculin pour faire transparaître au mieux un vécu douloureux mais salutaire. Cette pathologie est recensée autant chez les hommes que chez les femmes, ainsi les comportements et mécanismes associés sont, en règle générale, les mêmes.

Affronter la perversion narcissique c'est se retrouver nez à nez avec son instinct de survie. C'est fuir ou mourir. Soit à petit feu, lentement, psychologiquement, physiquement, soit au sens littéral.

Finalement, qu'est-ce qui nous pousse, à ne serait-ce qu'un instant, penser que l'on soit indigne d'être aimé au point de se laisser subir ça, en fermant les yeux, en laissant passer, encore et encore, jusqu'à un point de non-retour, jusqu'à la mort de l'âme, jusqu'à la destruction.

Je pense que c'est l'essence même de ce vécu commun à toutes et à tous. Nous sommes tous uniques et différents. Grâce à mon parcours et les partages de femmes et d'hommes ayant subi une relation avec un ou une perverse narcissique, j'ai appris que l'on pouvait être une proie idéale dans tous les milieux sociaux, que l'on soit diplômés ou non, que l'on soit entourés par des amis ou de la famille ou non, d'une confession ou spiritualité quelconque, pour la simple et bonne raison que la perversion narcissique répond avec précision et engouement à toutes ces différences. C'est là que réside son point fort, ce pouvoir d'adaptabilité en toutes circonstances et tout milieu, son but précis étant de trouver une faille dans laquelle s'engouffrer et comme chacun de nous ici-bas est empli de belles blessures de l'âme lors de son chemin de vie, les combinaisons et probabilités demeurent infinies.

Lorsque j'ai senti cette peur au ventre, cette volonté de fuir au point d'avoir peur d'en mourir, ce fut une révélation prometteuse de l'ordre de l'illumination. Un éveil. Un réveil. Et quitte à avoir peur, n'ayant plus rien à perdre, j'étais arrivée au bout d'un tunnel sombre et tourmenté au sein duquel j'apercevais une lueur. Cette lueur m'a permis de me sauver moi-même et de comprendre que nous n'aurions jamais pu sauver cet autre.

Je souhaite partager cette expérience aujourd'hui pour dénoncer une perversion qui s'immisce absolument partout et qui a tenté de voler ma vie et toute ma personne à travers cet homme qui prétendait m'aimer, me protéger et me choyer. Renforçant mon approche holistique, je me suis appliquée à découvrir et analyser la complexité du fonctionnement psychique de cette pathologie, et j'ai à présent dans le cadre de ma profession, en consultation et en soin, la chance de pouvoir guider et accompagner des personnes en quête de reconstruction pour atteindre l'harmonie et la paix intérieure.

D'une part, nous aborderons ensemble les multiples facettes et mécanismes d'une personne perverse narcissique, la façon méticuleuse dont elle procède mais aussi et surtout comment s'en libérer.

D'autre part, différents exercices et test vous permettront de faire le point. Sur votre situation, vos conditions afin de prendre conscience et de savoir si oui ou non vous êtes en contact avec ce type de personnalité psychotique.

Et enfin, comment s'apporter gratitude et bienveillance sur la façon de s'aimer soi-même, pour pouvoir se sortir d'une relation toxique en vue d'une reconstruction émotionnelle essentielle et salvatrice.

Vous souhaitant bonne lecture.

Affectueusement,

Balance ton PN

Que vous soyez initiés à ce terme ou en réelle découverte, si en lisant ces lignes mes propos résonnent en vous, provoquent une émotion, qu'elle soit douloureuse ou qu'elle aille de sens, il est important de pouvoir explorer cette sensation afin de répondre à vos questionnements ou tourments intérieurs.

Avant de réaliser pleinement ce dans quoi je m'étais enlisée au bout de presque deux ans de relation, cet homme a réussi à me convaincre de rendre mon appartement au bout de 3 mois de relation, de changer de voiture pour un modèle que je ne pouvais pas me permettre d'acheter, d'abandonner mon chien et un de mes chats, d'avoir honte de mes racines et origines libanaises, qu'il était préférable que je me fasse refaire la poitrine et renonce à ma spiritualité, que mon passé avec les hommes ayant partagé ma vie ou mon lit était sulfureux et sale, que ma féminité sacrée ne valait rien, que mes blessures comptaient moins que les siennes, que mon chat méritait d'être poursuivi avec une tong menaçante à la main, que je prenais des douches trop chaudes ou trop longues, que me présenter une amie d'enfance qu'il a tenté de séduire par le passé et sous mes yeux était normal, tout autant qu'une vieille conversation pas supprimée entre son ex-copine et lui échangeant des photos obscènes sur son téléphone, que de mettre en scène nos ébats à travers des photos et vidéos étaient excitant et nécessaire, que d'avoir succombé une nuit de plus avec son ancienne compagne alors qu'il m'avait fait l'amour la veille n'était pas grave, que l'infertilité était une affaire de femme, que noyer mes tourments dans la caféine, mes larmes et la nicotine pendant des nuits entières, faisait de moi une femme pathétique, une femme qui ne méritait pas d'être aimée autrement que de la façon dont lui m'aimait.

Cette sensation si particulière de vouloir tout abandonner, baisser les bras, partir à l'autre bout du monde, se réfugier au coin de la rue chez un ami ou notre famille, disparaître pour mieux renaître. Je crois que c'est finalement ce qui définit le fil conducteur d'une vie sous emprise.

Tomber, se relever, panser les plaies jusqu'à la prochaine épreuve à subir.

À 20 ans, j'en voulais à la terre entière.

À 30 ans, j'ai compris que l'on provoque chaque situation qui se présente à nous pour ardemment affronter nos aspirations et nos réponses profondes à cette quête de l'existence qui est la nôtre.

J'ai appris que l'on avait le droit à l'erreur, que tout contrôler en quête de perfection nous expose à la folie.

J'ai appris que l'on avait le droit d'avoir mal et de crier sa douleur mais aussi son plaisir et sa joie.

J'ai appris que les secrets et nos faces cachées pouvaient nous rendre malades.

J'ai appris à être une voix et non une victime.

J'ai appris à être une femme qui me ressemble, libre et sauvage.

J'ai appris que l'amour était vital et nécessaire.

J'ai appris que le sexe était naturel et bon.

J'ai appris que la clé du bonheur est de dire et vivre sa propre vérité, pas celle que l'on nous impose ou inflige.

J'ai appris que les peines de cœur sont inévitables, et que la solitude est brutale.

J'ai appris qu'après chaque douleur, chaque tempête, survient l'éclat d'un soleil.

J'ai appris que nous n'étions jamais seuls.

J'ai appris que chaque blessure qui me donnait la sensation de mourir me maintenait en vie.

J'ai appris que chacun de nous est salvateur de soi-même.

J'ai appris que certaines rencontres absurdes vous réconfortent dans votre réalité tant elles tentent de vous éloigner d'elle.

J'ai appris qu'il faut accepter de ne pas avoir toutes les réponses.

Et devinez quoi ? Avec celles dont vous revenez, ce n'est qu'une vie, parmi tant d'autres qui vous attendent. Alors, pourquoi gâcher celle-ci ?

En ce jour, je suis capable de dire que je ne regrette absolument rien dans ma vie, aussi difficile soit-elle à vivre par moment. Chaque rencontre, chaque épreuve, chaque bonheur et chaque entrave. Co-créateur de soi-même, par conséquent, chaque situation est provoquée pour que l'on puisse apprendre, comprendre et s'élever. Quand ce n'est pas le cas, ça recommence, encore et encore.

Je sais bien ce que vous vous dites. Pourquoi moi ? Pourquoi maintenant ? Cette sensation bien connue que le ciel s'effondre sur notre tête.

Et pourquoi pas ?

Comprenez que le but premier de nos incarnations est bien celui de devoir s'éveiller. Donner un sens, une quête à notre existence afin que l'âme, fondement de notre essence profonde et ce peu importe les religions, croyances ou spiritualité associée à elle, tente d'accéder à son niveau de conscience le plus élevée.

Pourquoi ? je vous répondrai en citant Omraam Mikhaël Aïvanhov :

« Pour comprendre comment les énergies psychiques circulent et travaillent dans l'homme, il faut observer comment elles circulent et travaillent dans la nature.

Regardez un arbre. Plus son tronc et ses branches s'élèvent, plus ses racines s'enfoncent profondément dans le sol. C'est un système de compensation que l'on retrouve sur tous les plans, qu'ils soient physiques, psychiques ou spirituels.

Donc, plus l'homme tend à s'élever dans sa conscience, plus il descend dans son subconscient. Chaque niveau de conscience représente des courants, des forces, des entités, il doit veiller à tenir ces deux mondes en équilibre.

La grande erreur de ceux qui décident d'embrasser la vie spirituelle, c'est de négliger la réalité du monde obscur qu'ils portent en eux. Ils s'imaginent qu'il suffit de vouloir travailler pour la lumière, de vouloir être sages, justes et désintéressés pour y parvenir.

Eh bien malheureusement non.

C'est ainsi que l'on voit des personnes parler d'amour spirituel et de sentiments nobles alors qu'elles vivent dans le désordre des passions.

Et d'autres s'imaginent qu'elles sont consacrées à un idéal, alors qu'en réalité, elles sont en train de donner libre cours à leur vanité, à leur besoin de dominer les autres.

Vous direz alors : « Mais pourquoi ? Elles sont hypocrites, elles manquent de sincérité ? »

Non. Il peut y avoir chez elles de réelles aspirations spirituelles, seulement il ne suffit pas d'aspirer pour réaliser.

Et si on ne fait pas l'effort d'entrer en soi-même pour comprendre les structures et les mécanismes du psychisme humain, on va au-devant des pires contradictions. »

Un jour, mon prince viendra...

Octobre 2014

« C'est qui celui-là ? D'où il sort ? »

Je suis scotchée derrière mon écran découvrant un nouveau visage, accompagné d'une brune camouflée derrière une peau fardée et poudrée d'un maquillage superficiel et ostentatoire, limite vulgaire mais je ne m'attarde pas sur elle. Lui. Je le connais. Le reconnais. Comme on tombe sur une vieille photo nous rappelant une sensation de déjà-vu. Comme un proche disparu. Je n'oublierais jamais cette impression et ma voix intérieure qui s'interrogea avec un « Qu'est-ce qu'il fait là ? » alors que c'est la toute première fois qu'il m'apparaissait. Photo de soirée, entouré de ces vieux amis que j'ai si bien connus, un verre à la main sur la terrasse d'une jolie villa avec une piscine en arrière-plan. Les mêmes qui m'entouraient il y a encore peu de temps. Les mêmes ayant profité de mon hospitalité, de ma gentillesse, de ma naïveté. Sur l'instant T, je suis jalouse, envieuse de ne pas être sur cette photo. Pourquoi n'y suis-je pas ? Un nouveau couple, arrivé dans le village ? Ils ne sont certainement pas d'ici... pourquoi je ne les ai jamais vus auparavant ? Qu'est-ce qu'il fait avec cette fille-là ? Pourquoi Meryl, avec qui j'étais quelques heures auparavant ne m'a jamais parlée de ces gens-là mais poste cette publication ? Je me sens exclue, seule, prise pour une imbécile.

J'écris à Meryl, une amie de Letty que je fréquente en soirée.

— Salut beauté, qui sont ces gens ? Tu les connais ?

— Ola guapa ! Oui, c'est Jo et Michaela, un couple du Nord de la France, ils se sont installés dans le Sud il y a peu de temps, j'ai rencontré Jo au foot.

— Ah d'accord. Depuis longtemps ?

— Ici ? Depuis un peu plus d'un an. Ils sont cools.

— OK.

Je lui en voulais intérieurement. D'être cette femme libre assumant de « se foutre » n'importe qui – ou qui bon lui semble – et d'être respectée, aimée, par ces mêmes personnes m'ayant mis plus bas que terre. Elle le savait. Elle a fait partie de ces personnes m'acceptant telle que j'étais sans jamais me juger et prenant ma défense quand c'était nécessaire. Par la suite, j'apprenais qu'ils n'en disaient pas moins d'elle, simplement, elle s'en foutait complètement, et ça faisait toute la différence.

Mes relations avec cette clique s'étaient fortement dégradées, ils m'ont dégradée tout court... l'anniversaire de l'un d'entre eux approchait. Je me dois d'y être. D'être invitée c'était montrer que j'étais en place, que rien ne me ferait reculer, que je n'avancerais pas tête baissée. Erreur inutile et humiliante mais je ne le savais pas encore. J'étais convaincue que je pouvais gagner leur reconnaissance ou leur respect, leur sympathie, leur regret, bref, j'étais dans l'illusion la plus totale.

Ce Jo m'intriguait, j'avais l'impression de le connaître, qu'on se retrouvait. Un physique qui m'apparaissait en rêve. Une peau de porcelaine, un regard bleu dans lequel je pourrais m'égarer dans un tourbillon temporel suspendu.

Jour J. Cette soirée d'anniversaire était l'occasion de le revoir. Lui. Même si une autre que moi est à ses côtés. Michaela échangea même quelques mots avec moi. Elle, perchée sur des talons hauts avec une robe moulante très courte. Trop courte. Moi, sexy mais décontractée. Elle est pompette et agite son corps comme une écervelée. Une fille sans défense, crédule et creuse. Une poupée Barbie. Une femme trophée. Je comprends vite qu'un lien fort de dominant-dominé s'exerce entre ces deux-là... il est le père que cette fille n'a sans doute jamais eu. Elle, représente le symbole plastique de la femme moderne qu'un homme peut arborer fièrement à son bras tel une Escort girl sans intérêt. Comme un échange de bon procédé.

Je suis à l'opposé de cette fille. Élevée par une grand-mère indépendante, féministe et aimante, sa volonté à défendre le droit des femmes n'a jamais remis en cause sa cuisine et la tenue d'une maison impeccable qu'elle s'est empressée de me transmettre. Une femme qui lit, instruite, existant avant tout pour elle-même et par elle-même mais dans une dévotion juste d'un amour inconditionnel. J'aspirais à cela depuis toujours. Et cet homme d'ego face à moi aujourd'hui ne saurait tolérer ou entendre qu'une femme comme moi existe à ses côtés. Nous demeurons des femmes libres, indomptables, dangereuses.

Il exerce une emprise sur elle. Mais pas la bonne. Tentant sans aucun doute de se convaincre qu'une femme doit demeurer sous clefs dans une cage dorée. Il se trompe. Lourdement. C'est à ce moment précis que je prends conscience que les ficelles de la vie, qui parfois s'entremêlent, vont tout mettre en œuvre pour nous réunir, comme pour me tendre un piège.

Soirée arrosée. Trop. Comme à chaque fois en ce temps-là.

Après avoir subi quelques moqueries et toujours les mêmes regards accusateurs et dégradants à la suite d'une aventure passagère qui avait fait scandale dans le village dans lequel je vivais, alors que je commençais à m'éprendre de cet ami, d'un amour, pour celui qui fête ses 18 ans, finalement, je décide de rentrer chez moi et raccompagne mon amie Marion qui tient à peine debout.

Le jour est en train de se lever. Je rentre seule. Avec mes tourments et mes espoirs de jours meilleurs.

Juin 2016

Diplôme d'esthétique et soin bien-être en poche. Je sors première de la promo. Belles rencontres de cinglées en tout genre, de filles d'exception. Quent est rentré dans ma vie tel un pansement qui recouvre une blessure de guerre depuis quelques mois maintenant. Je fréquente toujours certaines personnes d'un passé presque en cendre, mais beaucoup moins qu'avant. Quent n'adhère pas mais c'est moi qui mène la danse. Je tente d'exister du mieux que je peux. D'y croire, sans grande conviction, d'entrer dans un moule qui me ressemble de plus en plus mais pas complètement.

L'acteur de cette vieille liaison est là aussi, sans cesse en train de m'apparaître en rêve, on échange encore quelques messages. Celui qui m'avait convié à cette fête aussi. De ce qui vous flatte et vous ravigote. Je me sens juste bien à l'idée que je puisse toujours susciter du désir en lui. Quent est dans ma vie mais ne sait rien non plus ou je tente de lui faire croire que j'ai pris de la distance avec tout ça.

Il a pris les armes pour faire front et je minimisais ce que ces gens m'avaient fait pour garder un lien, toxique et invisible avec eux, avec lui.

Chaque jour, chaque bon ou mauvais moment à prendre était synonyme d'apparat. C'était peut-être simplement cela la vie. Avoir une vie qui rentre dans un cadre tenant à peu près droit sur un mur et avoir son jardin secret, ne pas tout dire, ne pas tout montrer.

Ce n'était pas l'amour dont je rêvais, mais c'était simple, sans complication, complice et sincère. Ennuyant finalement.

Je suis une passionnée. Je le savais. Je l'ai toujours su. Besoin de vibrer, de ressentir, d'explorer.

Quent a mis en sommeil cette partie de moi pour sans doute mieux nourrir et sauver ce qu'il restait de moi. Je ne lui en voudrais jamais et je le remercierais toujours pour cela.

Je n'étais pas heureuse. Pas malheureuse non plus. Et ce n'était pas sa faute.

Installée sur mon ordinateur dans mon petit salon cosy, ma messagerie m'indique un nouveau message.

Jo V.

Mon cœur s'emballe à toute allure.

— Qu'est-ce qu'il me veut celui-là ? Il n'a pas assez à faire avec toute sa bande ? Il vient fouiner. Répondre à leurs suggestions répugnantes de me soudoyer puisque, paraît-il, je n'attends que ça de la vie…

Je savais qui il fréquentait. Je savais pourquoi il venait à moi.

— Salut, je suis Jo ! Je t'écris car cela fait un bout de temps que je souhaitais venir prendre contact sans jamais trop oser alors je me lance. Tu vas bien ?

— Salut. Je suppose que tes amis t'ont largement suggéré cette idée ? Je reste méfiante et distante. Je ne comprends pas pourquoi l'univers m'envoie encore un test bidon sur mon aptitude à acquérir la leçon ! Hey oh là-haut ! J'ai saisi ! Alexandre et sa bande ? Niet ! Kaput ! Nada !

— Pas exactement. Je voulais simplement t'écrire, te parler. Il y a une photo que j'aime beaucoup de toi et je la regarde souvent.

Classique.

— OK. Alors je vais tenter d'être la plus douce possible pour être certaine que tu saisisses pleinement ma pensée et l'information. Tes amis sont des personnes qui m'ont humilié, rabaissé et insulté. Sans vouloir m'attarder sur des détails qui ont dû bercer tendrement tes oreilles lors de vos soirées arrosées, je ne vais pas mettre mon énergie au service de ta curiosité déplacée. C'est clair vampire ?

Je ne peux m'empêcher de constater à travers le peu d'informations accessibles sur son profil qu'il est de toute évidence attiré par la littérature vampirique et le mythe du vampire lui-même. Intéressant. Je joue le jeu.

— Vampire ? il ajoute des smileys qui rient. Ridicule. Il m'agace. Et toi ? Tu es quoi ?

Parfait.

— Une sorcière, mordue par un vampire. Je me touche la nuque me rappelant ce tatouage symbolisant une morsure de vampire fait plusieurs années auparavant.

— Mais c'était il y a plusieurs siècles maintenant, je ne sens donc pratiquement plus rien dans mon cou. Je m'attarde à le taquiner.

— Je vois. Très bien sorcière. J'ai bien pris note de votre avis réfractaire au sujet de mes sujets. Il prend un air grave et salutaire.

— Cela dit, ces personnes sont ma famille ici.

Je crie à une démangeaison urticaire.

— Et bien tant qu'ils seront ta famille, je serais dans l'obligation de n'être personne pour toi ; Et inversement.

— Est-ce que tu m'accepterais en tant qu'ami sur le réseau ?

— Chasser pour se nourrir ou me traquer il faut choisir vampire. Tu as jusqu'à minuit ce soir. Je te supprimerais ensuite. Et je suis en couple. Donc ne vas t'imaginer quoique ce soit.

— D'accord, ajoute-t-il sur un air ravi que je me sois laissée prendre à son filet.

— Bonne chasse.

— Belle soirée, sorcière.

Je ne pouvais m'empêcher de sourire. De rire. J'étais agacée et intriguée. Depuis tout ce temps, pourquoi viendrait-il me parler maintenant ? Quand je commence tout juste à rompre les chaînes d'un passé que je préfèrerais oublier.

Avant de fermer la conversation, j'ajoute une mise en garde.

— Dernière chose, ces personnes ne sont pas ta famille, ils te feront la même chose qu'ils m'ont faite. Profiterons de ton hospitalité, de ta maison, de ton argent, de ta crédulité. Je te mets en garde. Et je te souhaite bonne chance. Quand tu te seras rendu compte de cela, peut-être que l'on pourra en rediscuter.

— Je ne peux pas croire un mot de ce que tu me dis. Michaela est partie. Et ils ont tous été présents pour moi. Ils sont un peu déjantés mais une vie sans eux ici ne serait pas la même.

Il était encore dans cette dévotion pour eux que j'ai trop bien connu.

— OK. N'oublie pas. Minuit pile. Bonne soirée.

Il pensait qu'il ne fallait pas me prendre au sérieux. Il aurait dû.

Je m'empresse de supprimer cette conversation avec Quent dans les parages pour qu'il ne se méprenne pas. Je me sens confiante et déterminée à prouver que je suis, aussi, une bonne personne. Quent rentre du travail.

— Bonjour ma chérie, ça a été ta journée ?

— Hum. Tu sais qui m'a écrit aujourd'hui ?

— Non, dis-moi ?

— Jo.

— Jo ?

— Oui, tu sais bien, celui qui est arrivé il y a peu de temps et qui traîne avec... J'observe son visage se décomposer pour laisser place à un regard de fureur.

— Laisse tomber. Ce n'est personne. Je l'ai juste mis en garde face à tous ces gens. J'aurais souhaité qu'on me prévienne alors j'entretiens mon karma comme je peux.

— Il te trouve belle et souhaite t'arracher à moi c'est certain.

Je soupire.

— Ne dis pas ça. Il faut que tu arrêtes de faire une obsession là-dessus.

En réalité, j'avais saisi qu'une part de moi l'attendait, un fil conducteur avec ces personnes que j'avais finalement aimé. Pouvoir parler librement de magie et de vampire, de spiritualité et de psychologie, c'était comme dans un rêve lointain que j'avais fait. Et il est venu à moi. Pour se calquer à la perfection aux moindres de mes envies, désirs et valeurs de vie.

Jo n'a peut-être pas les meilleures intentions du monde, ou des plus catholiques dirons-nous mais je ne suis pas celle qu'on a voulu lui faire croire et je vais m'appliquer à lui prouver.

Minuit. Facebook. Jo V.

Retirer de la liste d'amis.

Valider.

Vertige

Janvier 2018

Lorsqu'on bâtit un pilier, un autre s'effondre. C'est une sensation qui accapare ma vie la plupart du temps. Jusqu'à Jo.

Notre lien m'apparaît alors comme un délice sacré, un cadeau divin, unique et éternel. C'est certain. Un partage perpétuel de valeur de vie commune, de discussions sans fins.

Une autre femme que moi partage sa vie aujourd'hui, pendant que celui qui partageait la mienne a pris la fuite avec une valise, six sacs poubelles débordants de vestige d'un lien rompu laissant derrière lui ce lien naissant entre Jo et moi, visiblement impuissant face à cette menace. Peut-être qu'avec le temps j'arriverais à oublier le prénom de cette fille. L'ombre de quelques autres flottes au-dessus de lui. Celui de Michaela, qui a quitté sa vie. Ce qui m'échappe c'est cette capacité à se complaire dans sa passivité, à me faire sentir unique mais pas au point de ne plus me partager. Lui, me partagerait-il ?

À ce moment de ma vie, il me donne la sensation de m'avoir éveillé, réveillée. D'une existence en sommeil dans laquelle je faisais semblant. C'était souvent ennuyeux mais si simple.

Depuis jeune fille, je me sens poussée par l'idée qu'un autre m'attendait quelque part, une intuition forte, comme si une mission était invoquée pour pouvoir retrouver cette personne, l'autre moitié, la mienne. Au fil des années et des expériences, je me suis peu à peu éloignée de ce ressenti, de cette quête, pensant que c'était de l'ordre du fantasme absolu bâti sur l'illusion de l'amour.

Des films m'ont inspiré, des livres m'ont bercé, convaincue au fond de moi que cette rencontre serait évidente mais patiente, comme protégée par le destin.

Une partie de moi résonne, ne pensant pas pouvoir aimer comme cela, c'est encore plus beau et meilleur que je ne pouvais le rêver. L'autre me mettant en garde que ce cadeau demeure une malédiction, que ce n'est que le début, un recommencement, un cheminement initiatique intense dans lequel peut être seul l'un de nous deux sortira vainqueur ou vivant. Une guerre d'ego laissant derrière elle un massacre émotionnel.

La sensation que quelque chose de terrible peut se produire, en restant à ses côtés ou en le fuyant pour disparaître dans la nuit.

Fuir le bonheur avant qu'il ne se sauve.

Peut-être ne serais-je que la sulfureuse tentatrice ? Peut-être ne suis-je que cela aux yeux de tous, même des siens. Avec la conviction profonde que cette option n'est pas la bonne, pas la seule. Seuls ses actes pourront faire preuve de bonne foi. Ce que je redoute le plus se produira-t-il ? Que l'on s'enferme chacun dans nos vieilles blessures, que l'on s'engouffre dans nos plaies béantes pansées par le temps, que l'on disparaisse derrière elles, pour ne plus rien ressentir donc ne plus souffrir.

Comme si nous étions deux grenades. L'une en face de l'autre. L'une dans l'autre.

13 février 2018

19 h

Veille de Saint-Valentin. On doit se retrouver. Un élan d'excitation et d'angoisse me saisit.

Il revient de son séjour avec elle. Il doit d'abord la raccompagner et je dois le rejoindre chez lui. Je ne suis pas du tout à l'aise avec cette idée-là. Pour autant, à elle, je ne lui dois rien.

19 h 30

Je reçois un message.

— Je vais avoir du retard. Marine fait traîner notre départ pour chez elle. Je fais au plus vite.

Je me décompose. Des images me viennent en tête. Un baiser d'au revoir auquel il n'échappera pas. Ses dernières nuits partagées auprès d'elle tandis que je me délassais dans sa baignoire quelques soirs auparavant ayant pour mission de m'occuper de son chat en son absence durant son séjour dans le nord de la France avec elle.

20 h

Toujours rien. Je panique. Je veux renoncer. Tout cela n'est qu'une erreur, une mascarade. Je ne veux pas être cette femme-là. Je ne veux pas être la maîtresse.

Si je m'offre à lui ce soir, je peux tout perdre, nous perdre.

20 h 30

Mon impatience s'accélère autant que mes battements cardiaques. Je lui écris.

— Je suis désolé mais je pense que c'est une mauvaise idée. Oublie tout. Je ne veux pas me lancer là-dedans. On se voit plus tard. Bonne soirée.

Secrètement, je n'espère qu'une seule chose. Qu'il panique à son tour et envoie tout valser pour ma sinistre personne.

Il répond.

— Quoi ?! Je viens juste de déposer Marine, je ne suis pas allé à mon entraînement ce soir et renoncer à rester dîner avec ses parents pour toi et tu ne viens pas ?!

Je me liquéfie. Je me sens poignardée en plein milieu de ma poitrine. Mais pour qui il se prend ?

— Pardon ? Il ne fallait pas te donner autant de peine !

Désolée de chambouler tes petits projets, vraiment, toutes mes excuses ! Salut !

Je bouillonne de rage. Je me sens conne et prévisible. Mais qu'est-ce que tu imaginais ? Franchement ? Pauvre imbécile, tu es pathétique, tu n'es qu'une tentatrice, tu ne vois pas que tu ne vaux rien à ses yeux ?! Comment tu peux être aussi naïve ? Comment tu pouvais croire que...

La sonnerie de mon téléphone retentit et m'annonce un nouveau message :

— C'est bien simple. Si tu ne viens pas, je débarque à ta porte. À tout de suite.

Je ne peux pas m'empêcher de ressentir un soulagement immédiat gorgé d'une profonde détresse. Mes palpitations ne démordent pas. Je me sens éprise dans un étau qui se resserre sur lui-même.

Super. Notre première confrontation qu'il va maintenant falloir affronter de plein fouet.

Ingrédients principaux :

— 500 gr d'ego
— 150 gr de colère
— une pincée d'aridité
— 3 messages qui te réduisent émotionnellement à néant
— un zeste de sang-froid

Je peux le faire.

Ouvrir la porte.

Dégainer mon regard et mon sourire avec un genre boudeur taquin que je maîtrise à la perfection.

Me sentir forte et désirable.

Il vient pour toi. Peu importe ce qu'il advient de cette soirée-là.

Tu te blindes.

Tu n'as pas peur.

Tu n'as pas mal.

Tu es belle.

Tu peux lui échapper à tout instant.

Lui sans toi, il pourrait ne jamais se remettre de toi.

Tu l'as attendu toute cette vie jusqu'à aujourd'hui.

Tu es une femme d'exception.

Rends-le fou de désir et d'amour.

Respire à fond.

Tout ira bien.

On frappe à la porte.

Mon souffle se coupe. L'espace d'un instant, je n'arrive plus à respirer.

J'ouvre lentement la porte. Je ne sais pas à quoi m'attendre. Est-il en colère et dépité par mon attitude capricieuse ? Est-ce qu'il va m'attraper et m'embrasser tel un fauve resté en cage trop longtemps ?

Il me regarde droit dans les yeux et toute ma frénésie s'amenuise jusqu'à s'éclipser totalement. Je ne peux m'empêcher de sourire en coin. Il est comme… envoûtant.

La première phrase qui me vient en tête ne se fait plus attendre.

— Notre première dispute. Je lève le pouce en guise d'humour.

— Tu pensais vraiment que je serais resté sans rien faire si je ne te voyais pas ce soir ? Impossible.

Je l'invite à entrer.

Il s'installe sur le canapé. Je n'ai rien préparé étant donné que j'étais censée le retrouver chez lui. Je lui propose de boire un verre. Bière pour lui. Vin pour moi.

L'envie de me rapprocher de lui me démange mais je me sens intimidée et minuscule. Je ne peux plus me cacher. Ce qu'on a partagé ces jours-ci, se dévoilant à travers nos écrans, fait tomber les masques. Je lui demande s'il a passé un bon séjour sans m'attarder sur la présence de mademoiselle à ses côtés. Il me demande si je vais bien prenant un air ravi et contenté que Quent, lui, ne soit plus dans les parages.

Le temps est comme suspendu. On discute sans fin, sans fard. On rit aussi. Je me sens irrésistible. Un geste, un regard peut tout faire basculer à ce moment précis. Moi je suis libre. Lui non.

Il redresse son visage… Il s'approche en attrapant délicatement ma joue. Il veut m'embrasser. Je suis tétanisée et survoltée d'un désir brûlant. Nos lèvres s'effleurent. Je marque un temps d'arrêt.

— Es-tu bien sûr de ce que tu fais ? Nos cœurs, l'un contre l'autre au bord de l'implosion.

— Oui, me dit-il en chuchotant contre ma bouche.

Je ne l'ai jamais vu d'aussi prêt. Je me suis appliquée à penser que je n'ai jamais ressenti ça de toute mon existence.

À cet instant précis, j'ai cru que j'aimerai cet homme jusqu'à mon dernier souffle, avec l'intuition menaçante que mon être y laissera son âme.

Notre inhibition nous fait sourire, puis rire. Je me sens timide. Il a la sensation d'avoir 17 ans. On se regarde, s'admire, s'embrasse à nouveau et son regard sur moi me paraît aujourd'hui dominant et puissant sans l'once d'une bienveillance à mon égard.

Il m'embrasse partout dans mon cou et me dévore du regard. Je prends les devants. Mon regard se fixe dans ses yeux bleus perçants et je laisse parcourir ma bouche le long de son torse, de son aine.

Pour autant, l'intimité étant un sujet parfois sensible et troublé par un manque de lâcher prise, en m'abandonnant à lui, j'observe son regard avec la sensation dérangeante d'être objet, me persuadant que le désir peut provoquer cette sensation. Son regard sur moi change et il a visiblement ce besoin oppressant d'observer ce qu'il fait, ce qu'il me fait.

Il est surpris mais comblé par l'idée de m'avoir donné du plaisir, comme si ça ne lui était jamais arrivé avant moi ou telle une mission accomplie. Lorsque nos corps épuisés et transis cessèrent enfin leurs caresses, avant de succomber dans le sommeil, je pensais à voix haute au risque de craindre de le faire fuir.

— Je pense que l'on va avoir un problème.

— Lequel ?

— Je crois que je suis dingue de toi.

Dans le silence de la nuit, je le sentis sourire en coin en lâchant un soupir, étonné mais satisfait. Nous nous endormons l'un à côté de l'autre, nos doigts entrelacés, comme nos âmes, pensant demeurer inséparables tandis que cette autre femme s'endort seule sans s'imaginer une seule seconde qu'elle vient d'être trompée et que je participe à la douleur que sera la sienne par la suite.

L'amoureux

« Le choix, l'hésitation face à une alternative devient, l'emblème d'une situation instable, encore à déterminer. Se trouver face à une décision importante, dont l'issue peut déterminer tout son avenir ou, au moins, une partie significative de sa vie. Un libre choix à faire dans le calme et sans pressions extérieures. Il faudra se munir d'une certaine prudence, à moins de se fier à son sixième sens, aux qualités intuitives auxquelles cet arcane fait toujours référence. Dans son aspect de beauté, d'harmonie et d'affinité, associé à Vénus, déesse du plaisir et de la séduction, peut signaler la tension créative qui précède toute œuvre d'art ou un état de fécondité physique et spirituelle particulière. Toutefois, un conflit peut survenir, lié à la nécessité réelle de se soumettre à une épreuve, vécu avec sérieux et un grand sens des responsabilités. Aspirations, désirs exaucés, jeunesse éternelle, bonheur assuré. »
Lame VI. Laura Tuan.

À l'aube d'une nouvelle journée, mes yeux s'écarquillent pour laisser place à l'ébauche de son corps nu encore endormi. Le choix qui lui appartient de disparaître, de la choisir elle, plane au-dessus de moi comme une épée tranchante prête à me saigner.

Je cesse d'y penser. Je suis une sorcière. Une femme Alpha. Influente et dotée d'une dualité si forte qu'il ne vaut mieux ne pas me provoquer. Elle ne fera pas le poids. Elle ne m'arrive pas à la cheville. Loin de moi l'envie de dénigrer sa triste petite personne. Bien que je mette le plus d'empathie possible dans ce que je vis, une fille si banale, colérique, jalouse et possessive ? Finalement, si crédible qu'elle ne peut se mesurer à un homme indomptable tel que Jo.

Son choix se tournera vers moi. Je le sais. À quel prix ? Je ne le savais pas encore.

Jour de la Saint-Valentin

Je ne crois même jamais avoir vu cela dans un film américain, dans lequel l'amoureux galant plaque une pauvre fille sans défense ce jour-là pour conquérir le véritable amour de sa vie.

Je préfère donc me faire à l'idée. Ce soir, il sera avec elle. L'idée qu'il puisse poser ses mains sur elle après cette nuit à mes côtés m'écorche le cœur. Mais comment se libérer de cette soirée supposée des amoureux ? En même temps, il n'est pas marié à cette fille ! Cet ego aura ma peau. Parfait. Je me conditionne.

— Tu n'es pas à sa disposition. Ce soir, tu passes la soirée entre filles, avec ton amie Aude, à boire du vin et regarder Valentine's Day comme chaque année, pour rire et te morfondre un bon coup sur ta propre existence.

Dans la journée, je tente de me sentir invincible en mettant un point d'honneur à respecter le rythme de Jo même si je me convaincs de flotter sur un nuage rose poudrée à ressentir en boucle chacune des sensations de la veille.

Mon téléphone retentit. C'est lui.

— Est-ce que tu veux être ma valentine ?

Croyez-moi. À cet instant précis, agir par ego laissera l'une des plus grandes blessures des premiers instants de notre histoire mais je ne le savais pas encore.

Que va-t-il faire si je lui dis oui ? Renoncer à elle ? Un soir de Saint-Valentin ? Je préfère ne pas y croire, et pourtant, j'aurais peut-être dû.

En prenant un air fier et désinvolte, je lui réponds.

— Non, pas ce soir, j'ai prévu une soirée fille.

Dans laquelle je serai accessoirement pathétique et lamentable affalée dans un canapé avec ma tendre amie Aude à tenter de ne pas se sentir trop minable face à cette fête ridicule.

En revanche, je souhaite intérieurement que Jo ait la révélation de sa vie en passant cette soirée avec elle. Créer le manque pour susciter l'envie. Stratégie parfaite. Au risque de m'en mordre les doigts et d'inscrire un acte irréversible dans l'écriture de notre histoire.

On souhaite vivre l'instant présent. On pense faire au mieux. On ne pense pas aux conséquences. Et pourtant.

Durant toute cette journée, Aude et moi prenons en dérision notre sort. Que je demeure celle qui choisira. Je n'ai plus de nouvelle de lui. Je ne lui en donne aucune.

Elle me connaît bien, me rassure et me convainc que cette soirée n'aura pas d'incident. Son don particulier : le magnétisme, qu'elle appréhende à tâtons depuis peu, depuis qu'elle s'est sentie révélée. Fin de journée. Il est sûrement auprès d'elle ou en train de programmer leur soirée à deux. Je m'efforce de ne pas y penser en prenant tout cela avec le plus de légèreté possible.

Après un détour par l'épicier, avec du renfort nommé dans la catégorie SOS : vin, biscuits apéritifs, petit four et douceur sucrée, on arrive à mon appartement. Sur un fond de musique girly, on se lance dans le préparatif de NOTRE Saint-Valentin. Elle, écumant habituellement le milieu de la nuit, dans l'attente de nouvelle d'un coup de cœur datant du week-end passé, moi, fermant les yeux sur le fait que l'homme qui vient de faire irruption dans ma vie puisse poser les mains sur une autre que moi, la nuit suivante notre union charnelle.

Aude et moi débutons notre soirée. Toujours aucune nouvelle. De toute évidence, je n'en aurai pas. Je m'emploie à ne pas me laisser envahir par mon ombre mais je ne peux m'empêcher d'envoyer toutes les énergies possibles pour faire capoter leur soirée. Malaise, gêne, dispute, incompatibilité sexuelle, bref, des visualisations relevant des grands moyens.

On reçoit de la visite. Cath, la sœur de Aude veut se joindre à nous, en pleine remise en question conjugale, elle ne pouvait pas tomber mieux.

Au fil de nos discussions et de nos rires, traînassant sur les réseaux sociaux, mon cœur s'est arrêté de battre l'espace d'une seconde et demie.

Snapchat.

Story de Marine.

Photo d'un bouquet de fleurs.

Photo d'une bouteille de vin 666.

Je ne peux m'empêcher de lever les yeux au ciel en présentant toute ma gratitude à ce clin d'œil sarcastique mettant à l'honneur le maître des ténèbres.

La colère m'envahit des orteils au cuir chevelu. Je bouillonne. Je vois rouge.

Les filles sentent mon désarroi et Cath, étant sur le départ, préfère laisser à sa sœur Aude la lourde tâche de me ramasser à la petite cuillère.

Je veux tout arrêter.

— Tu ne devrais pas faire ça, cette fille ne compte pas et au fond de toi tu le sais. S'il se laisse envahir par l'obligation de répondre à ses responsabilités de petit ami c'est son problème pas le tien.

— Aude, ça devient mon problème dans la mesure où hier soir il a passé toute sa nuit dans mes bras.

En projetant mes images sur eux, je me rends compte à quel point mon niveau de vulgarité s'élève dans ces moments-là. Je me sens comme habitée d'une force ancienne, comme si je n'étais pas seule, que je ne l'étais jamais à vrai dire.

La dague est lancée et flottille désormais au-dessus de mon crâne. Le temps se charge du reste et sa sentence à mon égard risque d'être terrible.

Le choix

Je ne saurais jamais réellement comment s'est déroulée cette soirée entre elle et lui. Je préfère fermer les yeux. Que Jo se sente dépité ou obligé de faire face à une fille qu'il n'aime même pas reste un mystère pour moi.

Au-delà du fantasme, de l'âme sœur, de la flamme jumelle qu'il prétendait être, il était redevenu un homme à mes yeux. Dans toute sa complexité et son absence de vibration. Un humain, banal, égoïste, matérialiste, à se satisfaire de pouvoir jongler avec deux paires de seins différentes sans aucun doute. Nous mettre au même niveau pour mieux nous concurrencer pourquoi pas. La bassesse absolue de la masculinité, animale, intuitive, sauvage.

Comment savoir ? Comment peut-on se persuader que nous sommes réellement différents ?

Si l'acte physique réside dans un abandon total à l'autre, il a réitéré cet acte le lendemain même. Une autre femme. Un autre corps. Le sien.

Un tabou est né. Bien qu'il me détonnera en plein visage quelque temps plus tard.

Un survivant ? Le doute. Peut-on créer une véritable histoire d'amour sur cette base-là ? LE grand amour ?

Être dans le pardon face à l'ego. Face au mien. Je ne me pardonne pas d'avoir agi avec le cocktail multivitaminé ego et estime de soi erronée, car sans cela, j'aurais pu éviter, tendre à lui faire éviter, de passer une nuit de plus avec elle, Saint-Valentin ou non. Ou d'assumer le refus catégorique qu'il passe cette soirée avec elle, et non avec moi. Je n'aurais pas dû avoir peur. Peur de lui montrer que j'étais comme malgré moi tombée amoureuse et accepter cette danse obscure et absurde séductrice qui prône le « Fuis-moi je te suis, suis-moi je te fuis ».

Cette fille ne méritait ni le mensonge ni la trahison. Moi non plus. Je ne voudrais pas que l'on s'abîme, que l'on se gâche, que l'on se bâcle. Simplement, agir par amour, pour l'amour, pour le meilleur de soi et de l'autre.

Pourtant, si un point commun se rassemble et se fige pour chacune de nous, c'est bien celui-ci.

À cet instant, je préfère me laisser porter par ce que la vie nous réserve. Si ce lien est protégé par le destin, chaque étape est nécessaire jusqu'à possible destruction.

La rose

15 février 2018

Au sein de ma boutique, après avoir eu la chance d'accueillir des messieurs pleins de bonnes intentions à l'égard des femmes qui partagent leur vie, observer certains d'entre eux arborant fièrement un bouquet à la main, les images de la vieille hantaient mon esprit avec la plus grande tristesse.

Une boule au ventre incessante. Sans nouvelle de lui.

Millie, sa sœur, n'ayant pas pris le temps de chérir Dave, à son grand regret, m'appelle pour débriefer sur son manque d'assurance à vouloir bien faire les choses.

— Coucou toi ! tu vas bien ?

J'ai envie de m'effondrer au téléphone.

— Je vais bien merci et toi ? Tu as passé une bonne Saint-Valentin avec Dave ?

— Pas du tout. Je n'ai pas assuré ! Il faut que tu m'aides car il m'en veut à mort ! Je ne sais pas quoi faire. Je n'aurais même pas le temps de passer par les boutiques après le boulot…

— OK, ne panique pas. Tu peux encore te rattraper. Il me reste un coffret pour homme, je te le mets de côté, tu passes directement après ta journée et en rentrant tu t'excuses en y mettant tout ton charme. Il se sentira rassuré et choyé ! Et tout ira bien.

— Je termine tard ça va être compliqué. Écoute, mon frère vient manger à la maison ce soir, je vois avec lui pour qu'il passe en vitesse récupérer le coffret, puis tu viens aussi ? Comme ça on dîne ensemble ? Sur un ton malicieux que je ne connais que trop bien.

Ma respiration sature et mon cœur va ressortir par ma gorge.
Je mourrais d'envie de lui dire, de tout lui raconter. Impossible. Trop tôt. Pas maintenant.

— Hum, je ne pense pas que ce soit une bonne idée, il doit finir tard aussi de toute façon donc n'insiste pas auprès de lui si…

— Trop tard, je viens de lui envoyer un message ! Comme enchantée par une bonne action du jour.

Je me décompose.
Il ne viendra pas. Je n'ai aucune nouvelle depuis notre première nuit. Pourquoi me laisse-t-il dans le silence ?
Je me suis fait avoir.
Je suis si bête !
Je…

Millie me tire de ma réflexion intérieure assourdissante.

— Il vient de me répondre : « Je termine vers 18 h 30, j'y passerais avec plaisir. À ce soir. »

Merde.

— Allo ? T'es toujours là ?
— Oui, excuse-moi. OK parfait, je lui remets ton coffret sans soucis.
— Et ? tu viens manger à la maison.
— Et je viens manger à la maison…
— Super ! À tout à l'heure ! me dit-elle sur un air de Cupidon.
— À tout à l'heure. Bisous

Je tente de ne pas fondre de malaise.

Je file en furie devant le miroir de la salle de soin. Tout en me rassurant à arranger mon maquillage et ma coiffure, Je prends un air grave devant mon reflet.

Je respire à fond. Ma voix intérieure me malmène à vouloir m'apaiser tandis que mon envie première est de me cacher, de ne surtout pas croiser son regard. Pas comme ça. À vif.

Il ne sait pas que j'ai vu ces images de Marine hier soir.

Ne l'accable pas. Il n'a pas de compte à te rendre. Toi non plus.

Tu ne sais rien.

Tu ne sais pas.

Calme-toi.

Respire.

Respire.

Respire.

Je retourne au niveau de mon comptoir en pierre reconstituée dans un style Rome antique, quand les grelots installés le long de la porte d'entrée de la boutique s'agitent et retentissent pour m'indiquer la présence de quelqu'un.

C'est lui.

Il passe la porte en silence, le regard fixant le mien puis le sol, un sourire se dessine sur son visage et j'entrevois une rose pourpre dans le prolongement de sa main gauche.

Je ne peux m'empêcher de sourire, soulagée. Surprise aussi. Mon ego me remémore le bouquet de la vieille qu'il a offert à Marine, sans une rose, mais des marguerites accompagnées de chrysanthème. Ironique n'est-ce pas ?

Toute colère s'estompe. Le doute disparaît. La lune de miel commence. Il me regarde et s'approche lentement. Sa bouche frôle mes lèvres mais s'attarde sur le coin de ma bouche. Un baiser doux et discret.

— Joyeuse Saint-Valentin. Tu n'as pas pu être ma Valentine hier alors…

Je me sens aux anges alors que mon petit démon intérieur frétille de réjouissance.

Je garde la tête froide et lui lance un regard ravageur et intense.

Je ne veux pas parler de cette soirée. Je l'occulte totalement. Comme si elle s'était engouffrée dans l'espace-temps.

— Merci.

— Je ne tarde pas, je vais manger chez ma sœur ce soir.

— Je vais manger chez ta sœur aussi.

Il ne peut retenir un rire qui conforte Emilie dans son rôle d'entremetteuse.

— Je vois. Je dois encore repasser par la maison faire un peu de bureau et rejoindre Dave pour l'aider à finaliser un de ces chantiers sur place, on se retrouve là-bas ? Je dois aussi lui ramener la voiture car il en besoin pour bosser. On rentrera ensemble ? Si ça te n'ennuie pas bien sûre, me dit-il hésitant et plein d'envie.

Cet aplomb me fait frissonner d'impatience.

— D'accord ! Je ferme le salon et je vous rejoins.

Il recule me dévorant du regard en toute discrétion. Il est tellement ensorcelant. Le seuil de la porte retentit à nouveau et il disparaît dans la nuit déjà tombée.

Une rose. Pour moi.

Oui je sais, on croirait avoir affaire à une meringue rose poudrée saupoudrée de miellerie niaise au possible. Mais tout de même, il l'a fait.

Ce type d'acte se révélera ensuite semblable à une monnaie d'échange entre les instants de lune de miel et de ravage émotionnel basé sur les manœuvres de manipulation, de dévalorisation, l'humiliation et la culpabilisation.

À ce moment-là, je me sens irrésistible. Je vais le mettre à mes pieds. Non pas pour le posséder mais pour qu'il comprenne que je demeure son double, sa moitié.

Cousinade

Mai 2018

Une cousinade est programmée dans sa famille en Normandie. L'épreuve du feu. 45 personnes réunies, oncles, tantes, cousins, cousines et leurs enfants respectifs. Les billets de train sont réservés en son nom et en celui de Marine, sa petite amie.

Un soir, sa sœur lui téléphone pour discuter de l'organisation de ce week-end à venir.

Il ose. Il prononce son prénom devant moi comme si elle était toujours prévue au programme alors que l'on boit un verre ensemble.

Je me décompose et mon ventre tressaille de rage. Il m'observe prenant conscience qu'il n'aurait pas dû parler d'elle en ma présence. Parler d'elle tout court.

Avec le recul sur cette scène absurde, je prends conscience qu'aucune limite ou règle ne s'étaient imposées à moi-même, par moi-même, comment pouvait – » il ne pas les outrepasser ?

Départ prévu.

Je fais partie du voyage.

Je rencontre une large partie de sa famille. Je convaincs tout le monde. Je me sens à ma place. C'est la famille du côté de son père. Vivante et expressive. Comme la mienne. Certains clament ouvertement que je suis beaucoup mieux que la précédente, et qu'ils attendaient une femme comme moi aux côtés de Jo depuis longtemps. D'autres nous demandent à quand le mariage et les enfants. Je suis sur un nuage. Socialement, lorsque vous commencez une relation amoureuse, ce type de remarque vous fait briller dans l'image du couple auquel vous croyez fermement, cela vous console, vous conforte, vous rassure. En réalité, « rien ni personne ne peut juger les gens qui s'aiment ni leur désir ni même la folie qui les traîne », et la famille, les amis, l'entourage ou le cercle auquel l'être aimé est associé ne doivent ni constituer un frein ou un élan dans vos amours. Vous devez être amour. Envers et contre tous.

Je me sens loin de lui. Je joue le jeu de me fondre dans la masse, de discuter avec tout le monde, de sourire et de participer aux festivités.

Une remarque m'interpelle. Son autre sœur me présente une cousine. Véronique, cinquantaine d'année, un visage marqué et triste. Elle a deux filles, d'origine Algérienne.

— Véro ! Je te présente Lincey ! Elle aussi, a des origines ! dit-elle sur un ton annonciateur d'une bonne nouvelle comme si les membres d'une communauté pouvaient se reconnaître entre eux. Je prends un air gêné pour elle, et pour moi. Au bord de l'amalgame ou d'une visite au zoo, cette approche clairement déplacée devient monnaie courante et banalisée.

— Bonsoir Véro !

— Tu as des origines ? Elle semble émerveillée et rassurée.

— Je suis d'origine libanaise, de par mon père.

— Ah ! Mon ex-mari est Algérien.

Je lui souris en lui disant que c'est sans doute une des raisons qui font que ces filles adolescentes sont très belles.

Je discute longuement avec elle, forcée de constater qu'elle a été l'exclue officieuse de la famille sous prétexte d'avoir fait ce choix de vie, ou de compagnon à l'époque de son amour avec cet homme.

J'éprouve un brin de mépris à l'idée que mes origines puissent être cause de discorde dans une famille. Par la suite, je comprendrais rapidement que celui qui causerait ce trouble, c'est lui.

Ce séjour se déroule sans embûches mais avec cette intuition monstre que je mets mon cœur et mes émotions en danger.

Juin 2018

Ma propriétaire m'informe qu'elle met son bien en vente. En tant que locataire, je dois rester disponible pour des visites et quitter les lieux dans les six mois à venir.

Tout va très vite. Je dors très souvent chez lui. Peu chez moi. Laissant de côté mon chien que je confie à la bienveillance de mes voisins le plus souvent, forcée de constater que lui ne dort jamais dans mon appartement, prenant conscience qu'il n'aime pas les animaux et me le fais peu à peu sentir.

Il me sort le coup du joli discours des compromis et qu'il serait prêt à faire le sacrifice d'accepter mes animaux si on devait vivre ensemble, misant sur ma capacité à compatir en permanence et comprendre les craintes et les besoins des autres.

J'y crois. Bêtement. Fermement.

Je me sens ligotée entre la décision de vivre cet amour surréaliste à 100 à l'heure et me résonner à agir avec la voie de la raison. De ne pas rendre cet appartement. De ne pas vivre avec lui, chez lui, la maison qu'il a achetée avec cette Michaella.

Je n'aime pas cette maison. Elle est glaciale. Lisse. Sans vie. Des meubles en verre, et laqués en noir. Un carrelage blanc et une suspension au faisceau lumineux semblable à un spot de bloc opératoire. Si je dois vivre avec lui, je tente de croire qu'il se laissera bercer par mon sens de la décoration et du goût, de l'art et la manière de rendre une maison chaleureuse et conviviale.

Atmosphère dans laquelle j'ai grandi. Un feu de cheminée, de la paperasse et du courrier qui traînent, des bougies et des cendriers, un coin sacralisé et consacré au café sur le plan de travail de la cuisine, des livres disposés sur des étagères et ici et là, la télé allumée, les lumières d'appoint aussi, et des discussions à n'en plus finir, entouré d'un frigo recouvert de magnets et de cadres photos exposant les étapes de vie qui nous rappellent que le temps défile trop vite.

Autour d'un verre, d'un bon repas, d'une pizza partagée, toujours en musique, devant un match de foot avec mon père et ses frères quand j'étais enfant, devant les chaînes d'informations ou les courses de chevaux, devant les reportages de chasse et pêche de mon oncle, ou les clips de rap de mon jeune cousin.

Le mode de vie de Jo, ostentatoire et froid, ne s'accordait aucunement avec l'aspect vivant et rock and roll des personnages qui composent ma famille atypique aux cultures et racines diverses. Liban, Palestine, Arménie, Algérie, Maroc, Antilles, Sénégal, Italie, Portugal. L'arrivée de ma famille en France par la génération de mon père avait laissé place à bien des combinaisons de bonheur possibles quand une fratrie de 7 frères ou leurs enfants à leur tour trouvaient délice à trouver l'amour dans les bras d'une culture différente de la nôtre.

Il rencontre ma famille à son tour et mes amies très vite aussi. Je rencontre la sienne à la même cadence. Je suis dénommée la belle fille idéale, tant attendue depuis toutes ces années.

Je rencontre sa mère de passage dans la région alors que notre relation n'est pas officialisée.

Tandis que sa sœur et son beau-frère se doutent de quelque chose.

Je suis présente. Marine plus du tout. Lorsqu'il prend la décision de la quitter me laissant dans un flou béant pendant plus de deux semaines, m'exposant au post-it d'amour sur son espace bureau ou à une photo d'eux encadrée dans le salon, je me sens conquise mais peu soulagée du manque d'évidence qui l'a empêché d'agir plus vite.

Cette nuit du 14 février reste un mystère jusqu'à la visite d'une certaine amie à lui, Sophie, un soir d'été.

Ce 11 juin 2018, la décision d'emménager chez lui s'impose finalement comme une évidence largement suggérée. Elle n'est pas formulée en une demande concrète, elle va de sens pour moi, elle est rassurante pour lui puisque quoiqu'il arrive, c'est chez lui, il ne risque rien, tandis que je risque le peu que j'ai et qui constitue ma vie.

Dave, son beau-frère, et lui sont chargés d'aller récupérer mes meubles et mes affaires ce jour-là.

Bar de la cuisine.

Téléphone professionnel laissé à ma merci.

Je résiste. Pas longtemps…

Messagerie SMS.

Michaela.

Je n'arrive plus à respirer.

— Je suis dans le métro parisien. Je ne peux pas te répondre maintenant. J'aimerais que l'on se voie pour un café.

— Tu peux tout aussi bien m'envoyer ses papiers par courrier.

— Mais j'aimerais vraiment te voir. Dans un lieu neutre. Pas à la maison. Ce ne sera pas possible.

Je réalise alors que dans ce même métro parisien, j'étais face à lui, l'observant avec toute mon admiration, d'être en sa présence sur la route de cette cousinade en Normandie.

C'est la douche froide.

Pire que l'intuition, le doute, le mensonge.

De celui qui prétend préserver l'autre d'une vérité troublante ou blessante. Il sortira évidemment cette carte-là en restant de marbre face à ma détresse, en omettant de s'excuser du mal infligé. Me remettant en cause. Profitant du fait que j'ai eu la bêtise de fouiller dans téléphone.

J'emménageais chez lui.

Lui souhaitait voir son ex-compagne dans mon dos.

Mais j'étais la fautive.

Mon monde s'effondre. Je me sens prise au piège dès cet instant. Alors que j'aurais dû partir à cet instant précis.

Je tente d'appeler Millie, tremblante et en larmes. Elle ne sait ni que dire ni que faire. Comme à chaque entrave de ma relation avec son frère. Un mur. Froid et inerte. Une imbécile. Une sotte à la tête creuse, aigrie par sa propre vie et relation de couple, incapable de prendre parti ou d'empathie au point de résonner son frère alors qu'elle en avait le pouvoir absolu. Un lien malsain et toxique où les rôles se confondent et s'échangent. Le frère, le mari, le père de son fils, le père qu'elle n'a plus. Il tenait tous ses rôles face à elle et sa propre mère.

Je me diluais complètement en leur présence à chacune. Je n'existais plus. C'était eux 3 avant tout le reste.

Je n'ai jamais trouvé ma place dans cette maison.

Il remettait en cause chacune de mes affaires personnelles, leur emplacement nouveau ou à quel point cela envahissait son espace.

Mon chien ne fera pas long feu. Au bout de deux nuits de compromis à ce qu'il soit uniquement à l'extérieur de la maison alors que ce n'était pas un chien d'extérieur, encore moins durant ses nuits, après l'achat d'une niche de luxe à mes frais à 229 euros et la moitié d'un volet déchiqueté en guise de démonstration de mal-être évident au sein de cette maison, il me conditionne à lui trouver une famille d'accueil au plus vite. Qu'il ne supporte pas sa présence. Son chat non plus d'ailleurs. Je suis désemparée. Je n'aurais renoncé à lui pour rien au monde, et j'étais confrontée à ce choix terrible qui n'aurait jamais dû s'imposer à moi. Un homme ou mon chien. Il l'emporte. Je lui trouve une famille chaleureuse et accueillante, habituée des gros chiens type Saint-Bernard et Bouvier bernois. Une famille recomposée avec des enfants aimants et de l'espace pour qu'il puisse continuer sa vie de chien du mieux possible sans moi à ses côtés. Cet abandon me déchire les tripes. Je ne m'en remets pas. Je me convainc que c'est la meilleure décision à prendre, que nos journées de travail sont longues et fatigantes, que ce chien sera malheureux ici, qu'il ne pourrait pas recevoir tout l'amour ou l'attention dont il mérite. Tout simplement car lui, en était incapable.

Durant cette période, je tombe en panne avec ma voiture. Une petite Polo cosy qui me permettait de me déplacer d'un point A à un point B. Utile, efficace.

L'embrayage me lâche juste avant un feu rouge et les frais de réparations s'élèvent quasiment au prix de la voiture.

Ayant largement critiqué mon mode de vie ou son aspect matériel, de l'odeur de la lessive de mon linge de lit à la façon de m'habiller, vous imaginez bien que de rouler en Polo était l'une des pires disgrâces que l'on puisse faire un à un homme possédant une villa avec piscine, une voiture de fonction, une voiture de sport personnel signé Audi, un jet ski, deux appartements dans le Nord de la France et une TV plasma de deux mètres accrochée au mur, essentielle à son besoin vital.

Là encore, il suggère qu'il serait bon de me débarrasser de cette voiture et qu'à l'aube de mes 30 ans il serait temps que je roule dans une voiture digne de ce nom dans un habitacle sécuritaire et rassurant. Il invoque à ce moment-là que si je suis la mère de ces enfants, il est hors de question que je titube sur les routes avec une voiture indigne de confiance.

J'appelle ma grand-mère qui me fait bénéficier d'une partie de l'héritage de mon arrière-grand-mère pour répondre à son caprice qui n'était pas le mien, bien qu'il ait réussi à me mouler dedans.

Audi A3 automatique.

Je me sens ridicule et non légitime à conduire ce véhicule bien que les sensations associées à sa conduite soient plaisantes.

Il me façonne peu à peu. À son image. A contre sens de mes valeurs profondes. Je le sens. Je le sais. Mais la machine est en marche. Ce tourbillon infernal n'était que le commencement d'une tornade plus grande, les braises avant le feu ardent, un volcan au bord de l'explosion.

Hystérie. Ou comment basculer dans la folie.

Lorsque la confiance se brise de façon violente, le pardon est possible. L'oubli, non.

Cette technologie à portée de main devient notre pire ennemi ou notre meilleur allié.

J'étais devenue obsédée par le contenu de ses téléphones.

Je suis retombée sur des échanges avec Michaela dans lesquels il lui déclare un amour lointain et enflammé rempli de regret, sur une vieille conversation exposant des photos de nues avec Marine, des discussions sur des groupes Facebook pouvant jauger la teneur de ses propos écœurants et déplacés au sujet des femmes, ou du sexe en passant par la découverte de ses intentions réelles avec cette fameuse Sophie.

Un visage que je ne connaissais pas.

Un homme que je ne connaissais pas.

De folle à hystérique, de jalouse à possessive, de femme déséquilibrée mentalement à femme qui a sans aucun doute cherché l'abus qu'elle a subi par le passé, j'étais tout sauf digne de m'exprimer librement et d'être celle que je suis, dans toute ma perfection et mes imperfections.

Ma sœur vivant au Canada ne me reconnaissait plus dans mes appels nocturnes tourmentés, et ma famille proche et mes amies tentaient de me convaincre que tout irait bien, ne voyant pas le mal subtil et sournois infligé entre les quatre murs de cette maison une fois la porte close.

Les allers-retours chez mon oncle et ma tante vivant tout prêt, après chaque dispute, s'intensifient. Je reste une nuit pour décompresser, puis deux jours, une semaine, puis deux. Pendant que Mr s'apprête, sort son Audi, se parfume et passe sa soirée au Casino pour décompresser à sa façon.

Il me menace à plusieurs reprises de me fermer la porte au nez et à clef si je parle de nos problèmes à sa famille ou à la sienne, prétextant que sa maison n'est pas un hôtel lorsque mes envies de prendre le large dépassaient l'entendement et que je grimpais dans ma voiture m'engouffrer sur la route des vignes avec mes cigarettes et ma musique pour tenter d'y voir plus clair.

Les jours défilent et la confusion occupe toutes mes pensées derrière des promesses de voyages et week-end salvateurs. Je me sens incapable de raisonnement et me laisse à penser que ce que je vis est normal, pas grave, pas dramatique.

Que d'exprimer dans le désir ou l'intimité des gestes que j'aime moins, par vécu douloureux ou juste par nature, n'est pas à prendre en compte ou visiblement stupide.

Que quoiqu'il advienne, le problème vient de moi, que le problème, c'est moi.

J'écris à Michaela dans le dos de Jo. Elle est finalement mon dernier espoir de me convaincre que je ne suis pas folle. Elle me demande de lui téléphoner.

Elle me décrit sa vie à ses côtés, l'horreur qu'elle a subie, que pour rien au monde elle ne souhaite faire partie de sa vie à nouveau. Que ce que je vis, elle l'a vécu aussi. Au bord des larmes, elle me décrit sa décision d'avorter après être tombée enceinte de lui, à la suite d'une remarque violente remettant en cause sa capacité à s'occuper d'elle-même donc de son futur enfant.

Cette discussion ne m'empêcha pas de croire que si moi j'étais différente, ma relation avec lui le serait aussi. Que j'étais la clef. Alors que je n'étais qu'une de plus à son actif, une de plus à son tableau de chasse absurde. Une de plus à subir. Mise en garde, et pourtant.

Octobre 2018
New York. Brooklyn. 6 octobre 2018. Aube de mes 31 ans.
6 h 20. Réveil suspendu sur un continent presque inconnu par lequel on reste bercés depuis notre enfance, notre adolescence. Je suis bien partout, tant qu'il est à mes côtés.

Ma sœur dort encore. Découverte du quartier à pied. On marche en discutant du décor qui nous paraît commun et surréaliste à la fois. Il se moque de mon sens de l'orientation. On se dit qu'on pourrait être aussi bien ici. Entre Bainbridge Street et Malcolm X avenue, les rues nous appartiennent. Arrêt par l'épicerie qui vient juste d'ouvrir ses portes, on découvre ensemble le packaging et la taille des contenants surdimensionnés comparés à nos produits locaux français. Lait frais, Cheerios, cookies et bidon de jus d'orange sont de rigueur pour un premier petit-déjeuner à l'américaine avant de se laisser tenter par un brunch d'ici demain.

De retour à l'appartement cosy et branché dans lequel on a posé nos valises la veille après un périple de 14 heures de voyage, sur un fond de musique hip-hop, rap US, une pause-café et cigarette s'impose sur le rebord de la fenêtre de notre chambre arborée par les escaliers de secours en fer forgé noir sublimant chaque immeuble du quartier. Simple, évident, fluide. Sur un air complice et taquin, on enjambe la fenêtre comme deux ados.

— Joyeux anniversaire ma chérie, un petit avant-goût avant ce soir et le reste de la journée.

J'arbore mon plus grand sourire telle une jeune fille de 14 ans et demi et déchire mon paquet. Des livres. Deux précisément. Un livre de cuisine libanaise que j'attendais depuis longtemps et un roman au titre évocateur : » Be Mine ». À ce moment précis, je suis une femme comblée, car je n'ai besoin de plus, de rien d'autre que lui.

Le temps est humide et brumeux. J'adopte un style jeans streetwear pour continuer notre journée à Manhattan. Ma sœur, elle, s'apprête davantage dans une mode Upper East Side. Jeans clair taille haute et chemise asymétrique fluide couleur corail. Petite pochette à motif à la taille. Nous sommes fin prêts à découvrir la vie new-yorkaise. Mon beau-frère n'ayant pu nous rejoindre, je me sens inconfortable avec l'idée que Jo accorde la plupart du temps plus de temps à convaincre ma sœur de sa bonne foi envers moi plutôt qu'à m'accorder de l'attention.

Arrivée sur la Vème Avenue et Central Park. Avec la sensation d'être projetée dans le décor de mes films préférés, tout me semble vaste et disproportionné. Les immenses bâtisses me font sentir encore plus petite que je ne le suis déjà. J'avance les yeux levés vers le ciel, les pieds sur terre. Je sens par avance que la présence de Laura va changer l'idée que je me faisais de notre séjour, d'autant plus sans la présence de mon cher beau-frère qui a préféré passer son tour pour ce week-end. Jo souhaite faire bonne impression et la connaissance de sa belle-sœur officielle, moi j'ai envie d'une escapade urbaine et romantique. Je sens par avance que je vais le sentir à 13 000 km de moi.

Après un café à emporter succulent sur Madison Avenue, on enjambe trois vélos pour partir à la découverte de la ville qui ne dort jamais. L'idée même d'être sur ce vélo m'enchante. Sur notre parcours, il est prévenant, il veille. Avec une légère impression de moquerie de la part de ma sœur. Je préfère couper court et m'imprégner de cette ville du mieux que je peux, juste pour moi. On déboule dans Central Park après avoir passé le cap de la circulation en ville. Je me sens libre. L'air dans mes cheveux, l'ombre des arbres, toutes ses odeurs, sur un fond de batterie et de saxo joué divinement bien par deux musiciens installés près des bancs en bois. Une bouffée d'air frais avant de s'engouffrer dans les sillons de buildings. L'affluence gronde mais la hauteur de chacune de ses tours de pierre et de verre renferme un silence sacré, presque assourdissant. Les sons résonnent au loin comme protégés par des statues grandioses et divines.

Élancés dans notre aventure, nous déambulons à l'improviste pour tomber nez à nez avec Broadway et Time Square. Envoûtés par les écrans lumineux, on se sent vite étriqués dans un espace qui nous paraissait beaucoup plus grand à la télévision. Petite pause à la boutique Disney pour replonger en enfance et opter pour un coup de cœur, des figurines signatures Marvel.

On remonte sur nos vélos avec des étoiles plein les yeux pour se perdre dans les rues de Manhattan avec une pluie fine fouettant mon visage jusqu'à l'Empire State Building. Je me sens moins jolie mais tant pis. Je me sens toujours autant loin de lui mais ce n'est rien. C'est ma journée, c'est tout ce qui compte.

Après un passage par ma boutique fétiche Victoria's Secret et un iced coffee, la fatigue du jetlag se fait sentir. Cette journée me semble interminable, encore plus quand je sais que Laura a prévu un restaurant dans un des quartiers les plus huppés de Manhattan suivi d'une soirée sur un rooftop à 21 $ le cocktail... Cela ne me ressemble pas mais je ne dis rien. Elle pense me faire plaisir alors je la laisse prendre les choses en main ou tout contrôler à sa guise car de toute évidence, je me complais à suivre un mouvement, une danse dans laquelle je ne connais pas les pas.

Je pensais pouvoir trouver l'apaisement et la sérénité dans ce voyage mais je ne me retrouve nulle part. Si ce n'est quand il a soulevé mon t-shirt au petit matin pour coller sa peau contre la mienne pour me réchauffer. J'éternue. Mon corps vibre de frissons désagréables. Ceux des matins d'hiver où il fait trop froid pour s'aventurer hors de la couette. Il m'étreint contre lui. Toute la surface de mon corps s'échauffe et mon esprit s'apaise. Un soulagement suprême. Même de courte durée.

Un restaurant hors de prix et une soirée sur un toit de New York sur lequel on ne pouvait même pas trouver place pour siroter nos cocktails. Le service est mondain, hautain. Je sens la déception de Laura alors je prends sur moi pour ne pas en rajouter une couche. Je me sens exténuée et un verre me met K.O. Ma sœur rit de moi avant que nous décidions de rentrer.

Une conversation tournant à un débat masculin/féminin mettant en scène le matérialisme de Jo sur un sujet typiquement masculin, les voitures, me pose question. Nos valeurs sont différentes, nos parcours de vie le sont encore plus alors je tente de ne pas me laisser envahir par l'ombre, celle qui, parfois, compte me faire entendre que cet homme n'est pas fait pour moi. Je veux un homme à mes côtés qui souhaite vivre une vraie vie. Pas un homme égocentrique et prétentieux considérant la femme comme un objet à posséder. Un homme qui a conscience que mon corps va vieillir, se flétrir, s'élargir pour donner la vie. Pas un homme qui adule et fantasme une femme Instagram irréelle.

Nous rentrons à l'appartement. Je tombe de sommeil. Demain, arrive. Cette journée appartiendra au passé dans quelques heures.

Jour suivant. Un sommeil réparateur et enfin adapté au temps qui défile ! Au programme, Statut de la liberté, marché de souvenir sur le pont de Brooklyn, se perdre dans Soho en plein évènement festif célébrant la Chine, cette musique, ces parfums d'ailleurs, tout est envoûtant.

Le soir même, nous devons retrouver une amie de Laura qui vit à New York depuis plus d'un an, une jeune femme avec qui elle était au lycée. Direction le quartier de Greenpoint, pas loin de notre appartement mais je découvre un deuxième visage de ce quartier. Restaurants à lumière tamisée, ruelles pavées, fish and chips branché et décontracté, bar à vins, bar à bière... il y en a pour tous les goûts.

Lieu de rendez-vous : le Brooklyn B., cocktails et musique chill and folk, bar flottant avec pour seule vue, Le Brooklyn Bridge et Manhattan illuminé. Le Chrysler building est somptueux, sorti d'un décor de Gatsby.

J'appréhende l'arrivée de cette amie. Une fille visiblement qui réussit et qui plus est, est très jolie. Exotique, le teint mat, les cheveux noir corbeau et un regard en amande à vous couper le souffle, dotée d'un sourire ravageur et d'une bouche pulpeuse. Même moi je pourrais l'embrasser... Je ne suis pas jalouse mais

Jo n'a pas toujours su trouver les mots les plus rassurants en ce qui concerne l'approche masculine des femmes. Une belle femme dans l'esprit d'un homme est « potentiellement » baisable, pour le citer au sujet de son amie Sophie. Je suis donc mal à l'aise à l'idée qu'il puisse imaginer cette fille nue dans je ne sais quelle position improbable. Elle a fait école d'ingé. Comme lui. Il a l'air fasciné. Je bouillonne intérieurement. De mal être, de gêne, je veux être nulle part et partout sauf ici !

Je pense alors que Laura a décidément le don de me gâcher ce séjour bien qu'elle n'ait pas une once de ma vérité à ce moment précis. Je propose à Jo de s'éloigner avec moi le long de la berge pour fumer une cigarette, les règles à ce sujet étant très strictes dans les lieux publics, et je lui fais part de mon angoisse. Il se braque. Je me sens mal. Dévalorisée et hystérique. Aucun homme ne m'a fait sentir comme cela. J'ai la sensation que j'ai perdu toute confiance en moi et le peu d'estime que j'ai pour moi se résume au fait que je sois devenue mince. Mais cette fille est jeune, belle, entreprenante. Je sais qu'il ne croisera jamais son chemin de nouveau mais cette supposition absurde sur les hommes, qu'ils résonnent tous comme des animaux en rut et que la vérité se trouve dans cette affirmation, me révulse. Nos verres terminés, mademoiselle doit rejoindre un ami pour dîner. Je crie à la délivrance. Nous cheminons dans Brooklyn pour tomber sur un restaurant italien. Je respire profondément et passe clairement à autre chose en chassant ses pensées négatives obsolètes. Décorée avec mon mélange de matière favori, bois et métal, à la lueur de bougies parfumées sur un fond de musique acoustique, la carte est simple et efficace. Produits frais, nobles et de saison. Tout ce que j'aime. J'opte pour une pizza base crème truffe, jambon de

Parme, roquette et parmesan. Un délice. Laura craque pour un risotto à la crème et aux truffes et Jo se délecte d'un plat de ravioles aux morilles.

Départ de New York pour Montréal.

J'aime voyager. Découvrir, apprendre, déchanter, être enchantée, tomber, me relever, accepter, digérer, pardonner, respirer, décortiquer, m'imprégner, vibrer, rêver, guérir, avancer, reculer pour faire dix pas en avant. Vivre. J'aime ma vie. J'aime qui je suis et suis devenue avec le temps, les blessures mais aussi les joies infinies. Pour autant, je sens mon être flotter dans l'espace en dehors de mon corps. Je suis là mais ailleurs. Il est là mais loin de moi. Je ne me retrouve en rien dans la vie de Laura. Dans cette complicité nouvelle qu'il crée sous mes yeux. Qu'il avait créé quelques mois auparavant avec ma cousine Clara et accessoirement avec sa paire de seins plantureuse à souhait, me faisant sentir que si j'avais les mêmes ce serait super.

Dans ce mode de vie dépourvue de sens profond à mon goût. Une installation datant de dix mois et la sensation que ma sœur n'a pas posé ses bagages. Quatre verres. Quatre tasses. Un jeu de huit assiettes. Pas de sucre en morceaux pour servir un café que j'apprécie au moins en doublon le matin. Une cuisine lisse. Un intérieur minimaliste et neutre. Je me sens en colère. Je me sens mal. Inconfortable la plupart du temps. Je m'aperçois que je pourrais partir au bout du monde mais que j'ai ce besoin vital d'avoir un port d'ancrage. Une maison qui respire la vie et le partage. Mes chats. L'amour de mes proches. Jo, lui, reste inspiré par la vie que mènent Laura et Giuliano. Moi aussi, mais certainement pas ici. Saisi par un froid glacial à chaque fois que le bout de mon nez se pointe à l'extérieur. Ce séjour me rappelle à quel point Laura et moi sommes éloignés, en rivalité permanente, insidieuse, subtile. Beaucoup de rires et de sourires mais aussi de l'aigreur avec un faciesse qui ne lui va que trop bien avec les années, la fameuse ride du lion. Quand Giuliano est dans les parages, tout se régule. Il est léger et à la discussion facile et sympathique, profonde et censée. Je ne suis jamais dans le jugement de l'autre. Je ne me retrouve simplement pas dans cette envie perpétuelle de ne jamais s'accrocher à un endroit sans même prendre le temps de s'imprégner du meilleur de ce qui peut nous attendre à chaque fois.

Je me sens loin de ma sœur. Je me sens loin de moi-même. Comme si je n'existais plus, ou seulement à travers lui et comment il me fait sentir.

Décembre 2018

Merry Christmas !

Premier Noël en famille. Jo a perdu son père un 21 décembre. Aux côtés d'une mère qui ne s'est jamais remise de cette perte. Les Noël depuis sa disparition furent tristes et sombres. Avec beaucoup d'optimisme et toujours dans une dévotion extrême, je tente l'initiative de passer ce Noël tous ensemble en famille chez ma tante suivi d'un jour de l'an festif prévu en Alsace chez mes cousines en compagnie de ma sœur et mon beau-frère.

Ma famille et moi appréhendons l'atmosphère générale car sa sœur et sa mère ont tendance à exposer leur vie dans un malheur continu comme si elles portaient la misère du monde sur leurs épaules, de ces attitudes qui vous puisent votre énergie positive et vous sabrent le moral, tandis que de mon côté, nous sommes solaires et du genre à surmonter nos épreuves de vie du mieux possible toujours dans l'amour des uns et des autres, et dans le soutien malgré les difficultés. C'est sans compter sur la possibilité que Millie et Dave exposent les problèmes de leur vie de couple de façon colérique et indécente comme la plupart du temps.

Dans un élan positif, Jo me remercie d'organiser cet évènement et éprouve de la gratitude envers moi. Même si cette sensation de devoir sortir les rames et armes pour avoir un peu de reconnaissance me submerge la plupart du temps. Démonstrations évidentes au début de notre relation, le temps et l'énergie consacrés à son bonheur à lui, parfois avant le mien, avaient pris le dessus en se banalisant, sans l'ombre d'une attention en retour ou toujours dissimulé par intérêt.

Cette soirée se déroule de façon correcte malgré quelques débats animés qui renforcent un lien qui s'effiloche avec sa mère et sa sœur jusqu'à se briser quelques mois plus tard.

Mon beau-frère Dave sous ses airs jovial et enivré, dissimule souvent des paroles ou gestes de séduction déplacés envers moi dont Jo a été informé à plusieurs reprises sans que le fait que je sois objet de désir dans ce contexte ne soit visiblement un problème.

Nous sommes tous présents dans une même pièce, pour la même fête, mais je supporte et subis chaque détail de cette existence.

Mai 2019

Après un week-end Londonien à toute allure, me laissant amère, partagée entre l'idée que j'en demandais trop et un manque évident de romantisme et de démonstrations affectives, Jo était davantage préoccupé à dépenser son argent pour se faire plaisir à lui dans les boutiques de Londres plutôt que d'approuver mon envie à m'offrir de la lingerie dans ma boutique préférée. Se lever tôt, savoir toujours où aller et quoi faire, tout programmer, je suis le mouvement mais je suis à bout de souffle. J'observe les amoureux dans les rues ne saisissant pas pourquoi je ne reçois pas une étreinte, une embrassade, des moments de légèreté et d'évidence comme à nos supposés débuts.

La tournure de cette relation d'un point de vue chronologique me déroute. Nous restons un jeune couple et je me sens déjà enfermée dans un lien qui ne me correspond plus. Je pense à Michaela. À Marine. À tous ces instants tourmentés dans lequel il a jugé bon de me laisser plutôt que de me consoler, d'être un ami, un compagnon de route, un partenaire.

À notre retour, nous sommes conviés chez sa sœur pour un barbecue.

Cette soirée et cette nuit-là furent le tournant décisif d'une relation qui s'éteint, d'une relation noyée dans l'incertitude et la peur, d'une relation factice basée sur le mensonge et le leurre.

Je partage une cigarette dans le garage avec mon beau-frère éméché. On aborde la discussion sur l'état de nos couples, sur le mal-être dans lequel il se sent la plupart du temps lui aussi. Qu'il m'a mis en garde à plusieurs reprises. Qu'ils sont semblables, qu'ils sont les mêmes, qu'ils ont un rapport malsain l'un à l'autre pour enfin me lâcher un pavé dans la marre qui semblait redevenir paisible derrière un tsunami imminent. Millie a fait des confidences sur son enfance, sur ce que Jo lui a fait mais il refuse de m'en dire plus.

Ma respiration se coupe. Encore.

Je joue la carte de la mise en confiance, misant sur le fait que nous sommes visiblement dans la même galère et qu'il demeure important que l'on soit solidaire.

Il avoue.

Jo et sa sœur avaient pour habitude de dormir ensemble de temps en temps étant enfants. Commun. Je crains le pire. Une intuition que je ne veux pas confirmer. Tout mais pas ça. Erreur.

Un soir, Jo rejoint Millie dans sa chambre, dans son lit, sous sa couverture. Il la caresse. Partout. Et tente de jouer au jeu du papa et à la maman.

J'essaye du mieux possible de ne pas m'effondrer de dégoût tandis qu'ils sont dans la cuisine juste à côté. Je ne dois pas perdre la face. Pas maintenant. Je reste immobile le regard figé face à Dave.

Sur le chemin du retour, je reste muette et sous l'emprise de la tétanie à défaut de la sienne. Il ne voit rien. Il se soucie peu de comment je me sens de manière générale. Nous rentrons chez nous dans un malaise que seule moi perçois. Je me mets au lit et je bouillonne d'incompréhension et de rage. J'aborde le sujet frontalement. Je ne peux contenir ce que je viens de vivre une seconde plus. Il reste parfaitement impassible même si je saisis une crispation de colère. Il me fixe. Un sourire et un soupir. Comme enfin démasqué. Sa passivité exacerbe ma fureur. Je lui parle d'inceste, lui, ne parle pas et se contente de me regarder en me disant : « Et ? »

Je tente d'allumer la télé pour tenter de focaliser mon attention. Il l'éteint. Insistant sur le fait que, lui, veut dormir. J'entreprends de me lever pour m'installer dans le salon. Il rabâche la déception de mes attitudes si prévisibles. Il se lève à son tour pour se diriger vers le compteur électrique. Il coupe le courant, m'ordonnant de retourner dans notre chambre.

Je suis sous le choc, toute ma chair est en état d'alerte. Je veux fuir. Je veux mourir. Ma réalité est un cauchemar. Face à ce mur qui se dresse face à moi, je ne peux rester immobile. Je me lève brusquement du lit, attrape une valise et la remplis frénétiquement, les mains tremblantes. Je hurle au secours. Il reste installé au lit sans même me regarder. Cette fureur prend le dessus, j'attrape le premier bougeoir à porter de main pour lui jeter au visage. Je me sens hors de moi. Je ne suis plus moi.

J'avance vers le salon dans un désespoir infini entendant résonner le son de sa voix « C'est ça, casse-toi de chez moi une bonne fois pour toutes. ». Il me rattrape. Tentant de récupérer mon jeu de clés, après une course effrénée autour de la table de la salle à manger, interceptant mon poignet pour m'arracher ce trousseau des mains, il affirme en hurlant tapant du doigt le carrelage sous nos pieds que cette maison est sa propriété, et que si je m'en vais, je me dois de lui rendre ses clés. En vain.

La porte fermée à clé, il veut m'empêcher de partir. Il retourne vers la cuisine quand je me lance à introduire ma clé dans la porte pour pouvoir m'enfuir. Il m'attrape le poignet à nouveau, fermement, dans une lutte qui me semble interminable. J'arrive à déclencher la serrure mais la clé se casse à l'intérieur.

Il est fou de rage. Il me hurle dessus précisant que je suis incapable de faire les choses correctement.

Mon monde se dissipait en cendre et lui, il pensait à cette clé brisée dans la serrure de la porte d'entrée.

Il ouvre la porte. Balance ma valise dehors et mes clés de voiture, qui glissent sous la voiture du voisin garée dans l'allée. Je me baisse allongée au sol pour pouvoir les attraper et ses mots me transpercent l'âme : « Rampe maintenant va, rampe ! »

Mon corps tremble encore. Je m'avance vers lui comme un soldat de l'armée de 300, et je décharge ma haine contre son torse qui m'arrive au niveau de la tête, agitant mes points et criant « Comment tu peux me faire ça ? Comment tu peux me faire ça ? »

Je recule et il me claque la porte au nez, prenant soin de m'avoir ouvert le portail électrifié. J'arrive prêt de ma voiture. Je n'arrive pas à saisir mon chat pour le faire monter avec moi.

Mon corps tremble encore. Je m'installe au volant quand il surgit s'avançant lentement vers moi. Il ouvre la portière, la maintenant avec ténacité alors que je tente de la refermer.

« Tu vas où ? »

« Laisse-moi tranquille ! Laisse-moi partir ! »

« Où vas-tu aller ? »

« Putain mais dégage ! laisse-moi partir ! »

Il me fixa du regard dans une posture glaciale comme s'il éprouvait du contentement et de l'excitation à me faire éprouver ça.

J'accélère d'un coup sec et prends le large.

Mon corps tremble encore, en larmes.

Juin 2019

Je n'y retournerais pas. Je n'y retournerais pas. Je n'y retournerais pas.

Cette nuit-là, je sommeille 3 h sur la table de massage de mon salon.

J'arrive chez mon amie Elen qui tient le café du village, pour tenter de me convaincre que tout cela n'a pu se produire. Pas à moi. Elle m'apporte un café serré. Je m'effondre. Au bord de l'évanouissement tellement ma douleur est grande.

Elle me demande ce qu'il s'est passé, me questionne sur l'état de violence dont il a fait preuve avec un réflexe très féminin.

— Il ne t'a pas touché au moins ?

Je me sens égarée. Je veux disparaître.

J'avais tenté de joindre ma tante par SMS, n'osant pas frapper à sa porte à 3 h du matin. Je me rends chez eux le midi même. Mon visage laisse paraître mon insomnie et mon oncle n'a pu s'empêcher de me dire :

— Que s'est-il passé ? Qu'est-ce que tu as fait encore ?

L'image d'une femme instable et colérique, poussée dans ses retranchements.

L'image d'une femme qui pousse un hurlement en silence me gifle le visage.

Mon cousin Sacha est présent et je ne peux contenir mes larmes qui ne cessent de déborder de mon âme meurtrie.

Mon oncle est saisi par son incapacité à savoir quoi faire, tandis que ma tante aimante tente de comprendre ce qui m'arrive, me reprochant de ne pas avoir osé venir au beau milieu de la nuit.

Je reste chez eux deux semaines, pendant que mon père se situant à 900 km de moi tente de minimiser ce qui m'arrive, ne se doutant un seul instant de la réalité dans laquelle je suis et je vis.

Je reste deux semaines de plus chez une amie qui m'accueille dans sa famille avec mon chat.

Je cherche un appartement et me donne les moyens d'y parvenir.

Je signe un bail. Je fais un état des lieux. Je récupère les clés de ce lieu confiné qui me sauvera six mois plus tard.

Pendant tout ce temps, Jo met tout en œuvre pour me reconquérir. Une fois de plus. Il téléphone à chacun de mes proches, il subit son douloureux procès auprès de ma tante et mon oncle qui tente de nous réconcilier.

Il jour ce jeu à la perfection. Programme : un week-end à Cadaqués, pour tenter d'y voir plus clair et de trouver des réponses.

Je découvre l'approche de la perversion narcissique durant cette période. Je pleure chaque soir jusqu'à sombrer dans le sommeil laissant apparaître des paupières gorgées de larmes chaque matin.

Je ne veux pas y croire. Je ne peux pas.

Un voyage au Liban est programmé pour cet été, en famille, dans ma famille. Ce poids monstrueux sur les épaules que je me suis infligé de porter sous prétexte que Jo avait réglé les billets.

Je flanche peu à peu. J'aménage cet appartement mais l'été approchant, je n'y suis jamais. Deuxième grande phase de lune de miel enclenchée, il me promet la vente de sa maison pour qu'on ait enfin la nôtre, nous pousse à vérifier nos états de santé respectifs pour concevoir un enfant. Jusqu'à ce départ pour Beyrouth.

Août 2019

On m'a parlé d'un Liban détruit par la guerre, où les impacts de balle se contrastent avec les centres commerciaux titanesques. On m'a parlé d'un Liban où la femme d'ici n'a pas la chance que nous avons chez nous, où le mariage entre chrétien et musulman est interdit par la loi. On m'a parlé d'un Liban pollué, envahit par les poubelles, dont le plastique et les déchets caressent les vagues d'une mer dans laquelle on ne se baigne pas. Le Code de la route n'existe pas. Les embouteillages sont infernaux. La femme est objet de la chirurgie esthétique. Le quartier des bijoux regorge de parures grossières. On m'a parlé d'un Liban qui ne ressemblait pas au fragment de mon souvenir d'enfant.

Et pourtant…

Je n'ai vu que la splendeur d'un pays meurtri encore debout. Des éclats de rire et des mélodies envoûtantes qui se dessinent sur chaque visage aux sourires sans fin. Toutes ces femmes. Chacune sublime, chaleureuse et solaire. Mes petites cousines en ébullition avec une rage de vivre enivrante. Mes grandes cousines fatiguées mais heureuses. La foule et le sens de la fête sur du Dabké. J'ai senti l'air chaud et humide contre ma peau ambrée par les couchers de soleil et le sel de la mer redéfinir mes boucles. Mes bras, mes mains et mes hanches ondulés sur des rythmes que je n'ai jamais oubliés. J'ai vu où mon père a grandi, sa ruelle, ses escaliers à perte de vue qu'il devait grimper pour aller à l'école. Ma grand-mère. Le parfum du café, de la rose et de la fleur d'oranger. J'ai surmonté la peur de me baigner au large d'une eau claire et tiède avec la visite surprise d'une tortue immense. J'ai fait des brochettes de Kefta en mémoire de voir ma grand-mère faire tournoyer la viande autour de son doigt. J'ai été éblouie et émue par la mosquée du centre-ville et par l'église de Saint Charbel.

Je me suis sentie chez moi.

À Bourj Hammoud, à Al Safra, à Jounieh, à Beirut, à Tyr, à Saïda, à Ghbélé.

J'ai respiré chaque délice culinaire, chaque odeur, chaque sourire.

Alors Merci.

Merci de m'avoir offert ces racines et cette culture, qui est celle de mes ancêtres et de toute ma lignée à venir.

Liban. Mère Patrie.

À notre retour, alors qu'il a convaincu et séduit tout le monde. Je ne suis plus là. Mon corps est là, mon esprit est ailleurs tandis que mon cœur s'effrite et se brise un peu plus. Comme une certitude. Le vertige du début se transforme en un tourbillon de doutes laissant place à la peur saisissante de l'engagement que toute cette mascarade représente.

Une intuition, plus forte encore, que je m'apprêtais à signer un pacte avec le diable en personne ou mon arrêt de mort.

Nous visitons des maisons qui ne seront jamais assez bien pour l'avenir qu'il souhaite bâtir, et mon avis se noie derrière ses prises de décision démesurées et utopistes.

Jusqu'à un soir de pleine lune.

Ce dimanche 13 octobre 2019.

Le pervers narcissique
Le démasquer et le fuir

Un mécanisme pervers narcissique, c'est quoi ?

Comme son nom l'indique, il est pervers et narcissique, à différents degrés, évolutif avec le temps ou non.

C'est une personne porteuse d'une pathologie grave, dite « blanche », c'est-à-dire qu'il n'y a pas de symptômes très révélateurs ou difficilement perceptibles au premier abord du type délires ou hallucinations.

Le pervers narcissique, comme son nom l'indique, est pervers ET narcissique.

Il est en premier point porteur d'un trait de personnalité narcissique, développant une addiction à l'image qu'il rend de lui-même, il met toute son énergie dans le fait de donner et de faire tout ce qu'il fait pour paraître le faire aux yeux du monde.

Il a deux problèmes majeurs.

Dans un premier temps, comme il est dans la façade, le fait d'être vu tel qu'il l'est vraiment ne va pas du tout nourrir son besoin de reconnaissance. C'est comme un assoiffé qui n'apaise jamais sa soif. Pour combler ce besoin de reconnaissance absolue, il va chercher à avoir en permanence les projecteurs sur lui, exagérer ses prouesses et ses actions, il va être extrêmement susceptible, et affirmer une incapacité à prendre des remarques sans être blessé et contre-attaquer.

Aussi, c'est une personne qui manque singulièrement d'empathie étant donné qu'il n'est centré que sur lui.

Pénible, égocentrique et égocentré, dévoué à son propre éclat.

La blessure emblématique de ce narcissisme exacerbé n'est autre qu'un manque d'estime et de confiance en soi tel que le seul moyen d'assouvir ce besoin de reconnaissance est de dévaloriser l'autre pour se sentir exister.

La notion de pervers est reliée au sadisme et à la toxicité de sa démarche sur le genre humain. Cela signifie qu'il éprouve une certaine jouissance à faire souffrir l'autre. Cette jouissance, c'est le fait de se sentir grand de faire souffrir l'autre, son pouvoir et sa puissance se mesure à sa nuisance sur l'autre.

Le pervers instrumentalise, déshumanise l'autre, réceptacle de son bon plaisir, mis à sa disposition tel un instrument pour nourrir ce narcissisme.

Prenant en considération qu'il existe évidemment des degrés dans la perversité.

Le PN conjugue les deux, et ce qui le rend dangereux c'est qu'il avance masqué, tel un Zorro mais pour une cause beaucoup moins noble.

Le premier masque est celui de la séduction. Tel un caméléon, il s'adapte à l'image de celui ou celle que vous voulez rencontrez. Il exerce cette discipline comme un art.

Peu importe ce dont à quoi vous aspirez, il répondra à chacune de vos attentes, sera capable d'être passionné de sport, de voyages, d'art ou de religion. Prônera les mêmes principes de vie que vous, les mêmes valeurs, les mêmes lectures si c'est que vous aimez aussi et s'adaptera à chacune de vos moindres envies.

Derrière ce masque, le second apparaît, celui du masque de la normalité. Le PN est très atteint psychiquement mais une nuance à côté de la normale, c'est pourquoi les proies restent longtemps.

Elle cherche à comprendre ce que fait ou ne fait pas l'autre à partir des catégories que l'on a à notre disposition pour comprendre les gens normaux, et c'est impossible. Il n'est pas moins un génie à se positionner en tant que victime, titiller votre culpabilité vous poussant à des remises en question perpétuelles.

Cette réflexion sur votre situation, désemparée à ressasser ce « Ce n'est pas possible, pas à moi… », devient un gouffre qui s'ouvre laissant entrevoir une vérité inconcevable donc notre esprit referme cette porte, redonnant les clés à celui ou celle qui nous malmène et les détient.

Le PN est toxique dont la seule attitude à tenir est de fuir pour sauver son intégrité psychique.

Le premier article sur la perversion narcissique est assez récent, apparu en 1986, c'est pourquoi il demeure important de ne pas confondre certaines manies liées à la perversion ou au narcissisme qui fait partie de nous, aussi infimes soient-elles. Une personne pénible ou n'ayant pas coché ses cases d'un passé ou d'une enfance douloureuse n'est pas automatiquement PN.

Qu'est-ce que ça n'est pas ?

Se révéler un peu manipulateur et ressentir par exemple un triomphe sur quelqu'un, œuvre de perversion, n'a rien à voir avec la perversion narcissique, qui nous engage en général à ressentir un minimum de honte ou de culpabilité à avoir ce genre de pensée. Le PN ne ressent pas l'émotion engendrée par ces pensées.

Aussi, se réjouir du malheur d'un autre, avec cette pensée que l'on a tous eu à un moment donné de notre vie : « Bien fait pour toi ! », reste ponctuel et engendre une prise de conscience sur l'absurdité d'une telle réflexion émergente sous la colère ou la rancœur. Le PN, en revanche, est dans l'incapacité de ressentir ce besoin de remise en question ou de culpabilité face à l'autre.

Mentir, soit pour la bonne cause ou pour protéger et prendre soin de l'autre ne constitue pas un mécanisme PN. Le PN ment tout le temps.

Les différences se résument en ces termes :

— La fréquence, un comportement ponctuel représente la normalité ou les personnes dites névrosées, comme la plupart des gens. Le PN agit de façon récurrente et palliative.

— La conscience des choses et de nos actions. Avec du temps et du recul, lorsqu'une remise en question s'impose, nous avons conscience de ce qui s'est produit ou l'impact psychologique ou émotionnel sur autrui. Un PN, jamais

— Le but, le PN souhaite prendre le pouvoir sur l'autre de sorte à l'asservir, rien à voir avec une dispute un peu virulente et passionnelle que chacun de nous a déjà pu vivre.

— Se croire nous-mêmes pervers narcissique. L'idée même de se poser la question est plutôt bon signe d'équilibre mental.

Le PN ne se pose pas la question et ne consulte aucun spécialiste, si ce n'est pour apaiser une période de crise afin de vous reconquérir. Il agit parfois consciemment, parfois pas. En tant que proie du PN, il est parfois nécessaire pour se défendre d'user des mêmes méthodes que lui, en réponse par un mécanisme de défense.

Le PN alterne entre des moments d'euphorie, ivre de lui-même, et des moments de dépression subissant revers et humiliation. Il peut se montrer froid comme un serpent et adopter une attitude inversée dans les moments où il manipule, en façade il montre ce qu'il veut montrer pour manipuler.

La clé réside dans le fait de laisser agir son intuition avec finesse.

Les émotions chez le PN demeurent contrefaites. Dans notre histoire familiale ou notre éducation, on nous a appris à être tristes ou en colère, à ressentir de la peur. Ce qui constitue en soi la normalité des émotions parasites.

Le PN est une personne qui montre des émotions distendues, sadiques, et fausses. Quand nous avons des émotions parasites, pour la plupart d'entre nous, le plus grand travail consiste à descendre vers la conscience de l'émotion réelle. Elles se produisent lorsque nous ressentons un discours semblable à un disque rayé, des émotions répétitives.

Le PN a tout à fait conscience de contrefaire les émotions, il est capable de naviguer comme un poisson dans l'eau à travers chacune d'entre elles. Il peut par exemple rester de marbre face à l'expression de vos émotions lors d'une dispute ou d'un conflit. Laisser paraître que tout va bien dans le meilleur des mondes, tandis que vous êtes effondrés en larmes près de lui.

Il est important de souligner d'autres caractéristiques pathologiques, assez proches de la perversion narcissique mais qui ne sont pourtant pas semblables.

Le trouble bipolaire. Une personne bipolaire alterne des phases maniaques, d'excitation euphorique et mégalomaniaque avec des phases de dépression et de mélancolie. Bien que l'on soit assez proche du tableau émotionnel du PN, il a une vie émotionnelle potentiellement bipolaire mais le bipolaire, lui, aperçoit la normalité de son état émotionnel entre deux crises, le PN, jamais.

L'alexithymie. Une personne alexithymique est plus communément appelée un analphabète émotionnel. Coupés de leurs émotions, ils n'ont pas conscience de leurs émotions, ce sont en général des gens froids qui ne se comprennent pas eux-mêmes avec une grande incapacité à compatir avec les autres.

Comment faire la différence ?

Quand on s'adresse à la pensée de l'alexithymie, il y a une zone aveugle, et donc une grande progression en thérapie car ils finissent par rejoindre leurs émotions, acceptent d'être touchés, émus et de bonne volonté.

Derrière la froideur du PN se cache un vide immense qui ne peut lui conférer cette capacité à changer, s'améliorer ou travailler sur lui.

Enfin, le paranoïaque. Prônant un discours délirant et invraisemblable. La personnalité paranoïaque, avant la décompensation, se caractérise par 4 traits :

— La méfiance, l'incapacité à être proche de l'autre.

— L'orgueil, à tendance mégalomaniaque.

— La psychorigidité, l'énoncé de grands principes très clairs et intangibles.

— La fausseté du jugement, l'incapacité à percevoir la réalité telle qu'elle est.

La différence se mesure à la psychorigidité. Le paranoïaque l'est pour lui-même et pour les autres, alors que le PN, est psychorigide comme ça l'arrange, l'incohérence des deux ne le dérange pas.

Ils ne sont pas non plus sur la même émotion et crainte. Le paranoïaque est rempli de terreur et il craint qu'on lui veuille du mal, le PN, est remplie de jalousie et d'envie hostile et plus que tout, craint qu'on l'humilie.

Ce n'est donc pas structurellement la même ambiance.

Le processus

Le PN a une forte intuition des gens qu'il va pouvoir ferrer.

Il va dans un premier temps viser des personnes qui sont « riches », que ce soit d'un point de vue matériel, intellectuel, émotionnel, ou encore social.

Il est particulièrement adepte des gens généreux, prêt à donner, de bonne volonté, capable de se remettre en question, d'écouter avec attention l'autre, en quête de devenir un meilleur être humain.

Aussi, attiré par des personnes qui ont une faille, comme la peur de l'abandon, une carence affective, qui ressentent le besoin d'être aimées convaincues qu'ils ne sont pas trop dignes d'amour, prêt à faire des efforts démesurés pour qu'on continue de les aimer.

Mais encore, accepter plus que raisonnable, se laisser malmener leurs limites, ayant vécu une histoire d'abus sexuel, physique, ou émotionnel. L'abus constituant que l'on outrepasse nos limites sans notre permission.

En ces critères, on constitue la proie idéale et le PN nous repère incroyablement vite, à un moment de notre vie où une histoire nous fragilise.

Comment est-ce que le PN procède ?

Un processus méticuleux en trois phase :

Première étape : La Séduction

User de ses charmes, développer une complicité et des points communs, prétendre être un homme blessé, une âme en peine à sauver, adorer les enfants (ça tombe bien puisque vous en avez), aimer voyager tout comme vous, aimer le même sport que vous, les mêmes activités ou hobbies. Vous faire mener une lune de miel palpitante et enivrante, vous convaincre de vivre venir vivre auprès de lui, vivre un rêve bleu, et tout cela dans un temps record, trois mois suffisent à succomber. Il vous donnera la sensation particulière d'être unique, spéciale, superbe, celle qui l'attendait depuis toujours. Un homme amoureux ? Non. Vous trouverez que c'est trop beau pour être vrai et devinez quoi ? Ce sera trop beau pour être vrai.

Exemple. Vous êtes une femme d'une quarantaine d'années, jeune divorcée, vous êtes une femme sympathique, ouverte, vous rêvez d'un homme qui vous donnera l'amour que vous méritez et dont vous avez besoin, qui souhaite construire une vie avec vos enfants, un homme qui vous soutient en cas de difficultés.

À ce moment-là, vous allez rencontrer un homme qui va trouver que vous êtes merveilleuse, belle, et va adorer vos enfants, ou encore vous emmener en voyage, en week-end romantique. Jusqu'à l'étape de l'emprise, le ferrage.

Deuxième étape et troisième étape : Le Ferrage et l'Emprise.

Dans cet élan merveilleux, il va vous convaincre de changer de région, de déménager, que votre vie sera dans un meilleur environnement pour vos enfants, qu'au vu de l'évidence qui règne entre vous rien ne sert de perdre du temps. Il pourra vous proposer un engagement matériel commun, acheter une maison ou un appartement, ou une voiture fiable. Vous avez sans aucun doute quelques signaux d'alerte mais il est si merveilleux que vous ne lui en tenez pas rigueur, après tout, chacun à ses petits défauts.

Après l'isolement, ou éventuellement à l'inverse, la séduction de l'entourage, la relation d'emprise commence.

Le PN va commencer à chercher à prendre le pouvoir et dominer dans le but de décérébrer sa proie afin d'être incapable de brancher des pensées cohérentes, et vous bousculer dans les émotions.

Vous parlez et vous dire de nouveau ce qui s'est passé mais différemment, mettre l'autre en double lien, retourner les critiques, ne laisser aucun repos à la pensée, le PN a cet art de vous faire vous demandez « Où est-ce que j'ai raison où est-ce que j'ai tort, où sont les limites ? ».

En jouant sur l'émotion, il vous rend incapable de prendre une décision, en soufflant continuellement le chaud et le froid, par exemple en vous regardant pour vous dire : « Tu es tellement belle ma chérie, tu es superbe ! Mais tu n'aurais pas un peu grossi ? »

Il va terroriser, apitoyer et se remettre à séduire.

Vous êtes perdue et donc incapable de vous orienter. Le PN s'empare de ça pour faire faire des choses à la personne victime qu'elle n'aurait pas faites elle-même.

Cette déconnexion vécue de façon corporelle, mentale, et émotionnelle devient une arme de négociation massive.

Il déshumanise l'autre, il instrumentalise l'autre, comme un objet au service de son bon plaisir.

Nier la parole de la proie, savoir pour elle, définir ce qu'elle est, ce qu'elle vit, s'en servir pour servir ses propres intérêts, accuser l'autre de ses propres travers a pour conséquence de vous faire devenir par miracle sa poubelle psychique.

La proie est sortie d'elle-même, elle a perdu son gouvernail, tentant de tenir debout, pour s'accrocher à un pilier, et ce pilier, c'est ce PN. Dans cette manœuvre réside le piège absolu de ce type de relation nocive et toxique.

Je n'adhère pas non plus à cette idée que quelqu'un reste dans une relation d'emprise car elle est masochiste, qu'elle aime se faire souffrir. Pour citer Alain Crespel, « Le sens prime sur le confort. » Et cette personne trouve dans la relation d'emprise, du sens, d'abord car on essaye de tenir debout et ensuite ce qu'elle vit vient lui confirmer des croyances qu'elle a depuis l'enfance, l'incapacité à être aimée, son indignité en tant que personne humaine, abusable et corvéable, qu'elle n'a pas à être importante et revendiquer ses besoins.

La sensation de se remettre dans une répétition mais lorsque vous vous mettez en position de guérir, votre potentiel est phénoménal et s'ouvre pour avoir conscience de soi et à voir enfin, réparer les blessures et entrevoir qu'on est digne d'être aimée, respectée, bien traitée, digne d'avoir de la valeur.

Le langage corporel du PN

Par définition, le langage corporel du PN se veut à double visage, contradictoire et incohérent.

Le PN est rarement solaire ou chaleureux, il apparaît comme une personne assez rigide et fermée, mystérieux et indomptable.

D'une part, le regard ne trompe pas. Un test assez révélateur pourra vous surprendre. Une personne toxique, quelle qu'elle soit, ne sourit que très rarement et lorsque c'est le cas, le regard ment. Les yeux ne plissent pas, ne sourient pas avec le sourire aux lèvres. Si vous prenez une photo d'une personne PN qui miraculeusement sourit, masquez son sourire avec une de vos mains et observez ses yeux. On ne saurait dire si la personne sourit ou non sur la photo. C'est l'un des meilleurs moyens de les repérer. Facile et efficace, adaptable en toutes circonstances.

D'autre part, qui dit rigidité faciale, inclut rigidité corporelle. La posture, la tension dans les mâchoires, révèlent une sensation de colère, d'orgueil ou encore d'angoisse et d'insatisfaction permanente.

Peu expressif, neutre, vide, il peut apparaître comme réservé, timide ou associable afin de pouvoir mettre davantage en confiance sa proie, s'il n'impressionne pas au premier abord pourquoi devrions-nous le craindre ?

Enfin, il subsiste une incohérence verbale face à la posture en fonction des situations. Le regard est en général fuyant et ne vous fixe pas lors de discussions ou disputes animées avec une gestuelle dysfonctionnelle, agitant les bras ou les mains, ne pouvant rester fixe, le corps en mouvement, comme s'il cherchait un point de repère sur lequel se raccrocher. Comme aucune remise en question est possible, il fuira le dialogue en coupant court à vos débats, en se réfugiant ailleurs ou en vous faisant sentir que c'est à vous de quitter la pièce.

De façon générale, et une fois la première phase de lune de miel écoulée, vous ne savez jamais vraiment à quoi vous attendre. C'est ainsi que vous aurez affaire en alternance à une personne à l'apparence distante, austère et psychorigide et à la fois à une personne attendrissante, euphorique et hyper-sociable en communauté. C'est précisément ce trouble du comportement, imprévisible et alternatif en fonction des situations qui peut vous alerter.

Observez. Décryptez. Analysez.

Le langage du corps ne trompe pas comme celui de l'esprit. Ce langage peut varier d'un jour à l'autre, d'une semaine à l'autre et même dans une même journée ou soirée.

Cette incohérence et ce manque de fluidité dans la maîtrise des émotions et comportement reflète un comportement manipulateur, toxique aussi bien que pervers narcissique.

Et c'est dans cette quête de volonté de compréhension que vous allez vous perdre vous-même en vous enlisant dans ce type de relations, qu'elles soient amicales, amoureuses ou professionnelles.

Associer ces attitudes et ce langage non verbal à la compréhension logique ne peut être la voie à suivre car le chemin est inaccessible.

Ces personnes se persuadent elle-même au point de vous en persuader vous que ces comportements reflètent une normalité acceptable alors que ce n'est pas le cas.

Vos langages sont aussi en totale opposition. Vous êtes sans aucun doute altruiste, généreuse, sympathique, optimiste et empathique. Tandis que lui apparaît à vos côtés comme une personne repliée sur elle-même, désagréable, apathique, intolérante et parfois colérique.

On dit que les opposés s'attirent. Le mari d'une de mes amies proches avait une théorie sur le fait que certains choisissent la facilité de l'esprit à choisir l'option « Qui se ressemble s'assemble. » Alors que les vrais guerriers de l'amour optent pour « Les opposés s'attirent » afin que dans notre complexité, on puisse trouver l'union salvatrice, enrichissante et porteuse d'espoir et de compromis afin de s'apporter et s'élever mutuellement.

Je me suis évidemment reposée sur cette théorie qui s'avère assez juste lorsque le rapport humain n'est pas biaisé par un trouble psychique tel que la perversion narcissique.

Tout nous opposait. Absolument tout. Physique, culture, enfance, éducation, spiritualité, richesse intellectuelle, culture musicale et cinématographique, tolérance à l'égard des autres. Tout cela dissimulé derrière des atomes crochus qui n'en étaient pas, simplement le résultat de ce que moi je voulais croire ou entendre, il me l'avait dressé sur un plateau d'argent massif jonglant entre chacune de ces valeurs pour se justifier, me culpabiliser, ou me dénigrer.

Méfiance et prudence seront de rigueur.

« C'est donc vrai, derrière un prince se cache toujours un crapaud. », Mel.

Le PN avec ses enfants ?

Il existe de toute évidence une relation d'emprise du PN sur ses propres enfants.

L'avantage majeur c'est qu'il n'est pas utile ou nécessaire de rentrer en phase de séduction, ils sont ferrés d'entrée.

Le parent PN va utiliser ses enfants comme un prolongement narcissique de lui-même, sa vie psychologique, ses désirs et son identité propre équivaut à un faire-valoir narcissique pour le parent, dont on vante les hauts faits. L'enfant va se voir dérober toutes ses victoires au profit du parent.

Le parent pervers est rempli d'envie hostile, il est envieux et ça le rend méchant. Il estime qu'il n'a jamais assez et désir ce que possède l'autre.

Dès que l'enfant grandit, au fur et à mesure que le parent vieillit, le PN va chercher à le rabaisser, le détruire, l'empêcher de réussir par toutes les manœuvres possibles, des petites réflexions cinglantes destructrices jusqu'au sabotage actif de la moindre entreprise de l'enfant. Ensuite, il va gémir sur le mode victimaire d'avoir des enfants mauvais et incompétents, ce qui l'a lui-même produit et ne reconnaîtra jamais.

Les enfants du PN le deviennent-ils eux aussi ?

Scientifiquement, on sait que seuls 6 % des enfants victimes de violences deviennent des parents violents. 93 % des êtres humains parviennent à ne pas reproduire ces mécanismes et schémas.

Pour les enfants de PN, c'est presque la même chose. Il y a un certain nombre d'enfants de PN qui épousent eux-mêmes la carrière de pervers narcissique.

Une autre proportion d'enfants PN ne sont pas structurellement PN mais ont appris des comportements PN jusqu'à ce qu'il en ait conscience et ont tendance à les reproduire mais peuvent accepter d'en sortir.

En revanche, cela augmente le risque d'avoir des conjoints ou des amis pervers, des collaborateurs ou patrons. Cela augmente la possibilité d'être sous emprise en laissant faire car c'est une situation familière donc dans laquelle on est confortable, semblable à notre zone de confort.

Comment faire pour s'en sortir ?

On repère. On va chercher l'information, on récupère notre pensée. On en parle.

On renoue avec les gens dont on était isolé et on affronte la honte et on raconte.

On écoute ce que les autres ont à nous dire, recevoir de l'amour, se souvenir du goût que ça a, sortir du stress, sortir tout court.

Mais surtout…

FUIR !

La thérapie, la thérapie de couple, le désir de changer pour vous ? NON NON et NON.

Si vous voulez sauver votre peau, partez ! sans s'illusionner. Quand on quitte un PN, on y laisse des plumes mais pas sa peau, alors ça vaut le coup.

On se retrouve dans une situation tragique, incapable de discerner et de comprendre ce qui se passe, car le PN se positionne en tant que victime et mettra tout en œuvre pour vous retenir.

Vous l'avez sans doute déjà exploré ? Partir pour mieux revenir pour partir de nouveau.

Une chose essentielle.

Organiser sa fuite du mieux possible, quand on en a l'occasion. De façon rapide. Sur quelques jours maximum. Porter les mêmes masques que le PN et malheureusement en fonction de son potentiel de destruction ou de dangerosité, adopter une attitude souple et « docile » afin qu'il ne s'aperçoive de rien.

Lorsque j'avais saisi qu'il fallait que je parte sans me retourner, ce fut un marathon physique et émotionnel. J'étais comme programmé sur instinct de survie à sauver le maximum que je pouvais et moi en premier, avec mon chat évidemment.

Le cœur palpitant, qui allait sortir de ma poitrine. Mon sommeil comme sur batterie à anticiper son emploi du temps puis le mien pour savoir comment m'organiser. Lors d'une très forte dispute quelques mois auparavant, un mois de mai, à la suite de laquelle je me suis retrouvée en pleine nuit une valise jetée à la figure et voyant une main se lever à ma figure dans une retenue colérique, j'avais pris la décision de reprendre un appartement pour lui donner une « leçon » sur la façon dont je vivais notre relation. Encore amoureuse et clairement sous emprise, on avait pris l'initiative de rester en couple mais que ma priorité demeurait dans la protection et la sécurité que je pouvais m'apporter. Puis je me disais que s'il y avait un véritable amour, un changement matériel de cet ordre n'y changerait rien.

Nous avions dormi qu'une seule nuit dans cet appartement pour lequel il avait apporté contribution en me déménageant volontairement, pour sentir son malaise à être capable de prendre un petit déjeuner au petit matin. Je vous épargne les réflexions sanglantes sur ma capacité à garder cet endroit entretenu et décoré qui selon lui, n'était dû qu'au fait que je ne vivais quasiment pas dedans.

L'été approchait, ce voyage en famille au Liban aussi. Je n'ai pas passé une nuit de plus dans cet appartement, me persuadant qu'il ne pouvait passer une nuit loin de moi, mais que c'était tout de même mieux chez lui. Après une phase de lune de miel mémorable, un projet d'achat de maison et un rendez-vous PMA prévu à l'automne à la suite de ses résultats laborieux en termes de fertilité, on avait pris la décision ensemble qu'il était finalement temps de rendre cet appartement.

Je m'occupe du courrier de préavis de départ en octobre.

À partir de ce moment-là, la flamme de cette lune de miel s'assombrit. Les signaux d'alerte devenaient évidents mais je ne disais rien. J'observais, j'écoutais, j'analysais. Et il y a eu un soir. Ce dimanche 13 octobre, une dispute de trop. La phrase de trop. Sur ma capacité et je cite, « à écarter les cuisses en temps voulu ». Je dénonce aussi aujourd'hui la violence avec laquelle ma féminité a été mise à rude épreuve, me rappelant ardemment à quel point il était jaloux d'une ancienne aventure que j'avais vécue, m'exposant en plein visage que lui, à l'époque, n'avait qu'un message à m'envoyer pour pouvoir me sauter, me déglinguer, me baiser et pour souiller ma réputation ensuite. Ses mots resteront gravés à jamais. Je n'ai finalement que peu de souvenirs de cette dispute de mai, physiquement violente. Mais ces mots. Je ne saurais les oublier.

J'avais saisi. Un déclic. Je me suis vue enceinte ou auprès d'une petite fille de 3 ans, je suis sortie de mon corps pour observer une scène qui m'était impossible de supporter.

Ma décision était prise. La peur au ventre accompagnée d'une force et rage de vaincre insoupçonnée.

J'allais dès le lendemain matin appeler l'agence qui s'occupait de la location de cet appartement pour pouvoir faire annuler le préavis de départ envoyé deux semaines auparavant. À dix jours près, je partais avec une valise et mon chat. Je perdais tout. Ça n'aurait pas été dramatique mais une part de moi voulait rester digne et partir avec mes affaires qui m'étaient propres, au-delà de l'approche matérielle, mais symbolique et familiale. J'avais la machine à coudre centenaire de la grand-mère de ma grand-mère, un verre à pied en cristal qui se transmettait de génération en génération. Je n'avais pas d'enfants, mais j'avais mon chat. Et aussi absurde que cela puisse paraître, prendre soin de cet être et pouvoir l'accueillir dans des conditions optimales était nécessaire et important pour moi. Je voulais donc récupérer à tout prix le droit d'être locataire dans cet appartement, déménager le maximum d'affaires possible qu'il ne remarquerait pas, partir un samedi à 19 h et laisser les clefs dans la boîte aux lettres avec un mot.

Erreur.

Il a été évidemment plus malin dans une attitude froide et austère. Après trois jours et une insomnie pour fouiller dans mon téléphone et mes e-mails, il a vite compris ce qui se tramait. Alors ce soir-là, sur sa terrasse, j'ai pris le risque de lui dire. Le plus calmement possible, que notre histoire était terminée, que je ne l'épouserais pas, que je ne porterais pas ses enfants, que je n'achèterais pas cette maison immense avec lui. Et que au vu de sa réaction au mois de mai quand je lui ai demandé d'avoir l'intelligence de me laisse le temps de partir, j'étais forcément dans l'angoisse que cela se reproduise. Je ne pouvais pas prendre ce risque.

En revanche, j'ai laissé planer le doute sur mon départ. Que j'avais la tête en vrac, peut-être que je partais le week-end qui venait, peut-être plus tard. Alors que ma fuite était calculée de façon millimétrée et aurait lieu plus vite que prévu.

Mais pas assez.

Ce vendredi matin, une amie est venue en renfort. Nous avons chargé nos deux voitures, mon chat sous le bras, pour ne plus jamais faire marche arrière.

Dans cette précipitation que je pensais rodée à la perfection, ayant récupéré mon passeport dans son coffre-fort, ayant passé en revue chaque pièce, j'avais omis un détail, le fait de profiter d'une de mes insomnies pour pouvoir effacer certains contenus de son téléphone…

Je le quittais alors qu'il avait des photos et mises en scène de moi, de lui, de nous, quelque peu sulfureuses et compromettantes.

Explorer ce genre attractif du désir lorsqu'on est dans un couple sain ne risque pas de vous porter préjudice, au mieux vous émoustiller et vous rendre la vie plus trépidante et encore que.

Avec un PN, avoir ces documents en sa possession constitue une bombe nucléaire sur votre vie sociale, votre carrière ou votre future relation amoureuse.

C'est à ce moment-là que j'ai pris conscience que même si l'on se remet de ce parcours humiliant, cette personne laissera une empreinte sur nous, et la personne susceptible de vieillir à vos côtés sera forcée d'être au courant de cette blessure afin de mieux l'anticiper avec vous et pouvoir vous en protéger, avec vous.

Retrouver le goût de soi et se reconstruire.

Retrouver le goût de soi : qu'est-ce que j'aime ? Qu'est-ce qui m'importe ? Quel est le sens de ma vie ? Qu'est-ce que j'ai

90

envie qui se passe entre la vie et la mort ? Quelles sont les musiques, les livres que moi j'aime ? Et que j'ai oublié ?

Avoir la chance de pouvoir garder cet appartement pour me créer un espace à moi a été l'étape la plus salvatrice qui soit. Je retardais sans cesse mes projets d'écriture, mon goût pour la décoration et l'harmonie des pièces n'était jamais mis en avant alors que je passais mon temps et mon énergie à vouloir le surprendre, ce n'était jamais assez, jamais assez bien. Jusqu'au jour où vous avez les clefs de chez vous. Où tout le champ du possible s'offre à vous. Je retrouvais une partie de moi, en cohérence avec mes aspirations, mes valeurs, mon métier. Comment pourrais-je guider et aider les autres, à les convaincre d'être heureux, d'aller bien, si je ne m'apportais pas tout cela à moi-même ? Cette foi intérieure m'a sauvé la vie.

Une nouvelle opportunité humaine et professionnelle s'est greffée à ce début de cheminement. Et cela a transcendé ma vision de l'amour. Des rencontres d'exceptions aussi. Des amies fidèles. Des amies ayant vécu et surmontée la même blessure. La présence de mes proches. Se refaire une boîte d'ampoules et de piles, acheter des tournevis, monter un meuble, faire face à une coupure de courant en enclenchant le four, à une inondation de la salle de bain suite à des pluies incessantes, ne plus avoir d'eau chaude et demander à Aurélie sur quel bouton appuyer pour forcer l'eau, rencontrer son voisin Jame, être émue en regardant de vieilles photos, râler intérieurement car la mamie du dessus se fait parfois invasive mais bienveillante et demeure finalement la gardienne des lieux, recevoir ses amies avec un verre de vin rouge et des mignardises concoctées par nos soins, apprécier un verre de vin rouge seule, en montant un tabouret à l'envers sur un fond de musique folk, écouter Céline Dion avec pour micro la télécommande de la télé, ne plus avoir peur d'être seule, ne pas avoir peur d'être seule, ne plus avoir peur de lui, retrouver de vieux amis, qui savaient mais n'ont rien pu dire, bouquiner, manger ce qu'on aime, ce qu'on veut, quand on veut, acheter des plantes, se faire un potager aromatique, cuisiner, boire un café et fumer une cigarette, écrire, sourire, ne pas s'oublier, se retrouver, enfin. Devenir la meilleure version de nous-mêmes, pour soi, et pour cet autre qui nous attend peut-être quelque part.

Traverser des deuils successifs. Le deuil de cette relation, le deuil de ne jamais être compris par le PN, traverser la soif de vengeance, le deuil d'amour, du monde de bizounours, accepter que le mal existe et que nous l'avons subi.

Le deuil. Pas de celui ou celle qui vous a fait ce mal, de perdre cette personne en tant que personne mais de toutes les projections que vous aviez faites auprès de cette personne. Désir de voyages, d'achat de maison, de fonder une famille, porter un bébé, porter son bébé, devenir mère, devenir maman. Tout ce que vous vous étiez promis. Ce sera sans doute la projection la plus douloureuse à laquelle j'ai dû renoncer. Et à la fois reconnaissante aujourd'hui de la chance que j'ai eue de ne pas fonder de famille avec cet homme-là et d'épargner cette vie à de jeunes enfants. Vivant loin des miens, c'est en regardant de vieilles photos de famille unie que j'ai pu constater à quel point le temps défile si vite. Les traits de mes grands-parents étaient plus lisses et certains proches un peu trop pressés sont partis avant eux. Moi enfant, bébé, à 2 ans, puis 8, 14, 17 ans. Un album photo confectionné par ma grand-mère me remerciant de tous ces beaux souvenirs créés ensemble et l'amour, la plénitude qu'on a pu lui apporter ma petite sœur et moi. Comme un au revoir, comme pour laisser une trace. Je me surprends alors à sentir un poids énorme dans ma poitrine, mes larmes me subjuguer chuchotant à ma grand-mère au fond de mon cœur « Tiens bon s'il te plaît, tiens encore quelque temps, des années durant, que tu puisses me voir maman. »

Les images défilent. Toutes ses discussions à parler des futurs parents que l'on ferait lui et moi, les prénoms qu'on avait choisis et aimés ensemble. Je l'ai tellement aimé. J'ai tellement aimé la façon dont je l'aimais. Alors que tout était faux, surjoué, pour jouir d'un malheur latant qu'il m'infligerait. Une réflexion déplacée, me considérer comme une petite fille qui mérite d'être grondée, sapée ma bonne humeur du matin, tout, absolument tout pouvait être prétexte.

Aujourd'hui, cette douleur ne peut s'apaiser quand s'offrant ce propre amour à soi-même. Sans ego et avec toute l'humilité possible. S'aimer soi. Pour ne plus jamais laisser une personne, quelle qu'elle soit, amis, amant, amour, nous faire penser ne serait-ce qu'un seul instant que nous ne sommes pas dignes d'amour au point de nous laisser infliger cela.

Nous le savons au fond de nous. Que l'on a mille signes, des mises en garde, des garde-fous, des amis qui resteront pour nous recueillir plus bas que terre une fois la première bataille, celle de fuir, vaincue.

Le deuil de cet amour corrompu que l'on avait sous nos yeux, restant sans défense en se disant « Comment j'ai pu être aussi naïve et sotte ! Je le savais, je le sentais et j'ai laissé passer encore et encore. ». Affronter le courage de partir, c'est renoncer à cet amour qui finalement n'est pas. C'est accepter que notre amour, sincère et authentique, ne nous ait pas été rendu avec gratitude et bienveillance. Que cette personne en particulier à préférer le bafouer plutôt que de le choyer comme nous le faisions. C'est le deuil d'un amour qui n'a existé que pour nous, et pas pour l'autre. Si vous avez été capable de donner le meilleur de vous-même dans cette relation ? Imaginez un instant avoir l'opportunité et la chance de l'offrir à une personne qui le mérite elle aussi ? Et qui vous le rendra bien, de la meilleure façon possible.

Renoncer à ce que votre détracteur y ait accès ? OUI

Renoncer à offrir cet amour à un autre que lui ? JAMAIS

Lui offrir encore ce pouvoir ? Le pouvoir de détruire ma vie et un futur amour ? Peut-être celui d'une vie, peut-être pas, NON PLUS. Le deuil de l'image que cette personne donnait d'elle-même aux yeux du monde car c'est vous qui alliez être confronté à justifier une vérité que vous-même avait du mal à croire dans un premier temps.

Dans certaines relations perverses narcissiques, le ou la PN éloigne sa proie de ses repères, l'isole pour mieux la dompter. Dans mon cas personnel, ce fut tout l'inverse. Il a réussi à séduire chaque membre de ma famille auxquels je tiens comme à la prunelle de mes yeux. Qui sont également mes repères. Lorsque le masque est tombé, ma propre famille n'a pas compris et ne voyait aucune cohérence entre ce qu'il était face à eux et ce qui l'était capable de me faire subir à l'abri de chacun.

La première fois que j'ai été interpellée par cette notion de « masque », ce fut lors d'un passage à Paris dans ma famille, chez ma grand-mère maternelle. Elle ne l'avait jamais rencontré. Si ce n'est à travers moi et des photos. Elle participait largement à ma relation chaotique qui me valait des insomnies et des ruminations pendant des heures au téléphone avec elle parfois. Lorsqu'elle a fait sa connaissance, il s'est éloigné dans une pièce voisine, elle m'a regardé d'un air taquin et absurde me disant

« Mais il est très bien ce garçon ma chérie, je ne comprends pas ce qui ne va pas ? ».

À cet instant précis, j'ai su que je m'enlisais dans un piège. Celui dans lequel il m'avait moulé et polie. Celui qui dissimulait à la perfection la triste vérité de ma vie.

Il a berné tout le monde.

Je me remémore la fois où j'ai fini dehors, ma valise balancée violemment sous le porche de l'entrée, aux alentours de 3 h du matin, tremblante avec sa colère qui résonnait « Casse-toi de chez moi ! ». Lorsque je suis arrivée désemparée chez mon oncle et ma tante vivant près de chez moi le lendemain, mon oncle, crédule, m'a fixé telle une enfant capricieuse et m'a dit « Mais qu'est-ce que tu as fait pour l'avoir mis dans cet état ? Car je te connais tu es du genre sanguine ! ». Je suis restée bouche bée et j'ai éclaté en sanglots devant mon cousin de 15 ans.

Quand j'ai tenté de rendre des comptes à mon père, vivant à 900 km de chez moi, sur un ton inquiet, il me dit : « Mais les disputes dans un couple ma chérie ça arrive ! », minimisant totalement la violence avec laquelle j'avais vécu cette scène.

J'ai compris alors que, premièrement, il valait mieux épargner mon père de certains détails affligeant qui provoqueraient en lui soit une haine sans pareil soit une tristesse ravageante sur la façon dont un homme à traiter sa fille, et deuxièmement, que cet homme avait tellement su rendre une image exemplaire auprès de ma famille, que mon propre sang croyait que j'étais dans l'exagération la plus totale. Tous les ingrédients nécessaires au cocktail qui peut vous faire sombrer dans la folie.

À cette période, courant mai, je mets un mot sur ce qu'il est. Pour la première fois. Je ne reviens pas à la maison, « chez lui » pendant près d'un mois. Je dors chez ma tante et chez une amie par la suite, le temps de trouver cet appartement. Mais je ne suis pas prête à y croire. Ce n'est pas possible. Pas moi. Pas lui. Il est juste blessé et tourmenté depuis l'enfance. Il peut guérir. Il va guérir.

Se convaincre de ça a été la pire et la meilleure des choses pour enfin avoir ce déclic quelques mois plus tard.

Nos vacances d'été prévues dans ma famille au Liban approchaient, je me sentais coincée, retenu par des facteurs matériels et planifiés. Ou tout simplement par la peur. Cette peur qui rend votre ventre creux et vide, un puits sans fin.

Ce mois passé, il a évidemment tout tenté pour me reconquérir, se tournant vers des praticiens dans mon domaine d'activité, pour s'engager à se reprendre en main, physiquement, émotionnellement et énergétiquement, le tout couronné par certains membres de ma famille ayant endossé le rôle de conseiller conjugal auprès de nous.

Tout le monde y a cru, et moi la première.

Le Liban fut sa plus belle carte. Mes grandes cousines et les plus jeunes l'ont adoré. Il était investi, festif, joyeux, et s'adonnait même à la langue libanaise pour amuser et faire rêver chacune d'entre elles. Cette période a été la lune de miel la plus bluffante. Comme s'il acceptait et revendiquer enfin ma culture, qu'il prenait conscience de cette merveilleuse culture, la mienne. La reconnaissance absolue, pour moi, pour mon père. Mais ce fut un leurre.

Faire un trajet avec son propre corps, percevoir son corps et se le réapproprier. Apprendre sur soi de son corps, en exerçant une discipline de conscience de soi telle que le yoga ou la danse.

Prendre soin de son alimentation et de son esprit. Prendre rendez-vous pour des soins de bien-être, soins visages, soins corps, massages, changer de coiffure, retrouver la douce puissance de son bassin, de sa féminité, se réancrer au sol, se remettre la tête dans le ciel et les pieds sur terre.

Exister pour s'appuyer d'abord sur soi-même.

Se reconnecter à soi par un toucher bienveillant. Ce fut une expérience qui a exacerbé les signaux d'alerte et les mécanismes déjà mis en place.

En rentrant du travail, un soir, je m'apprête à m'installer confortablement sur le canapé et les muscles au niveau de mon milieu du dos se contractent et se bloquent jusqu'à mes cervicales. C'était semblable à un élastique qui se tend et éclate. La nuit n'arrange rien, je me réveille ce matin-là avec l'incapacité de pouvoir faire pivoter ma tête sur la droite avec une douleur qui descend jusqu'au milieu du dos. Nous devions partir à Londres deux jours plus tard. Sous les conseils d'une connaissance, on me recommande un ostéopathe arrivé sur la commune, jeune et compétent. Je l'appelle m'excusant de réclamer un rendez-vous rapide, dû à mon départ prévu et lui explique mon cas d'urgence. Miracle. Il peut me recevoir le soir même. Heureuse de cette nouvelle, je me prépare dans une tenue confortable pour affronter un craquage de nuque pour me remettre le corps en place.

Lorsque j'arrive au cabinet, je découvre un lieu professionnel et assez aseptisé. On m'avait déjà vanté les mérites de ce cabinet et je me sens soulagée à l'idée même d'y être. Je croise Mathieu, un kinésithérapeute entre-aperçu quelquefois, exerçant ma profession non loin de ce lieu. Je patiente en salle d'attente. Mickael apparaît derrière le comptoir. Je ne saurais décrire avec des mots ce qui s'est produit à ce moment précis. Le temps suspendu, il avançait vers moi au ralenti, un immense halo de lumière dorée diffusée autour de son buste, un regard apaisant et quelque peu surpris à la fois. Comme si on se connaissait. Comme si on se reconnaissait. Dans un élan empli de sérénité et d'apaisement, à la fois timide et candide. Je fus surprise moi-même de ressentir une émotion si puissante et harmonieuse. En entrant dans l'espace de consultation, on retrace ensemble mon parcours de santé, mon opération bariatrique et ce qui m'amène à lui aujourd'hui. Il commença sa séance en évaluant l'état de mes cervicales, dans un état alarmant prenant un air catastrophé. Mon corps était totalement déséquilibré, mes viscères meurtries d'un mal passé sous silence. Lorsqu'il a posé ses mains sur mon ventre, un endroit que je redoutais particulièrement, je n'ai jamais ressenti une bienveillance si grande de toute ma vie. Étant moi-même dans les énergies et adepte de nombreuses médecines ancestrales, l'attention et l'écoute portée à mes appréhensions ont suffi à constater que même l'homme qui partageait ma vie et prétendait m'aimer n'était pas capable de ce geste, de cette écoute, ni même de ce respect à l'égard de mes aspirations. Bien que ce soit un professionnel, et accessoirement une âme croisée au détour d'une autre vie, c'était cette incohérence entre ce qu'attendait sans aucun doute mon corps et mon esprit, en contradiction totale avec la vérité de ma vie. Ce geste, cette rencontre m'a bouleversé, transcendé, perturbé, dérangé et troublé. Quand la séance fut terminée, tout mon être et mon cœur respiraient l'harmonie, l'apaisement et la plénitude. Jusqu'au moment où j'ai passé la porte d'entrée de la maison, me retrouvant face à cet homme m'accablant de petits reproches subjectifs quant à cette séance d'ostéopathie.

Le pouvoir et l'impact de nos émotions sur notre état de santé m'étaient déposés sur un plateau. Je le savais mais ne l'avais jamais expérimentée à ce point.

La force qui crée le corps guérit le corps.

La science nous prouve aujourd'hui que chaque organe du corps humain a le pouvoir de se guérir dans le bon environnement.

On peut évidemment évoluer au sein d'un bon environnement qui nous donne la capacité de gérer nos émotions et guérir nos blessures correctement mais peu de personnes ont la chance de provenir de ces familles.

Grâce à cette rencontre, j'ai appris qu'un environnement douloureux renforce notre incapacité à gérer nos émotions, comme un souvenir désagréable qui provoque la réactivation d'une blessure à chaque fois que quelque chose nous ramène à celle-ci, une odeur, une personne, un sentiment.

Vous pouvez essayer d'échapper à votre subconscient comme vous échappez à une ombre.

Des croyances ancrées directives et négatives dirigent nos vies.

Lorsque le corps s'exprime par des maux, qu'est-ce que cette douleur ou maladie veut me dire ?

En ayurvéda, on aborde cette approche en 5 étapes :

— L'accumulation : on accumule trop de ce qu'on appelle un dosha, la qualité de notre énergie, associée aux 4 éléments, le feu, l'eau, la terre et l'air.

Par exemple, si mon dosha à apaiser est « feu », mais que je me conforte dans des comportements colériques et impulsifs, consomme régulièrement des aliments épicés, des boissons alcoolisées, que j'ai des brûlures d'estomac et remontées acides, je renforce ce qui doit être apaisé. Sauf que notre société associée à la médecine occidentale prône la prise de médicament pour traiter le symptôme mais pas ce qui le provoque. Ainsi en prenant un gaviscon ou un oméprazole je peux continuer à vivre sans avoir conscience de l'impact de ce mode de vie sur mon état de santé ou émotionnel.

— L'aggravation : l'état de notre système empire.

— La propagation : ce déséquilibre se diffuse dans notre corps.

— La localisation : ou comment trouver un point faible dans notre système qui a perdu son intégrité, une fois l'emplacement idéal localisé, une douleur, une maladie se créer.

— La diversification : cette douleur ou cette maladie accapare notre système et prend toute la place.

Si on comprend ce mode de fonctionnement holistique, si l'on veut empêcher la maladie et la douleur du corps pour arriver à la dernière étape, on opte pour la prévention de la première étape.

Libérer ses blocages émotionnels avant qu'ils ne deviennent physiques, c'est procéder à la libération de notre être en entier.

Jacques Martel expose à la perfection le sens de nos douleurs physiques à leur correspondance émotionnelle ou psychique. Pouvoir atteindre ce que l'on refoule, et laisser remonter à la surface ses maux pour développer ses capacités d'autoguérison, reprendre conscience de son enveloppe corporelle, de sa chair, de sa féminité et de notre pouvoir de création.

Aller de la peur à l'amour de soi, par le corps.

« Chaque homme et femme est architecte de sa propre guérison et de sa propre destinée. » Bouddha.

100

Les réactions post-rupture

1.Comment le manipulateur va vivre le fait que vous soyez à l'origine de la rupture ?

Quel levier va-t-il chercher à actionner ?

2. Vous résistez dans votre décision de rupture ferme et définitive.

Comment il s'y prend pour se venger ?

Avoir recours à des comportements qui par le passé ont fonctionné.

Jouer avec des masques. Il va essayer un masque, puis deux, puis trois. Comme nous sommes dans un processus de libération, il va sortir sa mallette à masque jusqu'à ce que vous craquiez.

— 1er masque : Le masque de la victime, afin d'agir sur votre capacité à culpabiliser.

Il n'est rien sans vous, il va prétendre que provoquer cette rupture, que ce n'est qu'une simple dispute parmi tant d'autres, vous donnera cette impression bien qu'il est conscience d'agir en ce sens, vous séduire de nouveau pour vous récupérer dans ses filets. Une seule option possible : faire comme ci. Pour éviter de lui permettre d'influencer notre discernement d'avoir pris cette décision.

Il vous parlera de vos projets, futurs ou en cours.

Il ne prendra pas votre décision au sérieux et sera dans le déni le plus total. Cela va développer chez vous un sentiment d'empathie, de sympathie et de culpabilité pour vouloir répondre par un devoir d'obligation, en vous rappelant les engagements que vous aviez avec lui.

Une volte-face de ce masque est possible. La loi du silence. Il ne donnera plus de nouvelles pour évaluer votre capacité à rester sans nouvelle de lui pendant un laps de temps. Créer la confusion et le manque. Son objectif premier étant de hanter vos pensées, par toutes les manœuvres possibles, romantisme, nostalgie, remord, questionnements.

— 2e masque : Le masque du bourreau, autoritaire, et enragé déferlant une tempête de reproche. En quittant le manipulateur, vous menacez sa supériorité, comment une personne inférieure à lui peut le quitter ?

Si vous le quittez, il perd le contrôle sur vous et se sent donc menacé et vexé.

Dans ce contexte de rage, les attaques verbales et les reproches fusent. Grâce au mécanisme d'inversion, vous êtes désormais la cause de tous vos problèmes dans le couple. L'importance de miser sur la soumission à l'autorité, par l'intimidation ou de jouer sur le sentiment de honte jusqu'à la violence physique.

Si vous êtes bien préparé, et compris ses mécanismes qu'il utilise contre vous, ça le poussera à changer de stratégie.

— Le 3ᵉ masque : Le masque de séducteur. Charmeur, il redevient le prince charmant qu'il était au début de la relation, pour vous faire croire qu'il a changé, qu'il va changer, qu'il est devenu ou en phase de devenir celui que vous vouliez qu'il soit et ce grâce à vous et à vos côtés. Surtout, n'écoutez pas ses louanges.

Lorsque je suis partie, j'ai dû affronter des messages et appels incessants, insistant sur le fait qu'il savait où je me trouvais, à quelle heure je me connectais sur mes applications ou se persuadant que je n'étais pas seule. Il a débarqué à la porte de mon appartement restant sans la permission d'entrer pendant près de 40 minutes pour débarquer une autre nuit alors que je dormais, faisant la découverte de ces messages de présence le lendemain matin. Il a tenté d'attendrir une de mes amies les plus proches, mon oncle et ma tante, mes parents, prétextant qu'au vu des nombreux services rendus en électricité, ils pouvaient au moins lui accorder partie remise en essayant de l'aider à me reconquérir.

J'ai reçu des lettres de quatre pages chaque jour dans ma boîte aux lettres pendant plusieurs semaines, dont certaines furent déposées sur le plan de travail de ma cuisine à travers les barreaux de la petite fenêtre que je laisse entrouverte pour les allées et venues de mon tendre chat.

J'ai conservé et analysé, surligné certains passages de ces lettres tant ils étaient symboliques de sens et de vérité quant à sa perversion narcissique que je partagerais avec vous. Jusqu'à vous abrutir d'absurdité.

Il a effectué une réservation en ligne pour un soin énergétique sur le site internet de mon cabinet avec une fausse identité, prétextant que c'était le seul moyen de me bloquer du temps et accessoirement qu'il avait prévu le budget correspondant à la séance pour ce temps précieux qu'il m'a volontairement pris, insistant pour que je prenne cet argent, que j'ai bien entendu refusé.

Cette conversation ce soir-là a duré 2 heures. Deux heures inutiles de discours vain que je connaissais par cœur avec une nouveauté. Le mensonge sur un possible abus vécu dans son enfance, qu'il n'avait jamais confié à personne. Je n'ai malheureusement pour lui ressenti aucune empathie ou culpabilité car je reste convaincu, du fait de mon parcours et expérience, que les personnes susceptibles d'avoir subi un abus sont susceptibles d'être la victime et la proie de ce type de personnalité déviante et psychotique, et non l'inverse. Utiliser la carte de l'abus, qui plus est à tendance sexuelle, reste la plus grande des aberrations à laquelle j'ai dû faire face. Se positionner à ce point en tant que victime ne doit pas vous induire en erreur car c'est le principe même de leur stratégie.

Il a semé le trouble avec un jeune homme que j'avais connu par le passé et sans aucun doute follement aimé, afin de créer conflits et disputes pour ensuite annoncer fièrement qu'il souhaitait me montrer son vrai visage et la façon dont il pouvait me traiter ou me considérer par le passé, pour avoir l'opportunité de lui mettre et je cite « sa main dans la gueule ».

Après cette étape, qui a eu des répercussions sur le travail de cet homme, à la suite d'une convocation par la Mairie de l'endroit où nous vivons, à la suite des propos qu'il m'a tenus par colère et agressivité, ce PN avait tapé dans le mile. Utiliser un être cher passé, mon histoire, pour mieux m'atteindre et m'abîmer, en cible directe, ma féminité sacrée.

J'ai dormi 3 heures cette nuit-là. Quelques jours suivants, je croisai ce vieil ami. Il a refusé de me dire bonjour avec un regard qui m'a fait trembler de tristesse et de déception. Il me haïssait. Une des personnes qui a le plus compté un tant soit peu dans ma vie de femme, pour tout ce qu'il avait révélé et réveillé en moi, me détestait. Après toutes ces années, je n'avais jamais réussi à lui en vouloir. Je le remerciais d'avoir été de passage dans ma vie même si cela avait eu des conséquences redoutables.

Je me suis convaincue que cette rancœur ne durera pas, qu'un jour, il comprendra qui était la brute et que je n'avais souhaité lui faire du mal ou m'immiscer de nouveau dans sa vie.

J'avais assez de travail et d'énergie à concentrer sur moi pour avoir besoin que des fantômes d'un passé lointain ressurgissent, mais ce fut le cas. Tenter de m'atteindre par tous les moyens possibles. Après tout ce temps passé l'un auprès de l'autre, je lui avais dévoilé mes faiblesses.

Il en a fait une arme nucléaire.

C'est seulement après ces évènements, après un mois de rupture, que j'ai pris l'initiative de déposer une main courante à la gendarmerie. C'est bien souvent le début d'un long parcours de lutte, contre soi, contre cette personne qui vous cause du tort, c'est pourquoi il reste primordial de passer le relais. De confier ce qui vous arrive à des services compétents. Ne pas trop attendre, pas un jour de plus, pas 6 ou 8 mois, mais agir dès qu'on le peut.

Je vous avouerais que le scepticisme et le manque d'écoute et de capacité à être psychologue envers l'accueil de victime, peu importe le degré de violence subie, demeure la faille de nos services de police. J'ai dû mettre beaucoup d'auto-dérision et paraître solide pour pouvoir affronter des réflexions quelque peu déplacées vu les circonstances.

À savoir,

— Il est simplement encore amoureux de vous, c'est pour ça qu'il vous écrit des lettres.

— eh bien ça dépend de la définition que vous avez de l'amour.

Ou encore.

— Avez-vous bloqué son numéro de téléphone ?

— Non. Je ne l'ai pas encore fait.

— Ah ! C'est toujours les mêmes choses que l'on entend, vous savez, pas étonnant qu'il puisse rentrer en contact avec vous.

Je tente de garder mon calme.

— Cependant, Mr le Gendarme, en tant que victime de ce genre de personne, sentiment qu'il y a peu de chance que vous puissiez ressentir, c'est notre seul moyen de vous prouver l'insistance dont ils sont capables de faire preuve envers nous, lui dis-je avec mon plus beau sourire agacé.

Son collègue présent dans la pièce intervint, lui disant que je vivais un harcèlement et qu'il devait le prendre en considération.

Je pris mon téléphone dans mon sac à main, face à lui, j'effectue le blocage du numéro de la personne concernée insistant sur le fait que de me présenter à eux aujourd'hui me soulage d'un poids, que je ne viens pas faire la pleureuse mais simplement signaler le nom de cette personne. Me protéger pour la suite des évènements. Faire bouclier face à ce qui m'attend.

— Comment définirez-vous votre relation en 3 mots ?

— Emprise, malsaine et toxique.

Il leva les yeux au ciel avec un sourire en coin.

Je le fixe du regard en perdant patience.

— Quelle est la teneur des propos tenus à votre égard ? De sa menace ?

— Là encore, définissez « menace » ? Je me sens évidemment menacée et oppressée par ses propos.

Je pris une des lettres qu'il n'a même pas pris la peine de survoler en citant une des lignes : je continuerais jusqu'à la mort. La mort soulignée. Est-ce suffisamment menaçant pour vous ? Ou encore : Je ne lâcherais jamais prise tant que ton cœur n'appartient pas à un autre.

— Et bien voilà vous avez trouvé la solution !

Je bouillonne sur place de constater autant de sexisme et de légèreté sur un sujet si grave. En tous cas, dans ma vie, pour ma personne, mon identité, ça l'était.

— D'accord mais est-ce qu'il vous a insulté, ou menacé, ou encore tenté de s'en prendre à vous physiquement ?

— Non.

— Bien, donc je ne peux pas faire grand-chose de plus. Gardez ces lettres, et s'il tente de nouveau ce genre d'approches revenez vers nous pour effectuer un nouveau signalement. La main courante reste interne à nos services dans un premier temps. Le dépôt de plainte engage une procédure mais tant qu'il n'y pas menaces insultes ou agressions physiques, ce n'est pas valable.

Valable.

Mon sort et son issue se situent donc à ce moment-là entre ses agissements actuels et la limite à ne pas franchir. Des limites que le PN peut repousser sans cesse jusqu'à ne jamais totalement les dépasser... Pendant des mois. Des années pour certaines...

Je me sens tout de même libérée de l'avoir fait, même si dans ces moments-là, on ne sent pas capable d'être accueilli par un homme dans un premier temps, et un homme qui peut rire de votre situation vécue comme une femme, par l'influence d'un autre homme.

Je suppose qu'il serait préférable qu'un psychologue soit présent en permanence pour accueillir les victimes de violences psychologiques ou physiques faites aux femmes. Que les écoles de police ou l'armée dispensent des cours de pédagogie de conduite d'une audition avec une bienveillance et écoute certaine. Que leur métier est de nous protéger de toutes les façons possibles. Comment peuvent-ils nous protéger s'ils ne saisissent pas de quoi on leur parle ?

Ce jour-là, si je m'étais effondrée en larmes, aucun d'entre eux n'aurait su quoi faire. Il n'y aurait eu aucun mot, aucun geste de confiance ou de mise en sécurité. Nos systèmes de l'ordre savent agir par la force, en réponse à la force ou au mal infligé par certains. Mais savoir faire preuve d'écoute et de compassion est la clé pour que les victimes puissent se sentir en confiance et libérer une voix opprimée par toutes formes d'emprise.

Quelques jours plus tard.

Je reçois un coup de téléphone d'un numéro inconnu avec un message vocal.

C'est la gendarmerie. C'est le gendarme qui m'a reçu en audition.

Je le rappelle aussitôt avec quelque peu les jambes tremblantes et le cœur palpitant.

— Bonjour, vous avez tenté de me joindre au sujet de la main courante déposée ce week-end ?

— Ah oui ! Bonjour. Je me permets de vous appeler car je me suis penché sur votre main courante et vérifier l'environnement de Mr et ses antécédents avec son identité.

Mes yeux s'écarquillent et mon souffle se coupe.

— Oui. Et ?

— Écoutez, je vais vous demander d'être très vigilante car ce n'est pas la première fois qu'il utilise ces manœuvres de harcèlement. Il a déjà été appréhendé pour des faits similaires et aggravés. Donc s'il entre en contact avec vous, vous enregistrez ce numéro et vous appelez.

À n'importe quelle heure.

Un sentiment d'angoisse me parcourut. Ou comment s'apercevoir que l'on est avec un inconnu depuis presque deux ans. Qu'avait-il été capable de faire que je ne sache pas ? Était-ce plus grave que ce que je vivais déjà ?

La confidentialité m'empêchait évidemment d'interroger ce gendarme.

Il m'a expressément donné l'autorisation d'être plus virulente ou méchante à son égard, que je ne serai pas inquiétée si moi je me défends avec insultes ou menaces.

En raccrochant, les images de notre histoire fictive défilent. Il est dans la région depuis 8 ans. Finalement, je m'aperçois que je ne sais rien de sa vie d'avant. La vérité. Je ne la connais pas.

Si ce n'est qu'il a fait subir le même procédé à son ex-compagne, extirpée de sa région natale dans le nord de la France. Pour venir vivre dans celle-ci. Qu'en était-il avant elle ?

C'est aussi à ce moment précis que je prends conscience de la chance que j'ai d'avoir réussi à partir, de m'en être sortie. Vivante. Capable de guérir émotionnellement.

Ce gendarme a sans doute pris conscience à son tour qu'il ne fallait pas prendre à la légère un discours qui selon lui, était peu alarmant. S'il a fait quelques investigations, soit par curiosité ou intuition, il a eu raison, étant donné l'ampleur de ces découvertes.

J'avais peut-être fait entrer un loup dans la bergerie. Un serial PN en route pour faire de ma vie un désastre pour vouloir à tout prix réparer mon cœur, ou ce qu'il en restait.

Ma famille et mes amies informées, mon bouclier se consolidait lentement. Car j'avais omis qu'eux aussi, eux tous, s'étaient fait berner par l'homme qu'il était envers eux.

Surprise.

Après une livraison de fleur sur mon lieu de travail, être passé devant mon domicile au ralenti pour m'observer chez moi de l'extérieur, j'entrepris décrire de nouveau à ce gendarme.

— Sans aucun doute pris pour un élan de romantisme par vos services, Mr vient de me faire livrer des fleurs chez une patiente chez qui j'interviens à domicile. Ce qui m'inquiète le plus, c'est qu'il sait exactement quand et où je me trouve pour se permettre d'agir en ce sens. Il vient juste de passer à l'instant devant chez moi en regardant si j'étais présente.

— Repassez à la gendarmerie ce dimanche. Venez avec les lettres. On va envoyer votre déposition au parquet.

Main courante VS Dépôt de plainte

La première fois que je suis allée signaler ces agissements, ce fut bref et peu concluant.

Cette fois-ci, la gendarmerie me garde près de 2 h 30.

On repasse en vue ma précédente déposition et mon histoire vécue depuis presque deux ans.

Il récupère les lettres afin de les ajouter à ma déposition et m'interroge sur l'aspect intime et sexuel de notre relation considérant en lisant quelques lignes que Mr avait des propos déviants à ce sujet précis.

Il m'explique la suite de la procédure.

Une convocation pour lui.

Un soulagement pour moi.

À la suite de cette convocation, très peu de répit. Je suis tranquille une petite semaine avant de nouveaux échanges par réseaux sociaux et personnes interposées.

Résultat négatif.

Ma déposition est montée plus haut et le procureur estime que ma vie n'a pas été suffisamment menacée pour mériter jugement de ces actes de harcèlement.

L'impasse se profile avec un mur gigantesque face à vous.

Vous prenez conscience que ces agissements peuvent durer toute une vie s'il le décide.

La gendarmerie m'informe que si M. Ne me menace pas physiquement ou que si je ne suis pas en danger de mort, ils ne peuvent plus rien faire pour ce cas judiciaire.

La prévention n'est donc pas de mise.

Bon à savoir : la main courante reste interne à la gendarmerie à laquelle vous effectuez votre déposition tandis que la main courante permet l'envoi de votre déposition au procureur de votre département.

S'il y a décision de justice, votre affaire est jugée et fichée automatiquement au fichier national.

Le cas échéant, votre dépôt de plainte reste interne à la gendarmerie associée à cette affaire.

Ainsi, si le PN s'attarde dans une ville voisine et qu'une victime dépose une plainte, la gendarmerie de cette ville ne retrouvera pas votre plainte déposée par le passé dans la ville où cela s'est produit car il n'y a pas eu de suite judiciaire.

Constat alarmant et déconcertant. Pour dénoncer les violences, faudrait-il encore que les bourreaux se sentent avoir la possibilité d'être pris pour cible, peu importe le lieu où ils agissent. S'ils ne sont pas inquiétés de leurs faits et gestes, comment la découverte de ces violences peut-elle se coordonner dans le cas de plusieurs victimes d'une même personne ? Pire, pourquoi s'arrêterait-ils de sévir aux alentours ou sur des terres plus lointaines ? Leur laisser cette opportunité, c'est reculer vers leur appréhension dans un avenir proche ou futur.

Ces personnes franchissent des paliers de violence dans un temps donné. À 33 ans, un homme PN n'aura pas les mêmes mécanismes qu'un homme PN de 56 ans, le temps et la pathologie allant de mal en pis.

La prévention sous contrôle serait la seule alternative à blacklister ces personnes.

Ils ne passeront pas leur vie en prison pour ça, et ils le savent. Alors, pourquoi craindre de continuer ?

Qu'un procureur respecte un possible cahier des charges quant aux violences faites aux femmes dans notre cas précis, cela reste légitime mais à quels facteurs correspond cette nomenclature ?

Faut-il attendre les bleues ? Une mâchoire en sang constatée ? Comment juger de l'impact psychologique sur nos vies futures ?

Pourquoi faut-il toujours que ce soit grave ou trop tard pour découvrir les moyens d'agir contre les violences ?

Ces réflexions me révoltent parfois sans que je ne puisse avoir les réponses.

Si la justice ne reconnaît pas le tort que l'on vous a fait, reconnaissez-le vous-même pour vous-même. C'est notre seule façon d'avancer dans notre lutte. Accueillir, accepter, assumer que ce que vous avez vécu dépasse votre dignité humaine, dépasse vos valeurs profondes, outrepasse vos limites que vous vous étiez laissé promettre de ne pas franchir.

Peu importe les procureurs, les juges ou la notion de justice. Ce qui n'était pas juste pour vous ne l'est tout simplement pas.

Dénoncez oui. Se résigner, non.

Ne laissez pas ce sentiment prendre le dessus.

Si vous reconnaissez vous-même votre douleur dans ce parcours, c'est le principal et le meilleur moyen de vous en relever, plus forte, la tête haute avec bravoure et discernement.

« Mon âme est revenue sur cette terre pour améliorer mes lacunes. Combattre les blessures d'une ancienne vie que j'ignore et te rencontrer pour m'élever. »

« Je vivais avec des masques en fonction de mon public mais un jour j'ai rencontré cette merveilleuse femme qui m'a aidé à les faire tomber. »

« Je suis celui qui posera le genou et qui t'enfantera. »

« Je t'aime à en mourrir. »

« Tout n'était pas si tragique. »

« Change mes a priori. »

« J'ai peur que tu sois séduite par un autre. »

« Je vaux mieux que ce que tu imagines à l'instant présent. »

« Je peux faire ton bonheur si tu me laisse le temps. »

« Tu m'as montré le chemin de la rédemption, ne m'abandonne pas en cours de route, j'ai besoin de toi. »

« C'est toi que je veux epouser, c'est toi qui portera mes bébés. »

« J'ai besoin que tu m'aides encore pour être meilleur avec toi. »

« Pervers narcissique ou pas, à partir de maintenant tu ne douteras plus jamais de l'ampleur de mon amour. »

« J'ai fais cette promesse. Je veillerais sur toi pour toujours. »

« J'avais enfin une belle famille que j'aimais. »

« Te voir toutes les heures ou presque connectée sur whatssap me montre que tu parles à quelqu'un mais qui ? »

« Tu me manques et je te manque. »

« Je veux te faire l'amour toute ma vie. que je ressente ton envie pour mon sexe. »

« Bien sûre, je suis toujours inquiet à ton sujet. »

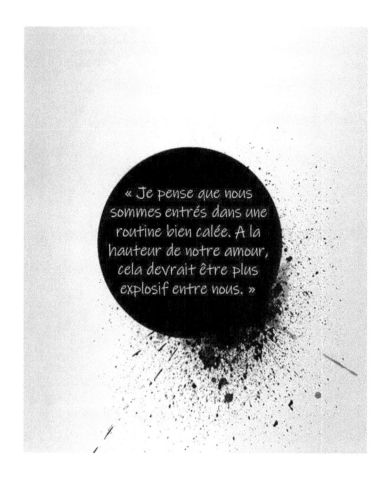

« Je pense que nous sommes entrés dans une routine bien calée. A la hauteur de notre amour, cela devrait être plus explosif entre nous. »

« Je n'ai jamais pris conscience que tu pouvais autant me manquer. »

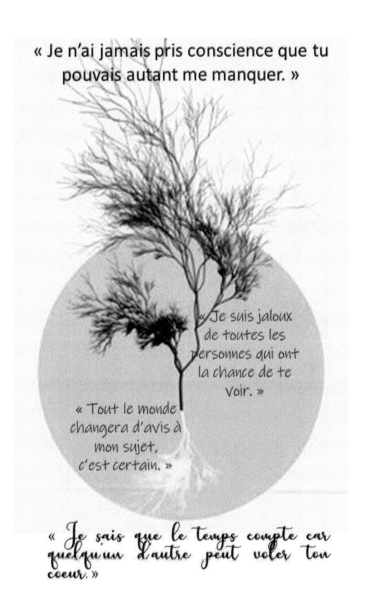

« Je suis jaloux de toutes les personnes qui ont la chance de te voir. »

« Tout le monde changera d'avis à mon sujet, c'est certain. »

« Je sais que le temps compte car quelqu'un d'autre peut voler ton coeur. »

« Tu as déglacé mon coeur, il ne reste plus que le cerveau. »

« Pense à moi. »

« Comment ton cerveau a-t-il pu se vérouiller en une nuit ? »

« Je t'aime. »

« Mon amour pour toi ou mes intentions futures n'ont jamais été celles que j'avais envers mes ex-compagnes. »

« à cause de mon surmenage physique et intellectuel, je n'ai pas pris le temps de partager des choses avec toi. »

« J'ai compris le truc. C'est plutôt cool. »

« J'ai élaboré un plan d'action, pas simple, pas court, mais il sera efficace et je te donnerai la meilleure version de moi – même. »

« à nos débuts, je portais mon masque, je me montrais sous mon meilleur jour. Je n'avais simplement pas le sentiment de pouvoir te plaire à ma juste valeur. Puis mon démon intérieur ressortait malgré moi. »

« Même à 100kg sur photo tu m'as transcandé. »

« J'ai compris qu'un perfectioniste comme moi est toujours sur la défensive dès qu'on lui fait une remarque, ce qui me blesse et m'amène donc à rétorquer de mauvaises paroles à ton égard. C'est là un point très important. »

« Je me battrai.
j'y travaillerai jusqu'à
la mort. »

Touchant n'est-ce pas ? Déroutant la plupart du temps. Manque de cohérence, phrases affirmatives et égocentriques. Sans avoir conscience un seul véritable instant de ce qu'il a pu m'infliger tout ce temps.

Cette personnalité n'en demeure pas moins fascinante qu'effrayante.

Tantôt par un processus victimaire, tantôt narcisse, me culpabilisant de l'avoir abandonné, ou encore être explicite sur un fantasme supposé lors d'un rêve, relève de chacune des facettes à exploiter du pervers narcissique.

En revanche, si la colère ou la rancœur ne m'a pas envahi, un certain dégoût et mépris oui.

Pour cette personne, mais aussi pour moi-même. De ne pas m'avoir accordé suffisamment d'amour et d'attention à moi-même pour me laisser subir ces manipulations en tout genre et ces humiliations déguisées divulguant une entité sombre et néfaste.

Si vous résistez à ces différents masques, pour une rupture ferme et définitive, un sentiment de vengeance qui sommeillait en lui va briller d'éclat : le manipulateur aura de la rancune et comptera bien vous le faire savoir.

Plusieurs options s'offrent à lui :

— La diffamation : parler aux gens de votre entourage pour feindre auprès d'eux que vous avez un problème, pour nuire à votre image, en prétextant de l'inquiétude sur votre état mental ou physique.

— Par voies officielles : par la justice, le manipulateur s'arrangera pour occuper votre esprit. Si vous avez des enfants ou des biens en communs, il va vous accusez auprès des services sociaux, de la police, utiliser le chantage comme monnaie d'échange pour vous faire revenir.

Le coup du : « Il n'osera pas faire ça quand même ? »

Lorsque j'ai pu entrer en contact avec son ancienne compagne, j'ai appris qu'il avait été convoqué devant un juge à la suite d'une plainte déposée pour accès de violence conjugale, qu'il l'avait traquée et suivie pour connaître le moindre de ses déplacements, qu'elle était tombée enceinte de lui et qu'il avait suggéré qu'elle ne serait jamais une bonne mère sachant qu'elle ne savait pas s'occuper d'elle-même, ce qui lui aurait valu l'épreuve de l'avortement après leur rupture. Il a continué de lui écrire, de lui parler même à nos débuts, tentant en vain de se vouloir se venger d'elle et de sa reconstruction. J'ai tenté d'apaiser cette colère en lui depuis le début. Je l'avais sous le nez et je trouvais encore prétexte à faire preuve de bonne foi pensant que cette femme exagérait sans doute. Alors qu'en fait. Pas du tout.

Ne lui faites jamais confiance. Ne laissez plus les émotions et les sentiments vous guider, soyez et devenez rationnel.

Sa vengeance peut être sans limites jusqu'à des démonstrations de perversité.

Il peut s'acharner pour vous retirer des choses qui ne l'intéressent pas, par simple plaisir de vous en priver par le recours à un tiers ou ses propres soins.

C'est pourquoi il demeure essentiel de se protéger et de bien préparer son départ.

Avant de rompre et de déchaîner cette rage, il faut être au clair avec la situation, comprendre comment il nous a mis sous emprise, les mécanismes qu'il utilise pour nous manipuler, dissiper la confusion qu'il a créée en nous, comprendre que nos peurs sont irrationnelles et déculpabiliser.

Se libérer

Vous aidez à comprendre pourquoi vous vous sentez mal, saisir et accepter le rôle de cette personne dans votre vie, pour se libérer de l'emprise.
Sept étapes.
Sept exercices.

1. Apprendre à reconnaître le manipulateur. Sa communication. Observer son langage corporel et verbal. Ses relations.
2. À quel genre de manipulateur ? Analysez les leviers qu'il active pour pouvoir vous laisser sous emprise. Briser les réflexes de soumission.
3. Observer et comprendre les moyens de mise sous emprise basés sur 3 piliers, le doute, la peur et la culpabilité.
4. Changer votre regard sur le manipulateur.
5. Entraîner un changement définitif : Renoncement et revoir les engagements.
6. Faire sauter les 3 piliers.

Le doute. Il fait exprès de semer le doute chez vous, de mentir et faire preuve de mauvaise foi quand les preuves sont accablantes.

La peur. Rappelez-vous qu'il dramatise les choses, le pire qui puisse vous arriver qu'est-ce que c'est ? Distinguer les peurs rationnelles et irrationnelles, celles qu'il crée de toutes pièces grâce aux doutes qu'il a semés en vous, et prendre conscience que ce n'est qu'une sensation.

La culpabilité. Travaillez sur vos croyances, car le manipulateur utilise vos valeurs et croyances pour vous déstabiliser, par exemple, l'engagement, l'empathie, l'indulgence, pour vous piéger. Ces principes sont valables face à des personnes saines d'esprit, en revanche il faut couper avec ces principes face aux PN. Accepter de ne pas être parfait. Faites le tri entre la responsabilité de chacun. Il est responsable de ne pas s'exprimer clairement tandis que vous ne comprenez pas, en vain.

7. Apprendre à résister au quotidien. Faire de la contre-manipulation : veillez à en dire le moins possible, ne vous engagez à rien. Employez la technique du brouillard, apprenez à lui formuler un refus, réagissez en fonction du type de manipulateur et de ses masques.

Lorsque vous accédez à ces 7 étapes, le manipulateur devient prévisible et prédictif et cela minimise l'impact qu'il peut avoir sur vous.

Le meilleur conseil reste la fuite, la rupture définitive, et le sevrage.

Supprimer tous les accès qu'il a sur votre vie, réseaux sociaux et photos souvenirs. Débarrassez-vous des objets qui matériellement vous raccrochent à cette personne. S'il n'a plus accès à ce que vous êtes ou vous devenez, vous contribuez à vous centrer sur vous-même, à ne pas laisser divaguer votre esprit à une nostalgie soudaine.

Faire le point
Le violencomètre

Respecte tes décisions, tes désirs et tes goûts	**Profite !**
Accepte tes amis et ta famille	
À confiance en toi	
Est heureux lorsque tu te sens épanouie	
S'assure de ton accord pour ce que vous faîtes ensemble	
Te fait du chantage si tu refuses de faire quelque chose	**Vigilance !**
Rabaisse tes opinions et tes projets	**Dis Stop**
Se moque de toi en public	
Jaloux et possessif en permanence	
Te manipule	
Contrôle tes sorties et ton apparence	
Fouille ton téléphone	
Insiste pour l'envoi de photos intimes	
T'isole de ta famille et de tes proches	
T'oblige à te mettre en scène ou regarder des films pornographiques	

T'humilie et te traite de folle quand tu lui fais des reproches	**Protège-toi !**
Pète les plombs quand quelque chose lui déplaît	
Menace de se suicider à cause de toi	
Menace de diffuser des photos intimes de toi	
Te pousse, te tire, te secoue, te frappe	
Te touche des parties intimes sans ton consentement	
T'oblige à avoir des relations sexuelles	
Te menace de mort	

Test

Ai-je affaire à un manipulateur pervers narcissique ?
Affirmez les réponses qui semblent résonner en vous, à la relation que vous vivez avec cette personne.
Si vous obtenez un résultat de plus de 15 réponses positives, je vous souhaite la bienvenue au club des proies sous emprise d'un narcisse.

1. Le manipulateur PN vous envoie des pics de langage, vous dénigre pour se mettre en avant. Il a besoin de vous rabaisser avec des humiliations répétitives pour se sentir exister.

2. Vous n'arrivez pas à rester joyeux en sa présence, comme si votre humeur dépendait de la sienne. Pour le contenter, vous devez diminuer votre joie, ou vous ajuster à son humeur à lui favorisant un sentiment de culpabilité. Il suffit de moins d'une minute, pour vous sentir sabrer dans votre élan optimiste de préférence.

3. Il ne vous laisse pas de jardin secret. Vous avez le sentiment que vous avez des comptes à rendre sur votre vie sociale, vos amis, vos déplacements, votre travail. Il s'immisce dans votre vie intime jusqu'à vouloir en prendre le contrôle.

Avoir mainmise sur votre vie et votre entourage facilite la mise sous emprise.

4. Il change de visage ou de masque selon son interlocuteur. Pas comme la plupart d'entre nous qui adoptons évidemment une attitude en fonction des circonstances, que l'on s'adresse à notre patron ou notre grand-mère ou encore le commerçant du coin. Sa personnalité et sa façon d'être sont totalement différentes, comme s'il s'agissait d'une autre personne. Ou encore en fonction du contexte et de l'environnement dans lequel il se trouve, son attitude peut différer en consommant de l'alcool ou d'autres substances, qui exacerbe les masques qui se révèlent.

5. Il vous tient pour responsable de son mauvais comportement, responsable de sa colère et des conséquences qui en découlent. Vous le provoquez, vous méritez donc la façon dont il vous parle ou agit.

6. Le PN passe de la violence par palier au sein du couple. En premier lieu, cassant et hautain, il peut en devenir insultant et critiquer notre physique ou nos valeurs fondamentales, des insultes plus graves jusqu'à la violence physique. Franchir ces paliers de violence devient normal puisqu'ils ont pour but de repousser nos limites de tolérances et notre ligne rouge toujours un peu plus.

7. Aux prémices de votre relation, cette rencontre et ce lien naissant est semblable à un conte de fées, une évidence, l'incarnation même de notre moitié, cette âme tant attendue à nos côtés pour faire notre vie avec et vieillir à ses côtés, il vous

fait vivre des choses merveilleuses par mimétisme, en se calquant à la perfection à vos envies et vos désirs pour les définir comme communs. Le mimétisme est l'aspect le plus redoutable de cette manipulation. Ces personnes se mettent en miroir, elles pensent comme vous, disent ce que vous voulez entendre, sont de votre avis, partagent vos valeurs, aiment les mêmes choses que vous. Comment y résister ?

8. Il vous éloigne de vos proches, ou tout l'inverse, séduit votre entourage. Plus vous avancez dans la relation, plus votre cercle d'amis et familiale se restreint ou est séduit et convaincu que c'est la personne idéale, sans se douter une seule seconde de ce que vous vivez une fois porte close.

Pour activer la manipulation, vous éloigner des personnes qui constitue un soutien pour vous ou les séduire, maintien ce sentiment de carcan autour d'une prise de conscience éventuelle que votre relation n'est pas normale, malsaine ou toxique pour vous.

9. Vous avez peur de ses réactions. Avec un mode opératoire d'ascendant moral, si vous ne vous comportez pas de la façon attendue, vous êtes sans cesse dans l'appréhension de son attitude face à vous, sans ne jamais savoir à quelle sauce vous serez mangé.

10. Calimero. Vous culpabilise sans cesse. Vous rend coupable d'abandon, de ne pas lui donner assez d'attention alors que cette personne tient votre cœur et votre corps entier entre ses mains. Cette sensation de ne jamais en faire assez le rendant éternellement insatisfait.

11. Fan invétéré du « Fuis-moi je te suis, suis-moi je te fuis », il l'applique à la perfection. Lorsque vous avez besoin de son affection, il va vous éviter et se montrer distant pour que vous mettiez beaucoup d'énergie afin de recevoir un peu d'amour et de considération et accaparer cette attention. Cette personne ne vous laissera aucun repos ni répit, considérant que les relations sont comme un élastique, à tendre et détendre jusqu'à l'éclatement.

12. Le PN fait du chantage affectif. Si vous n'obéissez pas à ses caprices, il enclenche la menace et sa tendance à vous culpabiliser, vous remettant sans cesse en cause avec des remarques humiliantes sur votre capacité à répondre à ses besoins à lui.

13. Il ne se remet pas en question. Jamais. Il refuse de regarder qu'il puisse être la cause d'un problème, c'est uniquement votre faute. Lorsque nous sommes emportés par l'émotion, il nous arrive à tous de regretter certains mots ou attitudes mais une fois cette émotion surpassée, nous ressentons parfois un sentiment de remords qui nous pousse à cette remise en question et à des excuses parfois nécessaires pour dénouer un conflit, comprendre, le résoudre et avancer. Le PN est dans l'incapacité de faire preuve de raisonnement quant à une remise en question.

14. Le PN ment. Il ment pour tester vos réactions et franchir pas à pas vos limites d'acceptation et élargir votre capacité à compatir et à ressentir de la compassion pour lui. C'est par ce processus qu'un mensonge que vous n'auriez pu tolérer avant cette rencontre devient acceptable.

15. Il prône une relation très fusionnelle. De celle qui vous fait croire que c'est vous et cet autre contre le reste du monde dans un rôle et un lien proche de celui du géniteur et de sa progéniture, vous infantilisant pour vous faire entendre que lui, et lui seul, c'est ce qui est le mieux pour vous, dans un élan protecteur et sécuritaire qui n'est autre qu'une mise sous clefs de votre propre a discernement à pouvoir prendre des décisions en votre identité et nom propre.

16. Des promesses à tort et à travers qu'il ne respectera pas. Il va vous promettre monts et merveilles, un travail thérapeutique en solo ou en couple, pour immiscer dans votre esprit l'idée que vous seul avez le moyen de le faire changer et d'influencer ses décisions.

17. Si cette personne n'était plus dans votre vie, vos problèmes disparaissent avec dans votre quotidien. Comme libéré d'un poids immense dans tous les domaines de votre vie, un souffle nouveau vous révèle sans cette personne à vos côtés.

18. Il exerce une autorité et un ascendant moral, avec la conviction de pouvoir nous éduquer et nous reprogrammer. À la demande. Ainsi toutes ses actions seront tournées vers l'objectif de vous asservir puisqu'il aura fait tant pour vous. C'est grâce à lui que.

19. Il se met en colère sans raison pour des détails insignifiants du quotidien du commun des mortels. Il peut entrer en crise de rage pour un lave-vaisselle pas vidé ou un luminaire laissé allumé, une serviette de bain sur le sol, ou encore si la porte n'est pas fermée à clef. Le moindre faux pas à ses yeux

devient insurmontable favorisant les reproches à votre égard pour vous accabler.

20. Il accapare toute votre attention et vous donne la sensation de ne plus pouvoir penser tranquillement, même à distance. Oscillant entre moment de grand bonheur ou de rumination négative.

Avoir le contrôle sur vos pensées lui permet de pouvoir les saisir, en jouer et vous manipuler pour s'en servir contre vous. S'il accapare ce mode de pensée, il peut le façonner et l'utiliser.

21. Vous comparez à ses anciennes conquêtes. Le PN va s'appliquer à vous faire entendre que vous êtes comparables ou non à ces relations amoureuses passées. Comme mise sur un podium, gagnante ou perdantes de bons points en fonction de vos actions envers lui. Le syndrome de la femme trophée. Vous êtes d'un jour à l'autre la perfection qu'il recherchait depuis si longtemps en comparaison de celles qui vous ont précédés ou alors responsable des sentiments qu'elles lui ont fait subir. Il n'a ni accepté ce passé ou les raisons réelles de ces ruptures douloureuses et les remet sans cesse sur le tapis, se victimisant au possible, évidemment.

22. Le PN a souvent des déviances sexuelles favorisant une sexualité dominante, pour écraser et soumettre l'autre. Adepte des techniques et mise en scène dominant/dominé, de stimulus tel que des supports audio ou vidéo pour nourrir son imaginaire, le sexe à plusieurs pour vous instrumentaliser tel un objet devant répondre à ses moindres désirs, il peut se montrer insistant sur la régularité de vos rapports ou sur votre capacité à lui procurer du plaisir pour le sexe seul quand lui seul en ressent le besoin.

Résultats

Entre 1 et 5

Mécanismes comportementaux associés à une ou plusieurs blessures.

Cette personne a besoin d'être valorisée, validée par le regard des autres.

Si cette personne se sent désirée, elle se sentira plus importante avec un effet booster sur l'estime d'elle-même.

Chaque blessure vécue dans l'enfance porte un masque ou un mécanisme de défense.

Cette personne pourra ainsi devenir encline à la manipulation pour arriver à ses fins, sans oublier le chantage ou le besoin de bouder comme un enfant.

Inutile d'accuser les autres pour nos souffrances car c'est rester accroché au passé et ainsi ne rien pouvoir y changer. On se donne le droit d'avoir souffert et on va vers la compassion envers soi et envers nos parents car ils ont souffert eux aussi. Se faire aider sur le plan physique, et émotionnel, parler à une personne de confiance, écrire nos états intérieurs ne peut qu'apporter enfin la libération et dégager les entraves au bonheur.

Jusqu'à 10

Manipulation aggravée.

Cette personne use de la manipulation mentale à votre égard. Elle désigne l'ensemble des tentatives obscures ou occultes de fausser ou orienter la perception de votre réalité. Cela s'obtient en usant d'un rapport de pouvoir, de séduction, de suggestion, de persuasion de soumission non volontaire ou consentie.

Souvent inconscient, le manipulateur fait tourner le monde autour de ses propres intérêts, sans se soucier des conséquences pour les autres. Il aime le pouvoir pour avoir le contrôle. Il se prend pour le nombril du monde. Il est rusé, fourbe, débrouillard et beau parleur.

C'est avant tout un opportuniste.

Les manipulateurs sont, de manière générale, profondément malveillants. Ils traversent la vie en étant bourrés de colère, ce sont des boules de haine. Ce qui différencie les pervers narcissiques des manipulateurs plus « ordinaires », c'est leur niveau de sadisme et de cruauté.

Au-delà de 15

Perversion narcissique.

Vos réponses au test résultent d'un comportement très toxique pour vous. N'attendez pas pour fuir, vous avez la possibilité et le droit de vous épanouir en couple. Prenez ce droit. Acceptez-le. Méritez-le. Prendre la décision de quitter définitivement cette personne, c'est sortir de l'emprise. Les cartes sont entre vos mains, plus dans les siennes.

L'intention est ici malveillante et perverse, à caractère paranoïaque, et vise un objectif destructeur et nocif pour les victimes.

Ce type de manipulateur est sournois et conscient de la machination qu'il met en place. Il aime diminuer les autres. Il prêche le mensonge pour désinformer et calomnier. Il pousse les autres à agir pour lui. Il divise pour mieux régner.

D'attitude lâche, il est méfiant. Il pratique le harcèlement moral, sait tout et connaît tout. Il terrorise les gens et a des comportements tyranniques.

Il semble inattaquable, se prétend juste et honnête, en agissant pour les bonnes causes. Il se fond souvent dans la masse, et ne se fait pas remarquer. Le manipulateur possède une redoutable aptitude à dissimuler.

Ce type de manipulation est la plus dangereuse.

Si vous êtes face à un individu de la sorte, un seul mot : fuyez !

Ces quelques réflexions ne sont pas exhaustives et ne visent qu'à susciter vos propres réflexions ou amener la conscientisation de vos états de mal-être pour mieux les libérer.

La tour de Babel

Pour moi, il n'est pas possible de soigner ces personnes, et cela pour plusieurs raisons simples.

Tout d'abord parce qu'ils ne sont pas demandeurs de soins, ils sont fiers de ce qu'ils sont et ne se reconnaissent pas comme ayant un problème.

Ensuite, leur système de pensée est par ailleurs verrouillé face à l'autocritique. Or on ne peut pas travailler correctement en thérapie si la personne n'assume pas sa part de responsabilité.

Enfin, les manipulateurs mentent aux psys, ce qui donne un matériel faussé. Ils ne viennent en séance que pour rendormir leur victime. Le manipulateur ne va voir un psy que pour donner l'illusion qu'il va changer. En général, il ne vient qu'à deux rendez-vous et annule la troisième séance.

Arrêter d'y penser

Prendre conscience et comprendre la faille dans laquelle le manipulateur pervers narcissique s'est engouffré.

Accepter la leçon à en tirer.

Forte de vouloir travailler sur mes blessures à ma vingtaine d'année, à la suite de la douleur infligée par un chagrin d'amour assez dévastateur, un travail et un mode de vie qui ne résonnait pas en moi, j'ai compris que ma capacité à développer des outils et une philosophie de vie au quotidien pour aller bien et accéder au bonheur grâce à la paix intérieure, a précisément été le faire-valoir du premier masque auquel j'ai eu affaire.

J'étais devenue une jeune femme dynamique, ambitieuse et désintéressée du monde matériel qui nous assomme, appréciant les choses simples, l'être humain dans tout ce qu'il a donné de meilleur, croire en l'humanité et la solidarité vibrante de bienveillance, gratitude et d'amour dans toute sa puissance créatrice. J'avais de l'estime pour ma personne car j'avais compati et accordé le pardon à mon enfant intérieur. Un monde édulcoré pour certains, inaccessible pour d'autres, je me suis finalement aperçue que ma tendance à tendre ma main était devenue une facilité pour me faire arracher le bras.

J'ai rencontré un homme qui a mis en avant ses blessures passées pour déclencher en moi mes valeurs de vie, une compassion et une empathie sans doute démesurée, exploitée pendant des heures de conversation. Ce potentiel de vouloir, de pouvoir guider l'autre m'a piégé pour mettre mon cœur à dure épreuve. Mes croyances aussi.

Cette sensation que le ciel nous tombe sur la tête, que l'on s'est senti trahie par nos propres aspirations, est une acceptation douloureuse mais salutaire. J'avais mille signes. Je n'ai pas voulu les voir ou les écouter. Mon intuition criait au secours, mon cœur et mon corps pensaient s'embraser d'évidence lorsque j'étais dans ses bras, et ma tête ne savait plus qui écouter.

Appuyer sur cet interrupteur a été sans aucun doute sa plus belle arme.

Aujourd'hui, je remercie chaque épreuve et chaque blessure mise sur mon chemin pour pouvoir acquérir ces leçons, telle une guerrière, une amazone. Si j'ai réussi à surmonter cette relation d'emprise, chacun et chacune d'entre vous le peut.

Arrêter de penser à cet autre, c'est prendre de la distance avec que vous avez subi à ses côtés. Ne pas vous sentir coupable de ce parcours et se pardonner.

Le pervers narcissique mettra tout en œuvre pour occuper vos pensées, de la meilleure façon selon lui, comme de la pire. Laissant une empreinte, sans lui donner la fierté de nous laisser balafres ou cicatrices, seul le temps apaisera vos pensées sans jamais vous faire oublier. Se confronter à une relation d'emprise et parvenir à en sortir, c'est une blessure pansée et cicatrisée avec laquelle on apprend à vivre.

J'ai répertorié différentes astuces pour réussir à mettre le plus de distance possible sans se laisser engouffrer par la nostalgie d'une histoire d'amour qui semblait si merveilleuse mais subjuguée finalement d'un amour et d'une considération erronée.

Cette relation d'emprise, s'appuyant sur le pouvoir, la domination et la faculté à déclencher un ascenseur émotionnel en vous, résulte en règle générale, des meilleurs moments de votre vie avec cette personne, comme les pires.

Ce conflit interne doit nourrir la partie de vous qui souhaite sortir de cette emprise et arrêter de vouloir concentrer votre énergie et vos pensées sur cette personne.

Pensez

La meilleure façon d'arrêter de penser au pervers narcissique c'est précisément de continuer de penser au pervers narcissique.

Provoquer en vous le dégoût et l'écœurement de cette personne génère en nous l'envie de ne plus y penser en analysant toutes les paroles ou actions qui fut en contradiction avec nos valeurs propres, nos croyances et notre identité.

Le temps fait son œuvre

Cette évolution naturelle qui nous permet de vivre les évènements de façon moins vive et explosive. Cette blessure deviendra lointaine et surmontable. Telle une baguette magique, ce temps agira comme le Patronus face à votre détraqueur. Le rendant prévisible, ridicule, minuscule ou pathétique.

La peur du notre sur-moi

Ce monstre invisible qui gouverne nos pensées. Cette force, cette entité, représente l'intériorisation des interdits, notre système qui génère la notion de bien et mal. Si le fondement de votre personnalité ne vous autorise pas à penser à cette personne car vous savez que c'est mal, nocif et mauvais pour vous, vous arrêterez de penser au pervers narcissique. Il est préférable de ne pas développer ce type de peur plutôt que développer un sentiment d'amour pour autre chose ou une autre personne, mais ce qui a engendré votre fuite ou votre décision de rompre avec ce lien toxique doit vous inciter à ne pas y retourner.

La prise de conscience

Changer le fonctionnement de votre esprit sans faire d'effort. Peut-être qu'à force de vous faire du mal, vous allez comprendre pourquoi vous vous faites ce mal et donc arrêter. Sortir de cette boucle avec une clé, que seuls vous avez en votre possession, là, quelque part en vous. Votre esprit doit s'orienter différemment. Mettre l'ego de côté et en toute humilité ne pas s'attacher à vos pensées et comportements qui vous remémorent ce lien. Changez vos priorités, oubliez la vengeance, le cycle de la vie et la roue qui tourne se charge à la perfection de ce mal engendré. Ne pas se venger mais être, devenir heureux pour soi-même. Si toute votre énergie s'oriente sur comment être heureux, elle n'ira pas se faufiler vers celui à qui vous devez faire face.

L'amour, le vrai

En rencontrant l'amour de soi mais aussi celui d'une autre personne, en présence de laquelle vous n'aurez pas la dérangeante impression d'être diminuée, dévalorisée, et rabaissée. Une relation saine, qui prône amour et bienveillance, respect et gratitude, considération et vibration, entente et désaccord sans pour autant en être malmené psychologiquement ou physiquement. En ayant le courage de surpasser une relation d'emprise, votre radar interne est enclenché et agira toujours en mise en garde, mais ne condamnez pas l'opportunité d'un nouvel amour.

Mettre sur pause l'instant présent

Observez-le tel qui l'est. Si on ressasse en permanence les bons souvenirs, sans oublier le prix qu'ils ont coûté après, essayez de le voir tel qui l'est maintenant dans le présent. Est-ce que vous avez envie de côtoyer cette personne-là, maintenant ?

144

Pas celle d'avant, pas celle de vos projections futures, celle sur l'instant présent.

Cette notion apaise particulièrement le désir de vengeance. Prenez en considération que cette personne vous méprise car vous représentez tout ce qu'elle rêverait d'être et ce qu'elle ne sera jamais, voilà pourquoi chacune de ses manœuvres est tournée vers cet objectif précis : hanter vos pensées, peu importe la façon.

Votre quête de vie

Se fixer des lignes directrices dans votre vie. Des objectifs précis qui demandent une implication personnelle. Continuer d'entretenir une relation destructrice, c'est mettre un frein à chacun des projets qui nous tiennent à cœur.

Atteindre des priorités qu'on est heureux d'atteindre. Aller à la rencontre de qui vous êtes, pas ce dont vous possédez ou ne possédez plus. Recherchez les priorités nécessaires à votre accomplissement.

Rompre avec l'obsession

Exercice : les petits bonhommes allumettes

Je vous présente ici un outil pour favoriser la rupture d'un lien désormais indésirable. En jouant sur votre émotionnel et sur votre subconscient, cette technique ludique et extrêmement simple à appliquer permet de se libérer des émotions désagréables en coupant les liens d'attachement toxiques : il s'agit de la technique des petits bonhommes allumettes.

Elle peut être utilisée par tout le monde. Elle peut donner des résultats étonnants en termes de maîtrise de soi et d'apaisement.

La méthode des bonhommes allumettes a été mise au point par le thérapeute canadien québécois Jacques Martel. Elle consiste à couper les liens d'attachements que nous avons établis avec des personnes ou des situations. Les émotions désagréables générées par ces liens nous empêchent de prendre du recul et de disposer de la sérénité nécessaire pour aborder ces personnes ou ces situations.

Je vous la présente ici à la lumière de ma propre expérience et de l'utilisation que j'en ai faite.

Couper ces liens revient à lâcher prise sur une personne ou une situation pour nous permettre de prendre du recul et de nous libérer.

Cet exercice fait appel aux capacités de votre subconscient. Celui-ci a une immense capacité à retenir ce que vous écrivez. Pour cette raison, il est important d'écrire et pas uniquement de penser l'exercice.

Un autre principe à respecter pour cette méthode des bonhommes allumettes est de ne faire l'exercice qu'avec des personnes où des situations pour lesquelles vous êtes directement impliqués.

Chacun conduit sa vie et personne n'est supposé intervenir dans votre vie pour en modifier le cours de même que vous n'avez pas à intervenir dans celle des autres.

Pour les plus curieux d'entre vous, sachez que les liens d'attachement sont reliés aux sept principaux centres d'énergie du corps. Ces centres d'énergie sont appelés chakras. Ils sont localisés le long d'un canal énergétique principal situé dans la colonne vertébrale, au centre de la moelle épinière et qui remonte depuis le sacrum jusqu'au sommet de la tête.

Pour utiliser l'exercice et pour qu'il fonctionne, il n'est pas non plus important de croire ou de ne pas croire en l'existence de ces centres d'énergie.

Nous sommes donc reliés aux autres et aux situations par nos chakras. Chaque chakra correspond à une localisation corporelle précise et à un niveau de conscience. Chacun de ces sept centres d'énergie est relié à une glande endocrine ayant pour effet de régulariser le fonctionnement de vos organes et des systèmes de votre corps.

Comment procéder ?

Vous devez en premier vous dessiner vous, dessiner ensuite l'autre personne ou situation, symboliser les attachements qui vous lient, les 7 niveaux, puis couper ces attachements.

Matériel requis

Vous avez besoin d'une feuille blanche, d'un crayon ou d'un stylo et d'une paire de ciseaux. La majeure partie du travail est faite par votre subconscient puisqu'elle est symbolique. Laissez donc travailler votre cerveau et vos émotions.

Méthodologie des bonhommes allumettes

1) Dessinez-vous comme un petit bonhomme allumette sur la partie gauche de la feuille : la tête, les yeux, le nez, la bouche, le corps, les bras, les jambes. Écrivez en dessous votre prénom et votre nom de famille. Le bonhomme allumette c'est celui de vos premiers dessins d'enfant... souvenez-vous ! Pas besoin donc d'avoir fait l'école des beaux-arts pour se lancer !

2) Dessinez la deuxième personne à côté sur la partie droite de la feuille et écrivez en dessous le prénom de cette personne et son nom de famille.

3) Tracez un cercle de lumière, à la manière des soleils de vos dessins d'enfant, autour de votre bonhomme pour symboliser que vous souhaitez ce qu'il y a de mieux pour vous-même.

4) Tracez un cercle de lumière autour du deuxième bonhomme pour symboliser que vous souhaitez ce qu'il y a de mieux pour cette personne.

5) Tracez un cercle de lumière autour des deux bonhommes, en rajoutant des petits rayons de lumière qui symbolisent que vous souhaitez, ce qu'il y a de mieux pour vous deux, sans donner d'intention précise en laissant faire votre subconscient

6) Tracez ensuite les lignes d'attachement conscientes ou inconscientes entre les deux bonhommes au niveau des différents centres d'énergie.

Il doit y avoir 7 lignes qui relient les 7 chakras, c'est à dire, de bas en haut :

— le chakra racine
— le chakra sacré
— le chakra du plexus solaire
— le chakra du cœur
— le chakra de la gorge
— le chakra du 3e œil
— le chakra coronal

Vous pouvez les faire de la couleur correspondante, selon votre humeur du moment et selon que vous disposez des crayons de couleur ou des feutres nécessaires, mais ce n'est pas une obligation.

Vous obtenez ceci :

7) Utilisez votre paire de ciseaux pour découper le centre de cette feuille, au niveau des lignes reliant les deux bonhommes allumettes.

Vous faites ce que vous voulez des deux morceaux de papier : vous les jetez à la poubelle, vous les passez au broyeur, vous les brûlez en disant « Vos problèmes sont vos problèmes et je ne les endosse pas ! », ce qui peut ajouter une dimension symbolique supplémentaire. Faites vraiment comme vous le sentez.

Le fait de faire l'exercice des bonhommes allumettes va vous permettre de vous libérer consciemment ou inconsciemment des liens d'attachement que vous trimbalez après vous. Vous pourrez percevoir immédiatement ou plus tard des changements plus ou moins importants dans votre ressenti. Du fait que l'exercice va vous permettre de modifier votre attitude vis-à-vis de l'autre en levant le contrôle que l'autre exerce sur vous.

Couper les liens. Suppression. Reprogrammation.

En finir avec un lien toxique ou d'emprise, c'est se faire parfois violence et renoncer, abandonner ce lien indésirable. Supprimer des éléments qui vous accrochent à ce lien est une étape douloureuse mais nécessaire. Essentiel selon moi dans le processus de deuil, car chacun de ces éléments pourra jouer contre vous lors de vos moments de fragilité émotionnelle, de nostalgie ou vous remémorer la douleur infligée par un espoir et une quête d'amour inachevé, qui se dévoile mensonge aujourd'hui.

Cette étape prend du temps en fonction de la durée de cette relation à laquelle vous souhaitez mettre un terme. Sans oublier l'art d'exposer notre vie sur les réseaux sociaux, et les liens fictifs associés à ces vitrines de notre vie.

Ce fut particulièrement salvateur de constater que de supprimer les vestiges de ce lien qui m'a dupé et bercé dans une illusion fracassante, me détachait peu à peu de cette personne mais aussi de l'impact néfaste qu'il avait sur mes états d'âme. Il faut bien saisir que nous ne pouvons vivre cette rupture de manière classique, en en gardant finalement un bon souvenir et s'autoriser à garder des photos souvenirs en mémoire du bon vieux temps.

Lorsque vous sortez de l'emprise, c'est soit pour toujours soit pour mieux succomber et céder à nouveau. Nous sommes dans une relation de celui qui traque une proie pour l'accaparer et la dévorer. Pas dans une relation d'amour qui s'est consumé pour diverses raisons mais pour laquelle nous gardons les meilleurs moments en tête, sans rancune ni colère.

Dans le cas d'une rupture nette et définitive avec un PN, il s'agit de mettre à rude épreuve son instinct de survie et de forger son bouclier pour encaisser les coups bas à venir. C'est comme si vous aviez eu le courage d'utiliser cette clef pour vous enfuir mais que cette personne avait accès à tout le royaume pour vous retrouver parmi champs et vallée. La fuite n'est que la première étape. La plus lourde et la plus courageuse qui soit.

Ne vous rattachez plus à ces sourires apparents sur des photos de famille, de voyage ou de soirée entre amis. Pleurez, hurlez, exprimez cette émotion qui vous submerge si vous vous sentez mal en faisant ces suppressions mais ne cédez pas. Ne cédez pas à cette personne qui se présente tel un mirage dans votre vie, pendant que vous donniez le meilleur de vous-même il s'acharnait à vous offrir le pire.

Agissez. Maintenant.

Suppression de photos et de vidéos de tous supports.

Suppression et blocage sur les réseaux sociaux.

Suppression et blocage de son entourage proche, amis et famille sur les réseaux sociaux, qui ne sera par la suite, qu'un moyen d'accès à votre vie, donc à vous.

Coupez absolument tous les stimulus qui puissent vous ramener à ce lien et vous empêcher d'y voir clair.

La fréquentation de lieux communs, d'activités communes, d'amis communs... vous devez faire le tri et refuser ces fils d'attache qui forme un tissage dont cette personne est devenue le centre, le tissu et le mécanisme de création à la fois. Ne plus laisser cette personne avoir de l'emprise sur vous c'est devenir invisible. Tant que cette personne pourra par tous les moyens, et croyez-moi, la créativité et l'intelligence ne manqueront pas, entrer en contact de près ou de loin avec vous, elle continuera d'exercer cette emprise sur vous.

Si cette personne travaille avec vous, je comprends bien qu'il n'est parfois pas envisageable de quitter son poste de travail mais seuls vous, pouvez trouver les leviers d'actions à enclencher pour sortir le plus indemne possible de cette épreuve. Si changer d'emploi ou de ville est votre dernière option pour vous sortir de cette impasse avec ce mur grandissant qui se façonne devant vous, faites-le.

N'attendez pas. N'attendez plus.

Mettre de l'ordre dans ses pensées matérielles

J'ai bien conscience que pour certains ou certaines d'entre vous, l'engagement énoncé par le courage de partir n'engage justement pas que vous en tant que personne mais parfois une maison, un appartement, une voiture, et aussi des enfants.

J'entends cette dimension matérielle mais vous devez agir. Ne plus vous laissez subir ce sort dont vous détenez la clé.

Mon oncle applique cette phrase très souvent pour rassurer ma tante, plus angoissée face à la vie et ce genre de chose, en lui disant :

— Il n'y a pas de problèmes. Il n'y a que des solutions. S'il n'y a pas de solutions, il n'y a pas de problème.

Utopiste ? Je ne crois pas. Je reste également convaincue que plus nous mettons de croyance dans nos convictions et pensées, qu'elles soient donc positives ou négatives pour nous plus on leur donne le pouvoir de se matérialiser dans notre réalité.

J'ai écouté des témoignages bouleversants au sujet de la perversion narcissique. De ceux qui vous obligent à quitter un domicile avec deux culottes, votre chat et une amie en pleine nuit. Devoir renoncer à tout ce que l'on a bâti ou possédé avec cette personne. Une mise à nu de nos repères. Trouvez le moyen de partir, de tout recommencer. Prenez vos enfants sous le bras, ou non, et fuyez. Personne n'est seul en ce monde. Quelqu'un peut vous aider soyez en certains. Prendre ce temps de la réflexion, qui doit être rapide et efficace, va sans aucun doute vous bouleverser. Vous ne serez plus dans les mêmes conditions mais vous ouvrez enfin une porte vers le meilleur à venir.

Ne pas s'isoler.
« Je ne suis pas seule.
Je ne basculerai pas dans la peur.
Je suis la lumière dans l'obscurité.
Je ne suis pas seule.
Je ne basculerai pas dans la peur.
Je suis la lumière dans l'obscurité. »

J'ai dû me répéter ces phrases cinquante fois en tentant d'essayer de respirer à nouveau.

Coup de théâtre.

Après sa convocation à la gendarmerie le matin même, ce soir-là, une publication publique d'un statut Facebook alerte mon cousin Alexis qui essaye de me contacter.

J'ai tout bloqué. Partout. Je ne vois plus rien. Je ne sais plus rien. Pour tenter de me protéger. Sauf quand par surprise cela s'impose à vous. À ce moment précis, plus rien ni personne ne peut vous protéger de cette émotion de panique qui vous envahit et s'immisce partout dans votre chair.

Cette humiliation de plus. Encore une... une intimité dévoilée au nom d'un sentiment oppressant de se faire valoir, se faire bien voir, comme à chaque fois, mais cette fois-ci, aux yeux de tous.

Les messages défilent.
« Tout le monde en parle. »
« Tout le monde l'a vu. »

Sa famille le like en guise de soutien absurde. Sa sœur m'écrit en réponse à un message lui demandant de raisonner son frère après tout ce qu'il a osé faire, prenant sa défense coûte que coûte déclarant que je suis une menteuse.

Après la vérité dévoilée, le combat de ma parole contre la sienne.

Après la vérité assumée, le déferlement d'un vent violent qui me gifle le visage.

Certains le croient lui. D'autres me croiront moi.

« Je ne suis pas seule.

Je ne basculerais pas dans la peur.

Je suis la lumière dans l'obscurité. »

La guerre est déclarée
Énerver le PN

Le narcissisme

Si cette personne a usé de vos faiblesses pour en faire une arme, vous pouvez en faire de même.

Par l'approche du narcissisme, le rapport à l'image de soi est exacerbé et obsessionnel. Briser la loi du silence et dénoncer les agissements de cette personne aux yeux des forces de l'ordre mais aussi à la vue de tous ne pourra qu'entraver la perception erronée que cette personne qui vous attaque a d'elle-même.

En fonction des circonstances, il y aura des limites à ne pas franchir pour ne pas basculer dans un engrenage infernal et une guerre sans fin. Prenez les armes. Défendez votre position et votre peau. Faites ce qui vous semble juste. Ne vous laissez pas envahir par la peur ou la culpabilité.

J'ai personnellement expérimenté cette approche.

Après une première convocation à la gendarmerie à la suite de mon dépôt de plainte, lorsque cette personne a affiché un statut Facebook mettant en pâture notre intimité et la façon dont il était brisé ou attristé d'une telle situation. Pourquoi ? Pour s'attirer l'empathie et la compassion des semblables, de sa cour.

Je n'ai pu rester silencieuse. Si les réseaux sociaux peuvent aujourd'hui répondre à un débat sur le voyeurisme ou le manque d'intimité sur nos vies, ils n'en résultent pas moins d'un moyen de communication à l'impact grandissant ou destructeur.

Lorsque ce statut a été posté, je me suis sentie dévastée. Je vivais dans un village où tout se sait, un endroit que j'avais choisi pour m'y sentir bien. Je travaillais dans le village voisin. Avec l'envie féroce de répondre à mes ambitions de femme, de femme libre et indépendante.

Je ne peux faire justice moi-même. Personne ne le peut, excepté les personnes habilitées officiellement à le faire.

L'impact que ce statut pouvait engendrer me porterait peut-être préjudice quoi qu'il arrive mais j'avais le droit de me défendre.

Et de la même façon.

Après avoir prévenu le gendarme chargé de l'affaire à l'encontre de cet homme malveillant, j'ai à mon tour posté ceci en réponse interposée sur la vitrine de nos vies.

Son statut répondant à une humiliation d'ordre public fut celui-ci :

— J'étais sur le point de te demander en mariage, on avait lancé la PMA pour notre bébé, l'achat de la maison allait être accepté et tout s'est arrêté en une soirée pour une dispute futile !

Aujourd'hui, j'ai été auditionnée pour une plainte que tu as déposée contre moi pour harcèlement, pour t'avoir envoyé des lettres d'amour, pour t'avoir fait livrer des fleurs sur ton lieu de travail !

J'étais désespérée, je voulais juste te montrer mon amour et avoir une chance de capter ton attention.

Je suis attristé mais je ne t'en veux pas.

Comment a-t-on pu en arriver là ?

Je n'ai pas toujours été bon, je suis tourmenté par le passé et les gens mauvais de ce village mais je t'ai aimé comme un fou.

Ils auront eu raison de nous.

Nous étions intouchables et amoureux, si j'avais un esprit plus fort, rien de tout ça ne serait arrivé !

Nous sommes flammes jumelles, on se retrouvera dans cette vie ou dans une autre.

Ana b7ebbek albé

7abibê enta, wrou7ê enta.

La 7addi ablak wala ba3dak enta.

(Je t'aime, ma chérie.

Tu es mon bébé, la plus jolie.)

J'ai choisi de calquer ses propos en dénonçant la vérité, comme suit :

— Tu étais sur le point de me demander en mariage.

On avait lancé une PMA pour un bébé car, par chance, un homme comme toi ne pouvait visiblement pas en avoir. L'achat de notre maison n'allait pas être accepté et tout s'est arrêté en une soirée pour une dispute d'une violence impardonnable qui je cite, remettez en cause « ma capacité à écarter les cuisses tandis qu'un autre que toi par le passé avait eu la chance de me souiller, me baiser, me déglinguer et me sauter. »

Aujourd'hui, tu as été auditionné pour une plainte que j'ai déposée contre toi pour harcèlement, pour m'avoir suivi, traqué, observé par la fenêtre de mon appartement pour voir si je m'y trouvais, et je m'y trouvais, pris la fausse identité de quelqu'un pour te présenter à un rendez-vous sur mon lieu de travail et pouvoir m'intercepter, écrit une quarantaine de pages de lettres aux propos tendancieux, humiliants, menaçants et déviants. Sans compter la fois où tu m'as gracieusement mis à la rue à 3 h du matin te retenant de lever la main sur moi.

Me convaincre d'abandonner mon chien et un de mes chats, d'avoir honte de mes racines et origines orientales, qu'il était préférable que je me fasse refaire la poitrine et renonce à ma spiritualité, que mon passé avec les hommes ayant partagé ma vie ou mon lit, était sulfureux et sale, que ma féminité ne valait rien, que mes blessures comptaient moins que les tiennes, que mon chat méritait d'être poursuivi avec une tongue menaçante à la main, que je prenais des douches trop chaudes ou trop longues, que me présenter une amie d'enfance que tu as tenté de séduire par le passé et sous mes yeux était normal, tout autant qu'une vieille conversation pas supprimée entre ton ex-copine et toi échangeant des photos obscènes sur ton téléphone, que de mettre en scène des ébats à travers des photos et vidéos était excitant et nécessaire, que d'avoir succombé une nuit de plus avec ton ancienne compagne alors que l'on était ensemble la nuit d'avant n'était pas grave, que l'infertilité était une affaire de femme, qu'un supposé lien incestueux avec ta sœur n'avait rien de choquant, que noyer mes tourments dans la caféine, mes larmes et la nicotine pendant des nuits entières faisait de moi une femme pathétique, une femme qui ne méritait pas d'être aimée autrement que la façon dont toi tu m'aimais.

Tu n'es pas désespéré. Tu veux juste sortir ton plus beau masque et avoir une chance de me posséder à nouveau.

Tu n'es pas attristé et je ne t'en veux pas non plus, car sortir de cette emprise aujourd'hui, au nom de ces femmes qui reste 5 ans, 12 ans, ou 20... ça n'a pas de prix si ce n'est celui de la liberté.

Aujourd'hui, ce village est le mien. Tu es simplement le plus mauvais d'entre tous.

Comment a-t-on pu en arriver là ?

Car tu es le mal en personne sur lequel j'ai appris par surprise que tu as déjà été appréhendé par le passé pour des faits similaires ou aggravés.

Nous ne sommes pas flammes jumelles.

Tu ne sais même pas ce que c'est.

On se retrouvera sans aucun doute dans d'autres vies et je ne ferais plus jamais la même erreur.

Kess emak

Kess ekhtak

(La chatte de ta mère.

La chatte de ta sœur.)

#BalanceTonPN

#FuckCensure

Liker. Partager !

Allez Kiss

Les retombées de cet échange non direct ont suscité, à ma surprise, au vu du risque que j'avais la sensation de prendre à n'avoir plus rien à perdre si ce n'est dévoiler une vérité écrasante sur ma vie, beaucoup de compassion et de messages de soutien de la part de la communauté Facebook. Ma famille, de vieux amis, d'hommes, de beaucoup de femmes. Un grand merci à chacun de vous. Sans jugement, d'avoir contribué à m'apporter de l'apaisement et une solidarité face à un combat que tant de femmes subissent, partagent et expérimentent malgré elles.

Je n'aurais jamais la prétention de me faire garante de chacune d'entre elles, mais au nom de cette liberté, des violences faites aux femmes chaque jour, chaque heure, chaque seconde en ce monde, j'ai ressenti le devoir d'agir en ce sens.

Finalement, mon parcours n'est rien face à certaines qui vivent peut-être en lisant ces lignes cette situation depuis des années, avec l'impossibilité immédiate de pouvoir s'en sortir.

Il y a moi, nous, ici, et tant d'autres dans des pays où l'homme à l'autorisation de brûler le visage de sa femme à l'acide s'il juge que c'est nécessaire en cas de déshonneur conjugal ou familial.

Libérer cette parole aujourd'hui répond à l'engagement que chaque petite chose forme un tout pour en accomplir de grande.

Brisez cette loi du silence. Sans honte, sans détour.

Brisez cette image factice et lisse que cette personne a donnée au monde.

Brisez cette emprise. Il va souhaiter vous anéantir et obsédé vos pensées par tous les moyens possibles sans jamais passer sa vie en prison pour cela, jusqu'à faire d'une d'entre nous une prochaine victime de son cataclysme.

Brisez-le. Subtilement. Silencieusement ou en hurlant votre rage.

Ne laissez personne vous faire entendre que vous êtes indigne d'amour, indigne d'être aimée, indigne d'humanité et d'exister.

Et ce, peu importe le regard des autres.

Prenez les armes et gagnez chaque bataille.

Relevez-vous et ne sombrez pas.

Ne laissez pas cette personne vous voler votre vie, votre existence, vos blessures, vos joies, vos peines, vos tourments, vos amis, votre famille, toute votre âme.

Sauvez-la.

Si j'en suis capable.

Vous aussi.

Statut Facebook de M. supprimé de la toile dès le lendemain. Par chance, j'ai pu conserver ce message pour répondre à son affront.

La colère

Atteindre une personne comme celle qui empoisonne votre vie est chose facile.

Enclencher un mécanisme de vengeance non colérique par devoir de protection et d'instinct de survie.

Que vous soyez déterminé à vous venger de cette personne en relevant le menton et par votre plus beau sourire sera votre meilleure option.

Aller bien sans lui est symbolique d'un échec vécu comme un déchirement, celui de prendre conscience de vous avoir perdu à jamais et qu'un autre que lui aura sans aucun doute la chance de vieillir à vos côtés et de la meilleure façon possible.

Déchaîner cette colère qui sommeille pourra engendrer sa fuite ou le prochain palier.

Avoir pleine conscience de ces risques à chaque épreuve a été douloureux mais salutaire.

Je n'y laisserai pas ma peau et s'il souhaite se jouer de moi et se battre pour m'anéantir, eh bien j'irais au front.

Citation :

« Je n'abandonnerais jamais. Je ne lâcherais pas prise jusqu'à la mort. Et ce jusqu'à ce que ton cœur appartienne à un autre, que j'apprenne qu'un autre est volé ton cœur. »

Dommage. Il se perd à son propre piège.

Je me suis aperçue du manque évident de discernement et d'intelligence suprême dont on parle du pervers narcissique.

User des mêmes mécanismes que cette personne pour vous défendre ne fera pas de vous une personne perverse ou narcissique. Vous y répondez par instinct et soucieuse de vous sauver du mieux possible.

Réveiller cette part de lui a été d'une simplicité déroutante.

Cette personne vous traque et vous observe, de près ou de loin, il peut avoir accès à tous les moyens modernes pour connaître vos moindres faits et gestes.

Faites-le danser jusqu'à lui donner le tournis. De votre capacité à vous remettre de lui. Sortez de l'isolement, entourez-vous des bonnes personnes, de vos amis, de votre famille.

Votre seule mission pour tenter de sortir indemne de cette malheureuse aventure et de vous consacrer à vous, à votre bonheur et aux moyens possibles pour y parvenir.

Si vous devez exagérer, faites-le.

N'ayez plus peur.

Prendre une photo avec un inconnu ou un ami dans la confidence.

Exposer vos soirées festives et lumineuses.

Semer le doute. La confusion.

Voyagez.

Partez.

2 jours.

Une semaine.

Un mois.

Ressourcez-vous.

Et faîtes-le savoir.

Tinder and Cie

Ou comment la paranoïa vous saisit au cœur.

Vendredi soir.

Dans un élan d'optimisme et de rire, ma petite sœur me convainc d'installer cette application. J'en connais vaguement les règles et sa sulfureuse réputation d'un supermarché du sexe éphémère. Je ne suis pas à l'aise avec cette idée de consommer le sexe. De pouvoir en faire acte au bout de sa rue ou au coin de la ville. Et à la fois j'éprouve une profonde admiration pour ces femmes qui, le temps d'une nuit ou plusieurs, peuvent s'abandonner tout entière à un inconnu. Je ne suis pas cette femme. Je ne sais pas l'être, tout simplement. Ni l'incarner ou répondre avec conviction à cette envie de liberté féminine et hautement défendue à travers le droit des femmes de cette façon-là.

Faire comme les hommes.

L'idée est évidemment à surligner en rose fluo.

Et si, par chance ou mégarde, mesdames, vous vous en sentez capable et que cela est juste pour vous, je vous soutiens amplement et vous invite à explorer ce monde merveilleux des applications de rencontre. Celle-ci ou les autres.

Du moment que cela résonne en vous, c'est finalement ce qui compte.

Des profils intrigants aux photos provocatrices de torse bodybuildé et huilé, mon doigt swipe tellement sur la gauche que j'en fais buguer l'application. Je ne sais même pas pourquoi je suis là.

Je fais quelques captures d'écran que j'échange avec ma sœur pour rire honteusement d'un florilège d'hommes visiblement perdus dans la capacité à mettre en valeur leurs atouts pour séduire. Sans mesquinerie, cela me fait passer un bon moment avec elle.

Adrien. 29 ans. Kinésithérapeute. 91 km. Parfait. Plus c'est loin mieux c'est. Engager une conversation n'engage à rien.

Un regard plein de mystère et de malice, tendre, rassurant et sincère. Une photo de paysage, et sa silhouette longiligne apparaît. Visage vers le sol et mains dans les poches, sa posture laisse deviner une chevelure et une barbe brune.

Swipe à droite.

It's a match !

Un nouveau message.

— Enchanté Lincey... quelle belle femme tu es !

— Enchantée Adrien. N'importe quoi. Mais se réveiller avec ça c'est plutôt plaisant, merci !

— Ce n'est pas n'importe quoi. Ton sourire, ton regard ! J'adore !

Toujours sous la couette ?

— Non. J'émerge doucement avec mon café et mes chats.

— Ah ah ah. Mais alors dis-moi, du côté de Montpellier il n'y a pas de mecs ?

— J'en ai que deux hein lol. Enfin une. Une autre est sortie de nulle part et a décidé de se joindre à nous. Les chats. Je n'en ai pas huit.

Des mecs ? Si ! Sûrement ! Être ici c'est nouveau pour moi et je ne suis pas forcément adepte à vrai dire, ma petite sœur m'a forcé la main. Je n'ai carrément pas eu le choix en fait.

— Mdr ! Ne t'inquiète pas j'aime les animaux. Sur Tinder, tu veux dire ?

— Oui. Ou toute autre appli de rencontre. Je suis plutôt du genre à croire au karma et aux âmes sœurs donc lol. Tinder c'est Karma 2.0 dirons-nous.

— Tinder c'est un baisodrome surtout ! J'ai des amies sur Tinder je ris des messages envoyés par les mecs.

— Je t'avoue que je ne suis pas trop à l'aise avec cette idée. Enfin, j'ai jamais fait ça donc. Les photos et les présentations parfois… Ceci dit, ça a le mérite d'être clair ! Comme « Je suis plus à l'aise au-dessus. »

C'est quoi tes projets pour la journée ?

— Écoute déjà sortir de dessous la couette, voir le temps qu'il fait et après j'improvise et toi ?

— Idem. Mais je travaille aujourd'hui. Marché de Noël sur la commune où je travaille. J'ai ouvert un salon de bien-être et beauté bio il y a deux ans. Praticienne en massage du monde (Ayurvéda et soins énergétiques) et esthéticienne en soin holistique Dr. Hauschka. Alors me diras-tu ? C'est qui ce mec ? C'est Dieu. Lol. Gamme de produits bio et nature privilégiant des soins holistiques au travers d'un soin de beauté esthétique.

— Attends, attends. Tu fais des massages ayurvédiques ?! On se marie quand ?! ah ah ah.

Une conversation légère et spontanée. Échangeant sur nos métiers respectifs avec une pointe d'humour et de sensualité.

Cela m'a fait un bien fou.

Un compliment, une discussion évidente dans laquelle je me suis sentie moi-même, la sensation particulière de retrouver de l'entrain à susciter de l'intérêt pour quelqu'un d'autre, pour un autre homme que lui. Comme une douce caresse d'estime de soi égarée depuis quelque temps, depuis trop longtemps maintenant.

Je cuisine. Je m'applique dans la confection de recette par passion et dans leur présentation que je m'amuse à photographier. Je souhaite partager cela avec lui mais on ne peut envoyer de photos à travers cette application. Comme si elle n'était finalement qu'une plateforme aux prémices de ce qui suit, le contact réel derrière d'autres réseaux sociaux et plus virtuels.

Il me propose d'échanger nos comptes Instagram afin que je puisse lui envoyer les photos de ce que je prépare.

J'en profite pour observer ses photos et la vitrine de sa vie.

C'est agréable. Il est charmant, dans une simplicité chaleureuse et communicative.

Ce soir-là, il me complimente. Sur ma beauté, mon humour, nos discussions intéressantes. Il plaisante en me disant qu'il viendrait bien faire un tour sur ce marché de Noël, en toute innocence.

Tout à coup, je me sens envahie. Étouffée et craintive.

Je m'en veux de m'être sentie légère ou imprudente à parler de moi, de mon activité ou de mes passions.

Je me sens juste mal à l'idée d'avoir cette application dans mon téléphone.

C'est décidé. Demain, je supprime cette application, je supprime tout. Je bloque ce contact de mes abonnés Instagram et je disparais. Après tout, on ne se connaît pas. Il a eu accès à mon vrai nom et prénom, à mon lieu de travail. Et s'il débarquait ? Et pourquoi il utilise un pseudo pour son compte Instagram ? Il doit s'y connaître. C'est pour ça qu'il est sur Tinder. Il est malin. Il protège son identité. Qu'est-ce que tu peux être naïve ! Bon avec un peu de chance il ne se souviendra pas du nom du salon et ne pourra donc ni me retrouver ou se poser des questions. Je tente de me rassurer dans ce sentiment absurde que l'avantage des réseaux sociaux dans le cadre des applis de rencontre c'est que l'on peut disparaître sans craindre d'être traquée. J'ai cité le nom de Dr. Hauschka. Il y a une base de données sur leur site internet qui affiche leur institut partenaire. Et s'il allait faire cette recherche ?

En bref, j'étais en pleine crise de paranoïa. Je disparaissais.
Pour me rassurer et me convaincre d'une chose qui n'existait pas, que cet inconnu allait me traquer pour me surprendre.
Pathétique ?
Peut-être.
Je réalisais alors à quel point cette rupture et cette relation m'avaient abîmée. Je n'étais pas prête. Pour cet après. Inconfortable et mal à l'aise à l'idée de m'ouvrir à un inconnu bienveillant et sympathique.
Sur l'instant, je me suis sentie soulagée de m'effacer et à la fois dépitée par cette sensation que lui me laissait. Ne plus me sentir coupable mais coupable d'interagir avec d'autres hommes que lui, qui me voulaient sans aucun doute plus de bien que lui.
Tant pis.
Ce n'était finalement pas si drôle que ça.
Tinder.
Supprimer mon compte.
Êtes-vous sûre de vouloir suspendre votre compte ?

Valider.

Dimanche.
— Tu m'as supprimé de Insta ?!
— ??!!
— …

Merde. Même le compte suspendu, la messagerie reste active.

Ça ne sert à rien de faire semblant.

Je lui explique. Et s'il prend la mouche, ce n'est pas grave, je ne lui en voudrais pas.

— J'ai suspendu mon compte. Je ne pensais pas pouvoir recevoir des messages. Je ne sais même pas pourquoi j'ai fait ça. Cela ne me ressemble pas, Tinder and Cie. Je me suis fait un flippe toute seule. Ce n'est pas contre toi, envers ta personne ou quoique ce soit. Je ne suis personne pour toi mais je ne veux pas que tu te sentes blessé ou vexé par ce que j'ai fait. C'est moi et moi-même. Ce type m'a sans doute plus abîmé que je l'imagine. Tu viens chercher de la légèreté ici et au risque de passer pour quelqu'un de tourmentée, dans un élan de folie, j'ai tout supprimé.

Je ne sais pas faire ça.

Je n'aime pas faire ça.

Je n'aime pas ressentir la peur que ça pourrait me procurer d'être face à un homme de nouveau.

Je suis bien seule avec mes chats, mes amies et mon travail.

Je ne vais pas t'infliger ça tu comprends ? Enfin, ce ne serait pas utile.

— Quel type ?

Mais attends Lincey tu ne m'as rien promis. On ne fait que discuter. Et on rigolait bien. Je n'attends rien si tu ne veux rien. Je te trouve tellement intéressante, ce serait juste dommage.

— Je sais qu'on ne s'est rien promis. J'ai juste flippé. Toute seule. Comme une grande. Ma précédente relation. Je m'excuse. Je n'aurais pas dû être aussi impulsive.

— Mais tu as le droit d'avoir cette réaction. Je veux juste que tu saches que je n'attends rien. J'aime juste te parler. Ta légèreté. Évidemment, je t'ai dit que tu étais magnifique car c'est la simple vérité, cela n'engage à rien.

— Et ça fait un bien fou de te lire. Je t'en remercie. Vraiment. Bon promis je ne suis pas en train de chercher une corde. Lol

— Tu as intérêt ! Là je te retrouve ahah.

— J'aurais pas dû regarder « Nos étoiles contraires ». Bon week-end ?

— Mdr ! Tranquille. Juste une brune super sympa qui a failli disparaître laaaaaaaaaa. Tu me supprimes quand de Tinder que je m'y prépare ?

— Je ne suis tellement pas douée que j'étais persuadée qu'en suspendant mon compte je ne recevrais plus de messages. Et c'est là que j'ai vu les tiens.

— Tu vois, c'est le destin.

Tu pourras supprimer ton compte une fois que l'on discutera ailleurs.

— Supprimer ? Le compte ?

— Tinder. Pour ne plus rien recevoir.

— Okkkkkkkkkk ! LifeFastGo30 ! T'es tellement renommé dans la pratique kiné aux alentours que tu as un nom d'artiste sur Instagram ?

— Exact ! Un artiste du soin.

On a ensuite échangé avec beaucoup de dérision sur ce film que je me suis fait à penser qu'il avait, lui aussi, une double identité.

Je ne le remercierais jamais assez pour avoir, à sa manière, su répondre à mes doutes et mes cicatrices, sans même qu'il en soit conscient, juste en étant lui-même, un homme de valeur, un homme droit, simplement en quête d'amour authentique comme chacun d'entre nous.

Adrien, un grand merci.

Quelques jours plus tard, mon amie Aurélie m'envoie un message matinal avec une capture d'écran. Cet homme PN s'est créé un compte Tinder lui aussi en mettant tout son potentiel en avant, sa profession prestigieuse, son costume, avec une photo que j'avais prise lors d'un mariage d'un de mes cousins. Il y met le drapeau français et le drapeau libanais. Il a un terrain d'avance sur ce sujet étant donné que je lui avais donné la chance d'explorer cette culture et ce pays. Ce sera donc chose facile pour lui de s'adapter à la culture orientale et de susciter l'intérêt pour une personne ayant davantage le profil d'un norvégien plutôt que méditerranéen.

Je plains tellement chacune d'entre elles. Qui tenteront de discuter avec lui, de le rencontrer. J'aimerais crier haut et fort ce qu'il est. J'aimerais avoir la possibilité de le blacklister. Que nous aussi, en tant que femmes, on ait la possibilité d'avoir une base de données ou chaque nom de ces bourreaux pourra y être inscrit. Non pas qu'ils ne méritent pas d'être aimés, mais que en tant que femme on sache où l'on pose un pied.

La chasse est ouverte, mesdames !

Tinder, Adopteunmec, Meetic. Il est sur chacun de ses sites avec une description à me faire pâlir, à m'en donner la nausée, me sentir impuissante face à l'idée qu'une autre femme que moi subira sans aucun doute le même sort.

Il se décrit comme quelqu'un de discret, de sensible, de spirituel et passionné, d'affectueux, de voyageur, de rêveur.

Souple et acrobatique, il prétend pouvoir vous embrasser comme Spiderman. Chic et distingué, il prendra soin de vous comme un vrai gentleman. Si vous cherchez un prince charmant, il considère qu'il n'a pas de sang royal bien que son nom le soit. Il recherche une femme drôle, intelligente, spirituelle et souriante, ayant de la conversation et du charme. Une chérie, une amie, une confidente, une partenaire de jeu.

Tout ce que j'étais. Et pourtant. Quel jeu infernal m'attendait...

Il se décrit en mettant en avant tous ces attraits physiques et moraux insistant sur le fait qu'il est spirituel non-pratiquant. Une absurdité, un mensonge, un leurre. Il a également le culot de citer sa chanson préférée qui était la chanson de nos débuts.

Il emmènera sa nouvelle proie sans aucun doute dans les mêmes endroits, restaurants et villes autour du monde que nous avions faits, puisque c'est ce qu'il a fait avec moi. Reproduire le même scénario. Pas la même femme. Pas le même challenge.

Je m'en amuse avec mon amie Aurélie. Il vaut mieux en rire. Mais l'idée même qu'il va continuer à agir comme il l'a fait avec moi, engageant un palier de plus à chaque fois, que ce soit dans l'art d'exercer son jeu de rôle ou dans la violence associée à celui-ci, me débecte au plus haut point.

Je ne souhaiterais jamais avoir croisé sa route et à la fois je suis reconnaissante d'avoir pu m'expulser de cette trajectoire.

Car, dans la scène finale de sa triste existence, ce ne sera pas moi, le bouquet final.

Contact

Je ne serais jamais si cela est commun à toute rupture amoureuse. Lorsqu'une personne quitte votre vie, ou que vous quittez la sienne, vous éprouvez parfois le besoin de renouer avec un passé et les personnes associées. En particulier dans le domaine amoureux ou celui du désir.

Lorsque l'on choisit de quitter une personne toxique, on reprend contact avec de vieux amis laissés sur le bord de notre route à cause de cette relation, on se reconnecte à la réalité. Certains anciens amours reprennent contact avec vous, apprenant ce qui s'est passé, dans un élan d'empathie, et vous affirment comme de nombreuses personnes qu'ils savaient mais ne pouvaient rien dire. Durant tout ce temps, ils étaient spectateurs d'une catastrophe sans trouver le moyen d'agir ou de vous mettre en garde.

En souvenir d'une affection certaine, il y a cette personne qui vous charme que l'on croise depuis dix ans, qui aujourd'hui à trouver l'amour et est papa depuis deux mois.

Pour moi, deux ans ont défilé. Pour d'autres, cinq années ou vingt-trois s'écoulent.

La vie de chacun a continué d'avancer, pendant que la vôtre est comme restée suspendue dans vos tourments.

Des anciennes collègues de travail, voisines ou connaissances femmes reviennent à vous, vous procurant un soutien sans faille même après plusieurs années d'éloignement.

Comme un voyage dans le temps.

Comme un voyage dans les limbes.

Vous êtes de nouveau en contact avec votre réalité, votre passé, votre présent et vos projets futurs.

Un vertige. La sensation que votre vie ne vous appartenait plus.

Des Don Juan maladroits aux affamés apprenant que vous êtes de nouveau célibataire, je n'en retiens que le meilleur et la sympathie de ces personnes à être à l'écoute, dans le partage et la reconnaissance d'un passé commun. Pour le reste, pas la peine de s'y attarder plus longtemps. Protégez-vous. Faites un pas en arrière et réglez ce qui vous semble important pour vous, par la prise de parole, une discussion, une rencontre inachevée. Cochez vos cases. Afin de pouvoir mieux rebondir et aller de l'avant.

Souriez ! Vous êtes filmés !

La tentative des gendarmes de faire impression fut de courte durée. Une semaine sans nouvelles. S'en ai suivi des e-mails à l'image de son inspiration épistolaire. Dans l'un d'entre eux, il arbore fièrement la posture de celui qui sait où je me trouve et avec qui, sait avec qui je discute sur mes messageries instantanées telles que WhatsApp ou Messenger et les applications que je télécharge, à savoir Tinder, le temps d'une soirée à en rire avec ma chère petite sœur afin d'apprécier en toute ironie ce nouveau concept que je ne juge pas mais qui m'échappe complètement. Mon téléphone doit être rechargé trois fois par jour pour tenir le coup depuis que j'ai quitté son domicile. Une fois encore, mes soupçons se confirment. Il m'espionne.

Et je peux vous assurer que c'est chose facile.

Dissimulé derrière le slogan marketing du contrôle parental, n'importe qui aujourd'hui peut avoir accès à un logiciel ou application-espion.

Une nuit, la semaine de mon départ, il avait pris mon téléphone pour le fouiller de fond en comble. Lorsqu'il a déposé vers 7 h du matin sur la table de chevet de mon côté, son geste m'avait réveillé.

À ce moment précis ou plus tard à distance, il a pu sans encombre avoir accès à mes différents mots de passe ou celui de mon Cloud. Tout ceci étant du mandarin pour moi, c'est ma sœur qui m'est venue en aide pour gérer mes transferts de données et réinitialisation de mon téléphone. Je ne suis vraiment pas doué en la matière et il le savait. J'ai compris alors que lorsqu'il s'est amusé à me faire livrer des fleurs au domicile d'une patiente dont je m'occupais, il savait simplement où je me trouvais, alors qu'il n'était pas censé le savoir, même par supposition.

Accès à la localisation GPS, à vos messageries, journal d'appel et e-mail, ces logiciels espions peuvent même déclencher une connexion à distance de vos discutions par téléphone ou encore de votre caméra. Ahurissant. Parfaitement accessible et légale.

Lorsque j'ai transmis ses e-mails et ces informations à la gendarmerie, il n'y a aucune suite possible.

Le procureur a rejeté mon dépôt de plainte et décide de ne pas poursuivre la procédure de jugement. Sur l'instant, je me sens impuissante et révoltée par le système.

Par la suite, je lâche prise m'apercevant que c'est une lutte sans fin de vouloir attaquer ce système. Il faut rester solide, pour soi. Ne pas se laisser gagner par cette envie militante, sauf si vous prenez la décision d'en faire un objectif de battante.

Que cet homme, ou cette femme, en lisant ce dossier, a jugé bon que ma personne n'a pas suffisamment été en danger pour que l'homme ayant tenté de me menacer ou de m'impressionner ne méritât pas un jugement officiel, acter ce que moi j'avais subi est une idée qui me dépassait.

Faire respecter la loi n'engage finalement pas la notion de justice.

En tant que victime, quel que soit l'abus, on nous pousse à pousser la porte de notre droit de parole, dénoncer ces violences psychologiques ou physiques pour finalement nous laisser livrer à nous-même et laisser notre bourreau libre de tous ces agissements sans qu'il craigne d'être appréhendé.

Comment voulez-vous que ces personnes cessent alors leurs agissements ? Quand la violence est banalisée à ce point.

La gendarmerie a rempli son rôle. Le procureur, aucunement. Celui de faire cette prévention.

Juger et dénoncer les actes d'un homme d'une trentaine d'années aujourd'hui, c'est limiter qu'une femme meurt sous ses coups d'ici 25 années. C'est un bébé. Un nourrisson dans le domaine de la perversion narcissique.

Au-delà d'un sentiment de révolte. La déception.

Un constat alarmant sur le manque de prise au sérieux de ces affaires qui vont du harcèlement interprété parfois comme des actes d'amour effrénés aux bleus partout sur le corps jusqu'à un corps inanimé sur le sol.

Je suis partie à temps. D'autres n'auront jamais cette chance.

Même après 12 ans ou 26 de relation, 3 enfants et un crédit immobilier. Elles y resteront. Soyez-en sûr. C'est au nom de toutes ces femmes, qu'aujourd'hui, pas demain, vous devez fuir pour sauver votre peau et votre vie.

La cerise sur le gâteau

Prévisible, ça n'en demeure pas moins douloureux.

L'homme qui m'a infligé ce mal s'est empressé de s'allier à ses autres qui m'en ont fait. Allant à la pêche aux informations diffamatoires, détournées et amplifiées pour s'en servir comme des flèches empoisonnées. Alimenter des mensonges et des ragots, tentant toujours par le même moyen de titiller un sentiment de culpabilité.

Coupez court.

C'est le seul moyen d'agir.

Agir par le non-agir.

Répondre par le silence. Déstabilisant. Inhabituel. Dérangeant.

Si vous entamez un dialogue, il ne vous mènera nulle part si ce n'est vers le chaos.

Je sais à quel point cela fait mal.

Je sais à quel point la nostalgie d'un amour qui n'a jamais véritablement existé vient vous fouetter en plein visage.

Je sais.

Je sais aussi que certaines d'entre vous, en lisant ces lignes, y retourneront, 2 fois de plus, 5 fois de plus avant de saisir l'importance de partir pour toujours.

Je sais aussi que vous en êtes capables. Capable de vivre une vie qui vous apporte satisfaction amour, gratitude, abondance et bienveillance. Que si j'ai réussi, vous le pouvez aussi.

Je sais aussi qu'il faut remettre le jugement de ces personnes à la justice divine. Que cette roue tourne et mal pour ceux qui infligent le mal.

Je sais que vous ne pourrez pas faire justice vous-même, si ce n'est envers vous-même.

Je sais que si vous prenez le recul nécessaire, vous n'enviez ces personnes pour rien au monde ni même la prochaine femme qui sera entre ses griffes.

Car vous aussi, à ce moment-là, vous saurez toutes ces choses qui vont ont éloigner d'un destin peut-être funeste.

Cette personne ne changera jamais.

Simplement les protagonistes qui s'enticheront d'un jeu de séduction erroné dans le seul but de nuire.

Vous n'avez pas changé cet homme. Celle qui suivra n'y parviendra pas non plus.

Elle vivra un enfer.

Peut-être jusqu'à la fin de cette vie.

Avec beaucoup d'humour, fantasmer sur l'idée de m'associer à l'une d'entre elles pour pouvoir l'anéantir, émotionnellement, et matériellement accessoirement, m'a largement traversé l'esprit. Envisager de partir avec un butin conséquent et l'humilier aux yeux de tous grâce à un complot redoutable.

Jusqu'à ce que je comprenne que cette alliée pourrait se perdre à son propre jeu et succomber elle aussi.

C'est pour vous dire la puissance et le pouvoir dont ces hommes sont capables de faire preuve.

J'ai donc abandonné cette option.

Il se perdra dans ses propres tourments et dans l'échec de m'avoir perdu jusqu'à ce qu'il se remette en selle.

Transmuter cette colère en énergie positive et en amour est la chose la plus difficile à faire.

Ressentir de l'amour pour quelqu'un qui vous a fait tant de mal ?

C'est possible. Cela vous rendra invincible, intouchable.

Si vous avez repris votre vie en main, pardonnez à vous-même ce parcours difficile, le pardonner lui sera chose facile.

Vous devez, de toute évidence, passer par cette épreuve pour comprendre une leçon. Est-elle acquise aujourd'hui ? Ou allez-vous donner à l'Univers l'opportunité de vous resservir cette épreuve sur un plateau ? Tant que votre leçon ne sera pas comprise et intégrée, il s'en chargera à la perfection. Vous remettant dans les mêmes situations, vous testant sans limite à travers de nouvelles rencontres ou retrouvailles d'un passé que vous avez préféré oublier. Absolument tout va être mis en œuvre pour vous faire entendre « C'est bon, tu as compris cette fois-ci ? »

À vous de décortiquer en quoi cette épreuve de vie va vous apporter et non vous prendre. Vous tirez vers le haut et non vous mettre plus bas que terre.

Pourquoi êtes-vous tombé sur une personne perverse narcissique ? Quelles sont les prochaines erreurs à ne plus commettre dans le cadre d'une rencontre affective ou amoureuse ? Quel épisode avez-vous manqué si, à plusieurs reprises, vous êtes confrontés à ce type de personne ?

Ce n'est pas lui qu'il faut accabler.

Vous pourrez prendre une batte et casser un téléviseur pour évacuer cette émotion.

Ce n'est ni vous qu'il faut accabler.

C'est comprendre.

Pourquoi et comment avez-vous pu vous, en tant que personne, dans votre identité et schéma de vie, prendre la décision de vous laisser subir cette emprise ?

Rencontre

À l'heure où j'écris ces lignes, quand j'ai fait de ce rêve d'écrire un projet et un objectif à atteindre, j'ai par loi d'attraction ou hasard, rencontré une femme, Sylviane.

J'ai compris que nombreuses d'entre nous était passé par la même épreuve que moi, connaissait une amie, une sœur, une fille vivant une relation d'emprise avec un homme tyrannique dont elle avait réussi à se sortir.

Et un jour j'ai rencontré la mère de l'un d'entre eux.

Je sais lire la douleur des gens. Je la vois dans leurs traits, leurs pupilles, leurs voix et leurs gestes, et ce depuis l'enfance.

Je ne crains pas de parler de moi en respectant l'espace de l'autre pour l'amener à se confier quand je ressens que cette personne en éprouve le besoin.

Nouvelle arrivée dans la région, elle prend rendez-vous au sein de mon salon pour une épilation au caramel et par la suite pour un soin en réflexologie thaïlandaise.

Cette femme traverse des deuils successifs.

Elle me parle de sa vie de famille. Je lui parle de la mienne.

Elle me parle de son fils. Elle ne l'a pas vu depuis un an. Il est en couple avec une nouvelle compagne depuis.

J'aborde le sujet frontalement.

— Il ne serait pas en couple avec une perverse narcissique à tout hasard ? Ou alors ce serait lui le manipulateur ?

Elle se décompose tant l'aplomb avec lequel je cerne la vérité et un fragment de sa vie est sûr et bienveillant.

Elle se confie alors sur les agissements de son fils, envers son ex-compagne avec laquelle il a eu une petite fille.

Ce qu'il a été capable de demander à sa propre mère pour causer du tort à cette femme en utilisant sa petite fille adorée.

Je ne pus m'empêcher de lui poser la question.

— Sylviane ? Que ressentez-vous à l'idée que votre fils soit un manipulateur ? Qu'avez-vous fait ?

J'entends les témoignages de femme subissant l'emprise. Et au vu des attitudes toxiques et malsaines de ma propre ex-belle-mère en ce qui concerne son fils adoré, j'aimerais connaître votre avis à vous.

Elle me répondit qu'elle était submergée de colère et qu'elle a pris la défense de la mère de sa petite fille. Il avait tenté à l'époque de leur séparation de lui soudoyer un faux témoignage de maltraitance sur leur fille afin qu'elle soit inquiétée en tant que mère de se voir retirer la garde de celle-ci.

Je l'interromps en guise de gratitude. J'ai joint mes deux mains en les abaissant vers elle pour la remercier de cette prise de position, que c'était sans aucun doute rare et précieux, qu'une femme, mère d'un homme manipulateur pervers narcissique, prenne parti pour cette autre femme victime de l'emprise de son fils.

— C'est mon fils. Ma chair. Mais c'est un homme malveillant. Et je ne peux tolérer cela. Depuis qu'il est en couple avec sa nouvelle compagne, j'ai tenté de la mettre en garde et depuis, il s'est éloigné et ils ne font plus partie de notre vie. J'ai la chance de voir ma petite fille en compagnie de mon ex-belle-fille, que j'ai soutenue lors de cette épreuve.

Je vis chaque jour dans la crainte de savoir qu'un jour il puisse commettre l'irréparable et finir ses jours en prison. Je ne lui pardonne pas l'homme qu'il est devenu. Je l'ai aimé du mieux que je pouvais, peut-être trop et j'ai créé un monstre.

Sa parole m'a touchée au cœur. Je l'ai sentie désemparée et envahie par la haine et l'incompréhension à l'égard de son propre fils.

Le pardon serait la seule option. Impossible pour Sylviane.

J'ai tenté de l'éclairer sur les mécanismes mis en place pour œuvrer en tant que pervers narcissique afin de la déculpabiliser au possible. Que l'éloignement est dû au fait qu'il souhaite préserver son image impeccable et qu'il ne laissera rien ni personne entacher celle-ci auprès de sa nouvelle compagne, étant donné que Sylviane l'avait démasqué.

Elle se consacre aujourd'hui au bonheur de sa petite fille, à sa transmission et protection en tant que grand-mère, tentant de ne pas projeter cette colère envers le père de sa petite fille, son propre fils.

Réveillon Surprise !

Mission interception. Un silence de quelques jours et le réveillon de Noël approche. Comme une intuition aiguisée, un radar activé, je préviens ma tante que quelque chose se prépare pour les fêtes de Noël. Je le sens, je le sais. Il ne se permettra pas de débarquer lors d'un repas de famille mais trouvera le moyen d'intervenir, peu importe la façon.

Bingo.

Le 24 décembre, mon jeune cousin de 15 ans reçoit un message d'un ami à lui qui travaille chez la fleuriste du village, étant le petit-fils de celle-ci. Il aide sa grand-mère à effectuer les livraisons de la boutique pendant les fêtes. Mr a effectué une commande de fleurs et de deux roses, accompagnées d'une enveloppe à mon nom, à livrer au domicile de ma tante, sachant par avance que le repas de Noël se déroulerait en famille chez elle et mon oncle. Je ressens de la colère et du dépit. Il ne peut donc pas s'en empêcher et vouloir se mettre en avant un soir de fête comme celui-ci ne lui est pas permis. Qu'il prenne ce droit pour se donner bonne figure me glace le sang de rage. Hors de question de lui donner cette chance et lui faire cet honneur.

Je contacte l'ami de mou cousin. Je lui explique la situation dont il était déjà au courant. Je le rassure afin qu'il laisse sa grand-mère en dehors de ça et que si Mr s'amuse à dépenser son argent au sein de sa boutique et qu'il participe à son chiffre d'affaires, c'est tant mieux. En revanche, je lui fais une requête spéciale, afin qu'il me prévienne directement lorsqu'il effectue sa livraison sans sonner. Ainsi, je réceptionnerais sa livraison en douce sans attirer l'attention sur ma vie sentimentale malmenée du moment auprès d'une assemblée familiale.

18 h. Il me prévient être devant la porte d'entrée. Parfait. Tout juste avant que les invités arrivent.

Je dépose sur le côté de l'entrée, caché derrière le contenant à bois, le fameux bouquet et les deux roses adressées respectivement à ma tante et à la nouvelle femme de mon père, identifiée en tant que « maman de cœur du Liban » dans sa lettre. Pathétique.

Joint à une lettre prévisible de ridicule, deux billets d'avion pour Édimbourg adressés à nos deux noms afin de passer un week-end ensemble pour la prochaine Saint-Valentin.

Attendrissant ? Merveilleux ? Digne d'une lune de miel ?

Absurde. Déconcertant. Humiliant si on considère que notre présence à ses côtés reste visiblement monnayable en fleurs, voyages ou règlement cash à la suite d'un temps accordé. Épuisant, de constater que le message ne passe pas, qu'il ne veut pas entendre que notre histoire est définitivement révolue et tente désespérément de s'emparer de nouveau de moi en s'éloignant complètement de la réalité.

Cela avait fonctionné 6 mois auparavant lors d'un week-end à Cadaques alors pourquoi pas cette fois-ci me diriez-vous ?

Mon père n'a eu qu'une seule phrase à ce sujet : « Il pense que tu es à vendre ou quoi ? » Merci, papa. Chaleureux. Au vu des circonstances…

Étant fière de mon coup, ma tante me suggère de lui déposer ce joli paquet empoisonné directement devant chez lui afin qu'il ne fabule pas une histoire fictive ou un scénario factice sur le fait que j'aurais apprécié ou gardé ses fleurs.

Chose faite, une réponse ne s'est pas fait attendre.

— Si tu as pris le temps sur ton réveillon de Noël pour venir me déposer ces présents, c'est que tu penses à moi, qu'au fond de toi tu m'aimes toujours, j'en suis convaincue.

Comprenez-vous à quel point chaque action est vaine et enclenche une réaction digne de la plus grande des folies ? Que le seul moyen d'agir est le non-agir. Le silence. Le mépris. L'ignorance. Totale et absolue.

27 décembre. Boîte mail. E-mail reçu de Mr.

— Ne reste pas dans le silence, tous tes actes montrent que tu n'as pas détaché à 100 % de moi, je te tends la perche à parler à une bitch et direct tu me le reproches, ça s'appelle de la jalousie et tu me le reproches avec colère. Tu ne te vois plus vivre avec moi mais je sais que tu m'aimes toujours, les sentiments ne disparaissent pas comme ça.

Nous avons une relation toxique car je suis mal entouré et ignorant du développement de l'esprit mais je ne suis pas pervers narcissique. C'est YouTube qui t'a convaincu et je peux te le prouver.

La situation est très compliquée j'en suis conscient mais peut s'améliorer. Le pire est derrière nous !

Tout ceci n'est pas un jeu, je ne veux pas la satisfaction de te posséder, je veux vivre avec toi parce que tu es la plus belle personne que j'ai rencontré de ma vie et tu seras la meilleure maman du monde, elle élèvera mes enfants dans un monde dont je n'ai pas eu la chance d'avoir, ils n'auront pas cette négativité car tu seras là pour eux, et en attendant tu m'aideras à améliorer ce que j'entreprends déjà pour que l'on soit au top pour eux et pour nous.

Tout ce que je t'ai dit de mal n'est que le résultat de ma bêtise, de mes faiblesses et d'un ego de merde.

Faisons les choses bien, sans rien dire à personne et on verra le résultat. T'as quoi à perdre ?

Je suis sûre que le résultat sera bon car notre rencontre est unique, notre lien est unique, on n'a jamais vécu ça avant avec nos ex.

C'est toi et moi dans ce monde de fou, liés pour toujours.

Les flammes jumelles se séparent toujours pour se reconstruire et mieux se retrouver, j'invente rien… c'est la première fois que l'on est vraiment séparé. Et je n'ai aucun masque, aucun semblant, juste des tourments qui se libèrent petit à petit.

Crois en moi, crois en nous et peu importe ce que les gens en pensent, tout ce qui compte c'est l'amour, le reste n'est qu'illusion.

Si on analyse ce texte ensemble, certains rêvent probablement de recevoir ce type de message, d'autres peuvent saisir la manipulation qui se cache derrière ses mots.

— Prétendre savoir mieux que moi ce que j'éprouve ou ressens et en être convaincu.

— Justification du lien toxique et attitude d'emprise sur l'autre à cause de blessures.

— « Le pire est derrière nous » mais surtout le meilleur devant moi.

— Si je suis la plus belle personne qui soit, je ne méritais donc pas cette maltraitance psychologique et physique.

— Si je suis la mère idéale pour ses futurs enfants, accessoirement cataloguée de génitrice parfaite comme une capsule vivante capable de donner la vie uniquement par profit, mes cigarettes étaient pourtant la cause de dispute concernant ma capacité à être une bonne mère.

— Souhaite visiblement avoir une relation secrète. Pourquoi ? Quelles sont les véritables raisons à cela tandis que l'amour véritable ne doit craindre rien ni personne ?

— Les autres sont fous, moi plus du tout c'est pratique, et lui non plus, il ne l'a jamais été.

— Les flammes jumelles sont séparées à leur création originelle par le divin. Une seule même âme, deux incarnations. Afin, effectivement de pouvoir se retrouver ici-bas. On y était presque. Sachant que par le passé, toutes choses associées à la spiritualité et à la religion étaient je cite, « de la merde ».

Intéressant de se retrouver illuminé du jour au lendemain et propulsé dans le monde de l'invisible et des énergies.

Après quelques publications Instagram, mettant en avant des photos de lui, prises par mes soins bien entendu, prônant mon appartenance à sa vie, qu'il m'observe et m'attend, que dire si ce n'est dénoncer véritablement le vice à l'état pur de vouloir atteindre une personne de toutes les façons possibles, étant persuadé que cela fonctionne.

Vous ne pourrez pas changer ou modifier ses mécanismes. Ce serait vouloir modifier un code génétique émotionnel. C'est impossible.

Je sais par avance que cet homme continuera ses manœuvres dans le temps, même lorsqu'un nouvel amour se profilera. Cela peut durer comme ça, des mois, des années... une vie entière sans aucun doute. Même s'il trouve une autre proie après vous, ça ne pourra qu'apaiser et renouveler son besoin d'agir en ce sens. L'homme que j'ai connu restait lié à chacune de ses précédentes histoires d'amour, comme un tableau de chasse, un podium sur lequel il pouvait nous interchanger à sa guise.

Vous avez créé sans le vouloir, un lien invisible avec cet autre.

Même si l'on en ressort la tête haute, même si ce lien est brisé, il demeure, plane au-dessus de nous comme une épée tranchante suspendue à un fil qui peut craquer à tout moment.

Cela nous reste. Comme une cicatrice. Et c'est là le plus douloureux à surmonter. Car toutes nos histoires d'amour ne nous laissent pas cette marque au fer. Comme la cicatrice de Harry Potter faite par le Prince des Ténèbres. Elle ne définit pas qui vous êtes, mais vous la porterez à jamais avec vous.

Tokyo et Rio
Retour vers le futur

J'avais oublié à quel point l'odeur de sa peau m'avait manqué.

J'avais oublié cette sensation délicieuse de ses lèvres sur les miennes.

J'avais oublié son regard sur moi, bienveillant et admiratif.

J'avais oublié que je ne pourrais plus me passer de ses bras s'ils m'étreignent de nouveau.

J'avais oublié les rires complices, l'évidence de deux âmes en peine retrouvées bien qu'elles ne se soient jamais quittées.

J'avais oublié comme il était bon, normal, enivrant de se sentir considérée et désirée juste telle que nous sommes.

J'avais oublié qu'en le retrouvant, je ne voudrais plus jamais le perdre et l'avoir à jamais à mes côtés.

J'avais oublié que mon passé m'empêcherait sans aucun doute de vivre cet amour véritable au grand jour.

La seule chose dont je me suis souvenue, c'est qu'aujourd'hui encore, je pourrais passer le restant de ma vie à ses côtés.

Amie, amante, femme. La sienne.

J'ai bien saisi le mode de fonctionnement de l'univers. À quel point la vie nous teste, nous éprouve pour nous enseigner ce que l'on doit savoir. Ce vieil ami, cet amour en suspens.

Il y a six ans, après m'avoir déclaré son amour, il a pris peur, a pris la fuite. Par force des choses, causés par des circonstances sur lesquelles nous n'avons pas le contrôle, l'entourage, les amis proches, l'âge, les ragots, les médisances d'un village entier ayant fait de moi la prise pour cible qu'on souhaitait mettre sur un bûcher, la capacité à pouvoir saisir une opportunité ou non, à affronter le monde ensemble ou non, à faire taire ses angoisses profondes sur ce monde qui finalement nous ramènera chacun et chacune à l'état de poussière.

C'était trop. Trop pour lui. Après les larmes et un trou béant dans ma poitrine, je l'avais évidemment pardonné depuis tout ce temps.

Comme un ange gardien, toutes ces années durant, des prises de contact régulières laissées sous le silence de mon amertume et l'incompréhension de ce lien, évident, et intense, depuis toujours.

Mon passé entravé par de sulfureuses décisions m'avait enrôlé dans un triangle amoureux en spirale qui ne semblait jamais pouvoir prendre fin, un vertige continue entre le cœur et la raison, entre le plaisir de la chair (quoique) et la voix du cœur.

Je l'avais finalement choisi lui. Il a choisi les autres.

La confiance et l'estime de soi face au monde après une relation d'emprise sont mises à rude épreuve, abîmée, raturée, à vif. Même si j'ai refusé d'entrée de jeu de basculer dans la peur, et me laisser engouffrée par la terreur de cet homme qui m'avait causé tout ce mal, je m'efforçais de me dire qu'il m'avait volé presque deux ans de ma vie et qu'il n'en prendrait pas une seconde de plus. Encore moins quand pour certains et certaines d'entre nous, il s'agissait de la moitié d'une vie entière qui semblait bafouée et perdue.

12 ans, 17, 25 années pour certaines, 8 mois pour d'autres.

Je n'avais pas peur de lui. J'avais peur de tout le reste. De ma relation au monde qui m'entoure, aux personnes surgissant d'un passé lointain, de nouvelles rencontres, des hommes, quels qu'ils soient.

Lorsque Ced a appris pour ma rupture et m'a écrit, appelé à plusieurs reprises, j'ai choisi de briser le silence. Sur mes gardes, j'ai fait le choix de tenter d'achever l'inachevé. S'il revenait dans ma vie, peut-être serait-ce la bonne occasion de poser les vieilles rancœurs sur le bord de notre route, les doutes et les conflits inexpliqués. Se remémorer les joies plutôt que les peines. Ou prendre le risque de s'égarer de nouveau. Mon instinct premier a été le rejet, la prudence, la méfiance. Il faisait partie d'un cercle que je redoutais et fuyais à tout prix désormais, pour la simple et bonne raison qu'ils me détestaient sans que je sache vraiment pourquoi. La prise de position ensuite, sur le fait d'assumer le tourment que je venais de vivre et que je n'avais pas besoin de personnes nocives dans ma vie. Insistant pour que l'on partage un repas, un verre, un moment à deux, j'insistais alors pour lui dire que son retour me perturbait, me terrifiait aussi.

Il l'a entendu et compris. Il m'a laissé venir à lui. Au détour d'une discussion de plusieurs heures dopées de tendresse, de souvenirs merveilleux et douloureux, on rit finalement sur les preuves accablantes qui nous poussent à penser qu'il ne faut surtout pas que l'on se revoie.

J'ai envie d'entendre le son de sa voix, son rire dans mon cou et de respirer sa peau.

J'ai envie de me laisser porter et je suis à la fois freinée par la peur grandissante des conséquences encore inconnues de cette décision.

Oui, je reste convaincue que les hommes ne se tourmentent pas à ce point. Il a juste envie de me revoir et de me serrer dans ses bras et j'en fais une affaire d'État.

Une nuit, je reçois un appel à 5 h 30 du matin auquel je n'ai pu répondre étant dans les bras de Morphée. Je sais qu'il vit parfois une situation familiale complexe, ou que ses soirées trop arrosées risquent de mal tourner. Je panique un peu et tente de le joindre. Il a passé la nuit dehors. Il est venu devant chez moi et n'osant pas frapper, il est reparti. Une discussion. Une déclaration d'amitié digne et loyale, fiable et bienveillante. Je me souviens alors à quel point je me suis sentie désarmée lorsque je me suis retrouvée en pleine nuit mise à la rue gracieusement par Mr, à ne pas oser toquer chez ma propre famille, craignant de mourir de honte.

Je lui ai fait promettre de ne plus jamais croire que je le laisserais dormir dehors et que je peux l'accueillir, à n'importe quelle heure du jour ou de la nuit. J'ai tenté de mettre le plus de sourire possible à cette conversation précisant que j'avais un canapé-lit pour lui et son petit frère, du café et du Nesquik à disposition en cas de situation de crise.

Un soir, je renonce. Je me convaincs de prendre mon courage à deux mains et d'assumer mes émotions. Si cette situation reste en suspens, elle le restera pour toujours. Sans aucun doute avec une bonne dose d'orgueil et d'ego, j'accepte qu'il vienne à ma rencontre en pleine nuit après une fin de soirée.

J'ai changé. Mon corps, ma gestuelle a changé. J'ai perdu 44 kg en deux ans. Il le sait puisque nous étions amenés à nous croiser souvent. Mais qu'en adviendra-t-il en face à face ? Je ne peux m'empêcher de penser : « Ce salaud m'a brisé. Je crains le regard d'un autre sur moi, même amical. Tu es ridicule. Ses mots violents résonnent alors en moi.

« Ton corps est dégueulasse, tes seins vides encore plus. »

On toque à la porte. C'est lui. J'inspire à fond pour lui donner mon plus beau sourire. Je ne vais pas commencer à me laisser aller à la mélancolie ou à un autodénigrement. Cela attendra plus tard.

Je fais glisser le rideau pour lui ouvrir la porte. Je m'approche pour lui faire un bisou sur la joue et ses bras se referment si fort autour de moi que j'ai la sensation qu'on ne s'est jamais perdus. Je glisse mon nez dans sa nuque pour l'embrasser et lui dire que son odeur m'avait manqué. Il me serre un peu plus fort comme s'il attendait ce moment depuis longtemps, trop longtemps. Comme pour s'assurer que je vais bien.

Je file dans ma chambre pour retrouver mon lit douillet et il ne saisit pas qu'il peut me suivre. Ça me fait sourire, rire. On évoque évidemment l'étape canapé-lit – Nesquik comme si on sautait des étapes importantes et je l'invite à me rejoindre près de moi.

Je me blottis contre lui et il m'enlace en m'embrassant fermement sur le front, les joues, le nez, les mains. Je m'enivre de lui.

Si c'est un piège orchestré, je serais prête à m'en remettre. Puis j'avais déjà réussi.

Je décortique chaque parcelle de sa peau, sa barbe nouvelle, des traits de sa bouche aux lignes de son buste. Je place sa main sur son cœur. Il palpite à 1000 à l'heure. Réflexe énergétique. Je laisse ma main en place et je lui chuchote « Ton cœur bat très vite. Respire. Respire ». Il me regarde en me tenant la main sur sa poitrine et m'embrasse. Maladroitement puis tendrement. Je ne suis ni gênée ni mal à l'aise. Je ne l'ai jamais été dans ses bras.

Mais cela reste une petite victoire pour moi. Avec beaucoup d'auto-dérision, je m'amuse à lui parler de mon corps lui disant qu'il faut tout de même qu'il vérifie la marchandise, qu'ici on sent mes os, que je n'ai plus de poitrine, je lui montre mes cicatrices liées à ma sleeve. Il bascule sur moi, m'attrapant le visage, caressant mes cheveux vers l'arrière me disant qu'il m'a toujours trouvé belle et magnifique et ce peu importe mon poids ou non, mes os saillants ou non, mes seins remplis ou non. Dans un élan d'optimisme et de retenue, il me dit aussi qu'il a envie de me faire l'amour comme personne ne me l'a jamais fait mais qu'il ne craquerait pas ce soir même s'il en meurt d'envie. Et je constate juste l'euphorie brûlante dans laquelle on est. À quel point cela fait un bien fou que l'on vous désire dans ce sens-là, respectable, humain, bienveillant et naturel. Le ressentir, le vivre. Vibrer et frissonner. Sentir de nouveau votre corps lui aussi en désirer un autre, sans pudeur, sans peur.

Je me laisse envahir par cette vague de chaleur, sa respiration contre moi. Par chacun de ses contours. Nos lèvres s'entrechoquent. Une douceur telle une friandise, une intensité faisant tressaillir nos langues entre elles. Il tremble un peu. Je le sens frémir contre moi. J'ai l'impression de l'avoir embrassé depuis toujours. Comme nos corps qui se retrouvent après une longue absence.

Je me redresse à mon tour pour l'enjamber de toute ma sensualité, m'accrochant à sa nuque, je bascule la tête en arrière sentant ses mains s'agripper à moi pour me presser contre lui. Je pourrais l'embrasser indéfiniment. Comme si j'étais enfin moi à travers lui et inversement. Comme si on se reconnaissait, se reconnectait.

On passe le reste de la nuit à rire et discuter, se demandant comment on est passé d'une discussion froide et lointaine à un canapé-lit – Nesquik puis à nos retrouvailles enflammées qu'il attend depuis qu'il a fait le choix de me perdre à contrecœur.

Je m'aperçois alors de la superficialité dans laquelle cet homme PN m'a convaincue de naviguer, même dans une discussion ou une étreinte. Dans sa façon de m'observer ou d'éprouver du désir pour moi. Erroné, malsain et détourné. Par intérêt ou profit. Ou pour toujours mieux me juger et me dénigrer.

Avec Ced, j'ai fait le choix par le passé de prendre de mauvaises décisions en partageant mon lit avec un autre que lui, un ami à lui, avant de le connaître, et aujourd'hui, dans ses yeux, ne transparaît aucun jugement ou rancœur, si ce n'est la vérité éclatante que l'on ne pourra jamais être ensemble, réunis, dans cette vie.

J'ai une furieuse envie de remonter le temps. De prendre le large avec lui. Même en secret. De mettre à l'abri nos familles respectives et de finir mes jours et mes nuits à ses côtés sur un autre continent ou sur celui-ci entourés de nos proches. Ou disparaître pour mieux renaître, ensemble, envers et contre tous...

Étant donné que nous ne sommes pas dans le scénario de Dirty Dancing, vous comprendrez bien que notre histoire naissante, sans la définir véritablement, aborde davantage le scénario du film Titanic.

Je suis montée à bord, sans savoir si un iceberg se présentera face à moi. Quoiqu'il arrive, je garderai le meilleur. Même si cela engendre de la souffrance, en particulier la mienne, j'assumerai d'avoir fait ce choix car j'ai forcément une leçon à en tirer. Partir à sa recherche, la comprendre et l'appliquer, tel sera mon rôle et ma quête.

Et si ma peau s'approche trop près de la flamme, je ferais en sorte de ne pas m'embraser.

Le perdre. Plus jamais. Être la seule à ses côtés. Peu probable.

Un dilemme oppressant, douloureux mais sans doute révélateur.

Les âmes destinées à s'unir ensemble peuvent se croiser éternellement lors de cette vie, les anciennes et celles à venir. Alors lorsque deux d'entre elles se trouvent, se retrouvent, pourquoi tout est mis en œuvre pour parfois contredire une évidence que l'on a sous nos yeux ?

Dans le meilleur des cas, il nous reste 7 décennies à traverser.

Dans le pire, demain peut être le dernier jour du reste de notre vie.

Que faire alors ? Si ce n'est vivre l'instant présent comme si c'était le dernier.

Plus qu'une pensée, une intuition.

S'il l'apprenait. S'il s'en prenait à lui. Pour tenter de me nuire. De nous détruire.

Mr PN silencieux depuis plus de deux semaines, cela n'annonçait jamais rien de bon.

Le repos avant la prochaine attaque.

Le calme avant la tempête.

Le mal ne peut être évité, il ne peut qu'être vaincu.

Prenez les armes.

Arborer votre bouclier.

Assurez-vous de gagner chaque bataille, qu'elle soit juste pour vous et vous seul.

Cet amour pur, profond, authentique, invincible. Lorsqu'un tel bonheur nous est mis à disposition sans que l'on puisse le matérialiser ou par brefs instants semblables à des mirages, il faut trouver l'équilibre, l'harmonie et la force dans chaque mot, chaque initiative et décision.

Cette balance qui contribue à respecter l'espace de l'autre sans le bousculer, en résonance avec nos envies, valeurs et besoins.

Une partie de moi l'aime depuis toujours et l'aimera toute cette vie. Depuis toutes les autres et celles à venir.

Si l'on doit vivre et souffrir pour avoir la chance que nos âmes se réunissent alors je ne regrette aucune des épreuves de ma vie.

J'ai envie de lui dire que « je t'aime » à chaque fois que je respire sa peau. Pas seulement un « je t'aime » amoureux, mais bien plus, plus grand, plus fort, inconditionnel.

La détresse

« Tu sais que t'as le droit de te laisser aller
Et de te dire "Je t'aime"
D'offrir à ta peau des tas d'autres souvenirs
De l'amour, du respect, des baisers, du désir
D'offrir à ta peau des tas d'autres souvenirs
Amour, respect, baisers, désir

Sans le savoir, je m'avançais
J'avançais vers ma chair chérie
Sans le savoir, tu avanceras
T'avanceras vers ta chair, ma chérie
Maintenant qu'on sait, nous avançons
Avançons vers nos chairs chéries »

Barbara Pravi

Il me regarde avec des yeux à tomber par terre. Il est tellement beau. Il est divin. Il me désire avec amour et admiration.

Et pourtant.

Je me sens déconnectée de mon corps. J'ai la triste sensation d'avoir perdu toute estime de moi-même dans l'intimité, ne pas savoir quoi faire de ce corps, du sien, ne pas oser, ne plus savoir, réfléchir, mentaliser chaque mouvement ou posture de ce corps sur lui, près de lui. Le sentiment que mon assurance s'est faufilée, je me sens niaise et maladroite. Je m'aperçois que l'humour et le sarcasme m'accompagnent pour me rabaisser moi-même comme pour être rassurée par les mots qui ont laissé des marques de balle gravées en moi. L'auto-dérision en excès n'est pas bonne conseillère.

Ses caresses et son regard me comblent sans que je sache si ce besoin inassouvi vient seulement de moi ou de lui aussi, qui a peu d'estime pour lui la plupart du temps avec un air contrarié et pensif excepté quand il est dans mes bras.

Un duo de choc.

Je ne peux m'empêcher de penser à ce PN.

Comme s'il m'avait détraquée et bousillée. Comme le poupon de Toy's Story malmené par ce jeune garçon malveillant.

Peut-être qu'il se sent maladroit lui aussi ? Deux corps qui s'appréhendent restent une découverte. Satisfaisante mais pas forcément évidente. Peut-être est-ce juste ce cap à franchir ?

Le doute. Je ne suis visiblement pas prête. Il se met des barrières qui m'empêchent de voir clair et les miennes me bouchent les oreilles tandis que nos bras enlacés et nos bouches aimantées sont en osmose.

L'importance du lâcher prise dévoile un visage insurmontable dans ces moments-là. Parvenir à s'écouter et se dévoiler à cet autre, ne fera jamais de vous une personne honteuse ou pathétique.

« Nous apprenons douloureusement avec le temps que certaines personnes ne sont pas bonnes pour nous, peu importe combien nous pouvons les aimer.

Vous méritez quelqu'un qui pense que vous être trop important à perdre quoiqu'il arrive. La façon dont quelqu'un vous traite ne détermine aucunement ce que vous devez forcément accepter dans la vie. Votre valeur ne diminue pas en fonction de l'incapacité de quelqu'un à voir votre importance. Une pierre précieuse est un diamant dans les mains d'une personne intelligente et un caillou dans les mains d'un ignorant. » - Jimmy Yuth.

Je citerais Marion Séclin pour répondre à cette rage d'amour, inévitable et bouleversante. Nous ne savons jamais de quoi demain est fait. Mais l'envisager, y donner vie dans la maîtrise de nos envies profondes et de nos rêves, en vaut largement la peine.

« Mon cher petit cœur,
Calme-toi, pour l'amour du ciel
Je t'aime bien mais je ne vais pas te mentir
Tu m'en as fait vivre des vertes et des pas mûres.
D'abord, laisse-moi te dire que tu n'as aucun mal à aimer
À aimer vite, à aimer fort
Et avec toi, en général
On n'a pas de demi-mesure
C'est tout ou rien, tout le monde ou personne

Tu as longtemps cru que tu n'étais pas aimable parce ce que tu étais intense

Qu'à force de vouloir battre trop fort, tu faisais trop de bruit

Mais c'est bien de vivre fort, tu sais

Personne n'est jamais mort d'un cœur brisé

Et toi en particulier, tu sais toujours te reconstruire vite

Certains ont joué avec toi, d'autres ont cru pouvoir le faire

Parce que t'es là, tout mou, comme du chewing-gum

Tu tombes vite amoureux en général

Ça te prend pour des raisons absurdes

Et tu es super fort pour ignorer les panneaux danger

T'es con aussi

Mais ne deviens pas sceptique et n'arrête pas de tout donner

Si tu t'empêches trop, tu vas vraiment vivre sur tes gardes et à moitié

Ce serait tellement de belles histoires et de belles ruptures que tu louperais

Je t'ai vu à l'œuvre

Quand tu commences à aimer

Tu oublies qui tu es, ce que tu veux

Parce que tu penses que si tu te montres comme tu es

Personne ne t'aimera en retour

Mais c'est faux

Il y aura toujours sur cette terre

Quelqu'un d'à peu près aussi bizarre que toi pour battre à l'unisson

Bats pour toi, bats pour tous ces vaisseaux sanguins que tu dois alimenter

Et un jour, au lieu de te plaindre qu'on t'a brisé,

Tu seras fier d'être aussi robuste

Parfois, à avoir trop peur de rater la bonne personne

T'as accumulé les mauvaises
C'était pas fute fute de ta part mais
Contrairement au cerveau,
Tu réfléchis pas assez et trop tard
C'est pas grave
Je commence à comprendre comment tu marches
Et ça me plaît bien
Continue de me filer des papillons dans le ventre
De l'adrénaline à l'appel des vertiges
Rends-moi bête d'amour, folle d'excitation
Niaise de sentiments
Arrête d'avoir peur qu'on t'abandonne
Quelqu'un qui te quitte ne t'abandonne pas
Ne t'abandonne pas, toi non plus
Écoute-toi battre, écoute-toi vibrer, écoute-toi saigner
Et n'aie jamais peur
La peur, ça sert à rien
Tu n'auras jamais aucune garantie qu'on va t'aimer pour
toujours
Toi-même d'ailleurs,
Tu ne sais pas si tu es capable d'aimer pour toujours
Tout peut t'arriver du jour au lendemain
Tu peux changer d'avis comme on peut changer de
sentiments sur tout
Alors, bats comme si rien ne pouvait jamais arriver
Et arrête de trop parler avec le cerveau
Il est trop pragmatique parfois
Et toi, t'es trop influençable
Je vois bien qu'en ce moment, tu as peur
Peur de ne jamais être aimé
Ou jamais pour les bonnes raisons

T'arrives à l'âge ou la société te glisse dans l'oreille que
Si t'as pas d'enfants en route et de partenaire aux dents
blanches
T'es en retard et tu vas gâcher ta vie
Mais c'est pas le but ultime, d'accord ?
Tu bats pour tellement d'autres choses
Tu bats pour ce travail que t'aimes tant
T'es passionné
Tu bats pour ces rencontres platoniques qui te forgent, ces
amours inconditionnels
Tu bats quand tu rêves, tu bats quand tu te bats.
Tu ne seras jamais pas en action
Tu battras toujours pour quelque chose ou quelqu'un
Jusqu'à ce que tu arrêtes de battre. »

Il n'est ni un objet ou chose que je souhaite acquérir à tout prix. Il est libre et garant de sa liberté. Cette peur viscérale de la perdre nous a valu un silence de douze jours. Introspectif pour lui bercé par les débats incessants de son entourage, capturé entre le bien et le mal. Très douloureux pour moi, gorgé de larmes et ce vide intérieur que je ne connais que trop bien. L'exaltation de lui appartenir tout entière est délectable, comme si rien ni personne ne pouvait briser cela, sauf peut-être l'un d'entre nous.

Des retrouvailles au détour d'une soirée improvisée entourés par quelques-uns de ses anges gardiens, je comprends qu'il doit se sentir en permanence tiraillé entre ses envies profondes d'un avenir commun et heureux et le pouvoir ou non de le concrétiser au détriment du regard des autres.

Nous sommes réunis dans le rire et l'acceptation d'une évidence sous nos yeux et notre incapacité à demeurer loin l'un de l'autre. Plus maintenant. Plus jamais.

Son regard me donne le vertige et je veux juste me blottir dans ses bras, goûter ses lèvres et m'enivrer de son odeur.

Cette nuit-là, il se réfugie contre moi. Je lui caresse les cheveux avec toute la tendresse et la douceur qui m'habite. Je me sens comme une jeune adolescente. Ne savoir ni comment m'y prendre ou savoir quoi faire.

Tous ses traits m'ensorcellent. Le froncement de ses sourcils, la texture de sa bouche, le parfum de sa peau, cette pression contre mon bas ventre qui se crispe de plaisir, ce frisson parcourant chaque parcelle de ma peau, mon cœur déchaîné dans une tempête. Une découverte. Une révélation. C'est irréel, une maîtrise parfaite et presque divine des jouissances du corps.

Il me laisse retrouver mon souffle sous les spasmes encore indécents de mon bas ventre en m'embrassant de ses lèvres si douces et gourmandes.

Nos corps s'étirent l'un contre l'autre et s'enlacent. Comme un tendre bâillon noué pour ne former plus qu'un dans la nuit. Sans s'étouffer. Sans s'oppresser.

Après un bonjour chuchoté, un sourire échangé, encore submergée d'une plénitude nocturne, mon réveil à ses côtés demeure une évidence.

Livraison express

J'attends une livraison de colis professionnel. Je suis en congé pour la visite express de ma sœur arrivant tout droit de Montréal. Choix du lieu de livraison : chez ma tendre tante.

Mon téléphone retentit. C'est le livreur. Il m'assure que mon colis est arrivé mais qu'il en a un autre à mon nom. Surprise, je sais que je n'attends pas d'autres colis. Lorsqu'il me les remet, je constate que ce fameux colis est à mon nom, l'expéditeur est une assurance de protection et réparation de produits high-tech type téléviseur, téléphone, ordinateur. Je ne peux m'empêcher de râler prenant conscience que M. PN a souscrit à cette assurance en mon nom, et ne m'a pas désolidarisé de ce contrat absurde qui le conforte dans ses motivations matérialistes à prétexter des casses de téléphones pour s'en faire envoyer des neufs, aux frais de cette assurance.

Petit colis. Je regarde ma sœur et je ne peux m'empêcher de sourire prétextant que si c'est un téléphone neuf, pourquoi pas ne pas le garder. Après tout, cet homme a été sans scrupule vis-à-vis de moi, pourquoi je le serais vis-à-vis de lui ?

J'ouvre le petit carton comme si j'allais découvrir un cadeau de Noël.

Bingo.

iPhone X.

Je jubile.

Mon père réquisitionne le téléphone à peine tenu en main pour vérifier l'exactitude de ma découverte.

Bouton de démarrage.

La petite pomme apparaît au milieu de l'écran.

Je me sens ravie d'avance qu'il puisse se sentir démuni de cet objet.

L'écran s'allume. Nous découvrons tous ensemble une jeune femme dénudée, cambrée et tatouée de la tête au pied en guise de fond d'écran visiblement inspirant.

Mon père fige son regard sur le mien.

— Ce n'est pas un téléphone. C'est, son téléphone.

Ma sœur swipe l'écran.

Écran déverrouillé.

Sous le choc, nous sommes pris d'un silence pour laisser transparaître l'excitation d'accéder à toutes ses données. Journal d'appel, messagerie instantanée, boîte e-mail, galerie photos, notes, application de rencontres. Tout. Absolument tout est en accès libre.

Mes mains tremblent un peu. Mon cœur aussi. De mépris et de dégoût de ce qu'on s'apprête à découvrir. Un vrai visage que je connais trop bien mais qui pourrait s'avérer pire que ce que je pensais. Une facette de lui que je préfèrerais oublier. Pour toujours.

Ma sœur s'engage à jouer les agents du FBI à ma place.

Découvrant, dans un premier temps, la présence de toutes mes photos d'un réseau social en sa possession dans sa galerie. Mais aussi, des échanges de messages entre certains de ses amis et membres de sa famille à notre sujet et sur ma supposée fuite en avant subite dont il ne saisit pas la réalité, tenant des propos accablant et déroutant de mensonge et de perversité, ou encore des contacts de femmes et des conversations sexuelles sur les applications de rencontre à n'en plus finir.

Pire, des prises de contact avec des coachs en développement personnel spécialisé dans la reconquête amoureuse avec l'envoi de lettre toute faite et de protocole rodé pour tenter de me récupérer.

J'en ai la nausée. De constater, de nouveau, à quel point sa nature humaine est déviée, vicieuse, insidieuse et dangereuse.

Je découvre qu'il prévoit de m'envoyer une énième lettre, préparée au préalable dans ses notes ou sujette à un copier-coller, précisant à un de ses coachs que son envoi sera effectif après le départ de mon père et de ma sœur, étant apparemment de mauvaises influences pour moi.

Le fait qu'il se donne la peine d'avoir accès à autant d'information sur ma vie me retourne les tripes. Comme si malgré moi, il serait toujours à ma poursuite. Et ce, même en étant libérée de ces chaînes.

Je choisis donc de retranscrire l'absurdité et l'incohérence de ses propos et cette fameuse lettre tant attendue qui arriva effectivement juste après le départ de ma famille.

Partie 1
Quand la famille n'y voit que du feu...

— Accroche-toi. Le pardon sera difficile si tu lui as fait du mal.

— Disons qu'elle a une vision différente de l'amour. Pour elle, tout doit être parfait et merveilleux ! Mais ce n'est pas la vraie vie et je lui ai trop rappelé. Elle s'est sentie rabaissée et a conclu auprès de tous que j'étais un pervers narcissique. J'ai dû quitter mon équipe de foot et envisager de déménager mais je tiens bon et reste dans ma maison. Elle vit à 500 m de chez moi dans un appartement dans le centre du village, je n'ai plus aucune nouvelle, donc cela va être très compliqué. Ce genre de personne ne reste jamais seule bien longtemps si elle le souhaite. Mes mauvaises paroles dites n'étaient que l'expression de ma colère.

— Oui, il existe une perception différente de l'amour entre une fille et un garçon. Nous sommes fleur bleue et romantiques à souhait mais comme tu le dis, dans la vie ce n'est jamais ni blanc ni noir, il y a beaucoup de nuance. Mais tu as raison. Si c'est vraiment elle la bonne, vous allez sûrement vous retrouver. Il faudrait la reconquérir mais bon elle dira que c'est du harcèlement lol.

— Elle l'a déjà dit en portant plainte malheureusement. Je la laisse respirer quelque temps avant qu'un autre lui mette la main dessus. C'est facile pour une femme de porter plainte pour harcèlement !

— Prends un peu tes distances et vois avec le temps. Sans indiscrétion, il s'est passé quoi ? Vous paraissiez fou l'un de l'autre et aujourd'hui elle porte plainte pour harcèlement ? Il y a eu une dispute violente ?

— Non, ça n'a jamais été violent. On n'a jamais crié l'un sur l'autre, juste des paroles qui ne lui plaisent pas à elle. Lincey n'aime pas entendre la vérité en face. Elle vit dans un monde irréel de bisounours. Elle a porté plainte car comme elle m'avait bloqué sur internet, je lui ai écrit des lettres et fait livrer des fleurs sur son lieu de travail et elle n'a pas apprécié. Mais elle a une connasse de copine très influente. Comme tu le dis, c'était l'amour fou, puis une nuit, elle a vrillé puis a déménagé.

— Comme nous avions des difficultés à avoir un enfant, deux semaines après son départ, elle faisait une insémination. On était censé repartir au Liban au mois d'avril et je voulais la demander en mariage mais surtout le crédit d'une nouvelle maison allait être accepté. Tout s'est écroulé en une nuit. Quand je te raconte ça, j'ai l'impression que c'est impossible et pourtant si.

— Ah oui quand même ! Les projets étaient le bébé et la maison et en une nuit ? Comment tout ça a pu partir en vrille ? Il a dû y avoir parole blessante ?

— Effectivement.

— Je suis de tout cœur avec toi, mon grand.

Partie 2
Quand les amis allument la braise.

— Ça va mon pote ? Quoi de beau dans le Nord ?

— Yes ! Je suis dans le Nord jusqu'à vendredi prochain. Là je suis chez ma mère pour manger et ensuite je retourne à l'hôtel.

— OK, ça marche. Pour moi acte 3 avec ma quarantenaire ;

— Enjoy !

— Acte 3. Il n'y aura pas d'acte 4. Elle m'a gonflé. Elle sort clairement pour se faire tout payer ! Elle m'a invité à manger chez elle avant mais bon, quand tu as l'habitude des plats de tu sais qui c'est choquant de bouffer la même merde que je me fais. Dans la boîte, elle s'est échappée et je l'ai retrouvé au bar en train de tchatcher des mecs pour se faire payer à boire en plus de ce que j'ai payé. Elle m'a proposé de monter chez elle pour faire after et « dormir » dans la chambre d'ami. Je ne suis même pas monté. Je suis rentré. Ça va ! Je ne suis pas un bébé, j'ai pas besoin de copine amicalement parlant. Point positif ! Une meuf avec qui je parle depuis quelques jours m'a reconnu, j'ai parlé vite fait avec elle et je mange elle mardi soir ! La prochaine fois, je me paye une escort ! Ça me coûtera pareil mais au moins je niquerais ! Bonne journée. Biz

— Ah oui carrément la bitch ! Tu as raison. Ne te prends pas la tête et au pire demande direct ce qu'elle veut et tu poses le cadre comme ça, pas de pertes de temps ou de faux espoirs. Bisous copain.

— Je viens de lui envoyer un message de bâtard, elle m'a gonflé. Regarde : « Bon écoute Sascha ! Hier a été la soirée de trop ! Il y a des choses que tu dois faire exprès de ne pas comprendre ! Jeudi soir j'ai parlé à une fille qui est très intéressée par moi, elle m'avait demandé de la rejoindre à l'Osmose, elle m'a donc reconnu puis est venu me parler, quand je te cherchais depuis 30 min. Je me suis excusé auprès d'elle de ne pas pouvoir rester davantage avec elle car j'étais venu avec toi à cette soirée. J'ai juste pris soin de toi ! Tout ça pour que tu prennes 10 min pour aller te faire draguer ! Et tu t'étonnes que je fasse la gueule ???!!! J'aurais dû te laisser avec Walid (toi la raciste qui oublies que j'allais me marier avec une Libanaise) et rester avec cette fille qui m'a dévoré du regard toute la soirée ! Mais NON, car je suis un homme de principe et de parole. Si je prends tout ce temps, c'est que je m'intéresse à toi et sûrement pas pour dormir dans un matelas gonflable avec tes chats ! Je ne suis pas le pote de ton fils ! Je dors avec toi ou je dors chez moi ! Mardi je mange avec cette fille pour voir et après cela, je reprends le but de cette foutue vie, récupérer et épouser cette Libanaise ! Car c'est la seule femme qui mérite que je me batte ! » Bizarrement, je n'ai plus eu de réponses mdr !

Partie 3
Quand les proies se prennent en plein filet...

Delphine.

— Ça me touche ce que tu dis.

— Et tu verras à que moins il y aura des non-dits et au plus votre famille ira mieux. Car quand tu élimines certains blocages, l'atmosphère y devient plus respirable et tout le monde le ressent. Allez courage ça va aller. Je te fais un bisou.

— D'accord. Merci pour cette conversation. Quand tu veux, on se voit. Passe une bonne nuit.

— À quelle heure je viens chez toi du coup ?

Angelina.

— Happy New Year Angelina ! J'espère te voir plus de 20 min cette année. Bisous ! bonne Journée !

Mila.

— Putain je ne me sens pas bien, c'est dans ces moments-là qu'on aimerait bien que quelqu'un s'occupe de nous. Je n'ai même pas la force de me faire à manger .

— Tu me fais rire. Il faut la trouver. C'est sur une personne peut s'occuper de faire des câlins.

— Voilà exactement ce qu'il me faudrait.

— Réchauffer.

— Tu vas rigoler mais je suis dans mon canapé avec mon petit chauffage électrique soufflant sur moi alors que la clim tourne à 22 donc ce n'est pas normal !

Mylena.

— Quel est ton style de physique de femme ?

— Je n'ai plus vraiment de style, mis à part qu'elle soit brune et typée, j'aime bien.

— Et les formes ?

— J'ai connu mon ex elle faisait 96 kg, bon après une sleeve elle est tombée à 49 kg. Ça change ! lol Et toi ?

— Moi je n'ai pas de critère c'est en fonction du feeling.

— J'ai la sensation que tu n'es pas très en confiance quand tu demandes ça ? Il y a tellement de façon de charmer quelqu'un ! Même avec des formes.

— Ah non j'ai confiance ! Juste je préfère savoir au moins je suis honnête avec la personne.

— Disons que toi tu as su me toucher en parlant massage car c'est vraiment ce dont j'ai envie en ce moment. En plus, tu adores ça donc magnifique ! Sentir les mains de quelqu'un sur son corps c'est si agréable. En plus si tu masses bien je vais être au top ! Bon je n'ai pas de table de massage hein, juste un lit et un canapé comme tout le monde.

— Un lit c'est très bien.

— Comme tu préfères. D'ailleurs, j'y suis au lit.

— Qu'aimes-tu faire à un homme ?

— Et toi à une femme ?

— Ses seins, ses fesses et aussi sa bouche. J'adore embrasser pendant l'amour. Tu me donnes chaud là quand même. Un de mes deux démons est de sortie.

Commande boutique en ligne

« Reséduire son ex et reprendre le contrôle. » Prix : 29 euros. Accès gratuit à la zone premium. 30 fiches pratiques offertes.

— Uniquement la communication peut régler le problème. Le silence dans ce cas ne peut rien faire. Je vous propose de trouver le bon moment et le lieu pour relancer la communication avec votre copine. C'est facile mais vous devez être amical et gentil, surtout ne cherchez jamais à dominer la discussion, mais plutôt, faites de votre mieux pour la convaincre et prouvez que vous avez raison. Écoutez votre copine, respectez son avis et quand elle aura tort, montrez-lui sa faute diplomatiquement.

Essayez de trouver un moyen pour parler avec elle, soyez un peu aventurier. Les femmes aiment l'homme qui est prêt à faire n'importe quoi pour prouver son amour. Ne restez pas coincé, passez à l'action, faites quelque chose.

— Par l'intermédiaire de quelqu'un, je viens d'accéder à son Instagram et Facebook, où elle publie des commentaires rabaissants à mon égard. Le dialogue est aujourd'hui rompu. Elle est dans son délire de vengeance et à ce jour je ne peux plus rien faire pour discuter. Je ne sais plus quoi faire. Il est même possible qu'elle se soit remise en couple déjà ! Je n'en suis pas certain mais certaines publications me font penser que oui.

Lincey vit à 500 m de chez moi et je suis obligé de passer devant chez elle pour rentrer chez moi, et je vois très bien qu'elle ne sort pas beaucoup. Sa voiture n'est déplacée que pour ses heures de travail. Les choses qui me font penser qu'elle est en couple sont les photos qu'elle publie, elle adore publier ses excellents repas et les assiettes qu'elle publie ne sont pas les siennes. Elle a fait une sleeve et a perdu 46 kg en un an, elle est incapable de manger une telle quantité, auparavant c'était mon assiette qu'elle prenait en photo. Donc j'ai l'impression que c'est l'assiette de « son rencard », avec une jolie table à manger pour deux personnes et des bougies. Je connais ses habitudes. Et même quand elle reçoit des copines, elles mangent sur la table basse du salon. Il y a aussi un garçon qui like ses photos, un garçon qu'elle ne connaissait pas avant et qui est le meilleur ami d'une copine. C'est une fille magnifique, encore plus depuis

214

qu'elle a perdu du poids, n'importe qui tomberait sous son charme.

De plus, elle est allée chez le coiffeur, chose qu'elle ne faisait jamais. Elle publie beaucoup de photos d'elle en mode « bombe » en public comme pour s'assurer que je la regarde, je pense.

26 février 2020

Lettre

« Bonjour Lincey,

Je voulais t'écrire ces quelques lignes après avoir pris beaucoup de recul et pris conscience de pas mal de choses.

Je voulais m'excuser de mon comportement d'une façon générale. Je n'ai pas su faire dans notre relation. J'ai conscience que tu as souffert de certaines choses car je n'ai pas été présent de façon positive dans notre couple. Je n'ai pas été assez à l'écoute de tes besoins. Je sais aussi que mes paroles ont pu te blesser. Que mes mots, qui étaient déplacés, reflétaient davantage mon sentiment de panique que le fond de ma pensée.

C'était totalement irrespectueux de ma part et je suis profondément désolé de t'avoir fait de la peine. Je comprends aujourd'hui pleinement pourquoi tu as décidé de mettre fin à notre relation, c'était tout à fait justifié.

J'ai compris tout cela en faisant un travail sur moi, ce qui m'a permis de me rendre compte que mon manque de confiance en moi me poussait à avoir de mauvaises paroles quand j'avais le sentiment d'être attaqué ou piqué. Et je dois dire que ce travail me fait un bien fou.

Alors je ne veux pas refaire l'histoire bien sûr, et cela restera pour moi un grand gâchis mais cela me paraissait important de t'adresser ces quelques mots aujourd'hui.

Pour que chacun puisse avancer à nouveau de son côté dans l'apaisement et la sérénité à laquelle chacun a le droit.

Je vais à nouveau de l'avant désormais et je prends les choses qui arrivent de façon bien plus positive. Cela me fait vraiment du bien.

J'espère surtout que tout va bien de ton côté et je te souhaite plein de bonnes choses mais surtout tout le succès que tu mérites pour ton salon. »

18 mars 2020

Boîte e-mail

« Tu es très belle après la douche. Comme toujours mais encore plus ce soir après ce long moment sans te voir. Je vais très bien dans ma vie, je suis heureux mais je sais qu'il me manque quelque chose.

Ce n'est pas du narcissisme comme tu aimes penser. Comme toi, je peux refaire ma vie mais ce n'est pas ce que je veux !

J'ai fait tout ce qu'il fallait pour en être sûr, juste l'amour que je ressens au plus profond de moi. J'ai fait tout ce que j'avais à faire et après presque une demi-année je reviens toujours au même résultat…

Lincey est ma flamme jumelle.

Je le sais, je le sens. Avant même que l'on soit en couple, c'était déjà défini…

Je t'ai donné 1000 raisons de me détester et pourtant je ne voulais tellement pas ça.

J'ai bien compris qu'avec le temps tout ce que tu ressens n'est que du dégoût, ce qui m'attriste.

Aujourd'hui, j'en ai plus rien à foutre de ce que ce village de merde pense, si je le pouvais je partirais loin avec toi à La Nouvelle-Orléans.

J'affronterai tes parents, tes grands-parents et ta sœur pour leur prouver que toi et moi c'est écrit.

De toute ma vie je ne me suis jamais senti aussi chez moi qu'avec ma belle-famille, avec vous, ils m'ont tous admis même si je t'ai déçu, aucun autre n'a été admis comme moi chez vous, je me sens tellement Libanais c'est incompréhensible.

Je repense à Sacha qui serait triste que l'on se sépare, à Tatie qui me dit à chaque fois qu'elle me kiffe, à ton père au téléphone avec "un coupain" qui dit que Céline est avec son fiancé... quelle fierté !!!

Je ne te demande pas de se remettre en couple et encore moins d'en parler à nos familles et amis, juste que tu vois le travail que j'ai fait.

Tu vas dire que j'ai dit la même chose avec mon passé, autrefois, j'étais dans la colère et la vengeance, avec toi je n'ai ni colère ni vengeance, tu n'es absolument pas comparable.

Tu es unique !

Tu sais, j'ai hésité à appuyer sur le bouton "envoyer" pour ne pas me rabaisser mais en fait j'en ai rien à faire, que tu me croies ou non, à mes yeux tu es l'être le plus magnifique de cette planète et voilà pourquoi je me bats contre tout pour terminer cette vie avec toi.

Passe une bonne soirée et prends soin de toi. »

Souvenir des coups qu'on prend pour des caresses

Dresser des listes.

A priori, l'idée première de la liste relève d'une volonté d'organisation, voire, pour les pires d'entre nous, d'efficacité, de rendement ou de performance. La liste est un outil. Pour matérialiser une pensée, prendre conscience, classer, ordonner, réordonner, ne pas oublier, ne pas s'oublier. On décharge notre cerveau en flanquant sur un post-it ce qui nous encombre. Car notre inconscient, le bougre, a vite fait de se débarrasser de ce qui nous assomme. La liste fait aussi fonction de rappel à l'ordre : scotchée sur la porte d'entrée ou sur la porte de frigo, vous allez passer et repasser devant et, chaque fois, vous vous rappellerez n'avoir pas fait ceci et cela. La mauvaise conscience s'allume, une légère culpabilité s'invite. Mais serions-nous masos, alors ? Pas que. Car lorsqu'une tâche est accomplie, lorsque l'on raye quelques mots d'une liste, c'est le plaisir du travail accompli.

Les meilleurs moments VS Les pires moments

Lors d'une relation d'emprise avec un PN, les meilleurs moments comme les pires s'invitent dans notre vie. Prenez le temps de poser ça là.
Selon vous, quels ont été les meilleurs moments ?
Et les pires ?

Ce qu'il m'a dit et qu'il n'aurait pas dû
Ce qu'il m'a fait et n'aurait pas dû

Ce que j'ai fait que je ne voulais pas
Ce que je veux faire que je n'ai pu accomplir

Le PN a la faculté d'atteindre notre capacité de discernement et par conséquent de repousser notre ligne rouge, notre limite à ne pas dépasser, qu'il a franchi au fur et à mesure sans même que l'on s'en rende compte jusqu'à ce que ça nous éclate à la figure. C'est de cette façon qu'on se laisse subir et supporter des choses, des mots, des actes qui nous semblaient pourtant intolérables avant la rencontre de cette personne.

Faites le point.

Dresser parmi ses catégories, la liste des mots et actes qu'il n'aurait pas dû vous infliger selon vous, selon votre propre limite, votre identité, vos croyances et votre éducation mais aussi les mots et actes que vous aviez cru dire ou faire en pleine conscience avant de découvrir que vous avez précisément été manipulé pour les accomplir ou à l'inverse, freiner dans vos élans et vos projets.

Ligne Rouge
To Do List. Fucking List

Se recentrer, se ressourcer, aller à la rencontre de soi, pour la première fois ou de nouveau, c'est redéfinir cette ligne rouge.

— Quelles sont les choses que j'ai envie de faire ? que je ne me suis pas autorisé à vivre ou que j'ai repoussé au détriment de cette personne ?

— Quelles sont les choses que je refuse d'accepter aujourd'hui ? À qui, à quoi je souhaite dire « Plus jamais ! » ?

Playlist
Happy Booster

Nice to meet ya – Niall Horan
Say something – Justin Timberlake
Take me down – The Pretty Reckless
Water melon Sugar – Harry Styles
Out of reach – Fakear Karmaprana
Lionne – Dadju
Hitchhiker - Demi Lovato
I'm alive – Céline Dion
Fly Away – Lenny Kravitz
Should I stay or should I go – The Clash
The Jack – ACDC
Feeling good – Nina Simone
Wannabe – Spice Girls
Dieu m'a donné la foi – Ophélie Winter
Kings and queens – Thirty Second To Mars
Unwritten – Natasha Bedingfield
No diggity- Blackstreet
This is how we do it – Montell Jordan
Rockstar – Nickelback
Bobo au cœur – Dadju
Raise your glass – Pink

Good enough – Jussie Smolett
I can see clearly now – Jimmy Cliff
You can't stop the girl – Bebe Rexha
The Bones – Marren Morris
Best thing I never had – Beyonce
Freaking me out – Ava Max
Shout out to my ex – Little Mix
Free spirit – Khalid
Higher Love – Kygo
Can we pretend – Pink
Something's got to give – Labrinth
Faith – Galantis
Graveyard – Halsey
Fuck, I'm lonely – Lauv
Family – The Chainsmokers
Nobody – Martin Jensen
Rescue me – One Republic
All you need to know – Gryffin
Born this way – Lady Gaga
La roue tourne – Zaho
Ça me vexe – Mademoiselle K
Les jours électriques – Jenifer
Hit Sale – Therapie TAXI, Roméo Elvis
Good Morning – Vanupié
Spotlight – Mutemath
Last hope – Paramore
Uptown funk – Bruno Mars
Counting stars – One Republic
Zazie - Speed

Playlist
Mood in the socks

Little Things - Jessica Mauboy
Louis – Barbara Pravi
To build a home – The Cinematic Orchestra
Notes pour trop tard – Orelsan
Fuel to fire – Agnes Obel
Always remember us this way – Lady Gaga
Si c'était le dernier – Diam's
Les amants de Saint-Jean – Jacques Brel
All of me – John Legend
Inclement weather – Foxheart
Possibility – Lykke Li
Alibi – Thirty Second To Mars
Stay – Rihanna
Powerful – Jussie Smollet ft Alicia Keys
What's up – 4 Non Blondes
Maybe It's time – Bradley Cooper
Turning Page – Sleeping at last
Hello – Adèle
Give me love – Ed Sheeran
Bruises – Capaldi
Either you love me or you don't - Plested

Can we kiss forever – Kina
The love you left behind – Michael Schulte
Tell me that you love me – James Smith
Wicked Game – Grace Carter
What if – Rhys Lewis
Resentment – Kesha
Falling – Harry styles
Reason to stay – Sody
Half a man – Dean Lewis
Roas to self – Aisha Badru
Goodbye my lover – James Blunt
Everything – Lifehouse
À fleur de toi – Slimane
Who you are – Jessie J
Mistral gagnant – Cœur de Pirate
Forever – Ben Harper
Roslyn – Bon Iver
Cold – Aqualung
Never think – Rob Pattinson

« On récolte ce que l'on sème »

Qui que vous soyez, quoique vous puissiez vivre à l'instant T, quelles que soient vos inspirations religieuses, culturelles ou spirituelles, vous demeurez en premier lieu un être humain, un maillon de l'humanité.

Je sais à quel point il peut être difficile de faire face à la douleur infligée par ses leçons de vie, c'est pourquoi il est important selon moi de revenir sur certains points qui ne justifient pas ni ce que vous vivez ou ressentez mais permettent de prendre conscience que notre dimension seule, là, tout de suite, maintenant, ne se suffit pas à elle-même pour pouvoir avancer. Prendre conscience des influences antérieures qui nous poussent à vivre nos choix ou les subir pour souffrir mais avancer. La violence avec laquelle nous répond la vie, qui nous oblige à la détester par moment, est un mécanisme bien rodé de l'univers. Combien de fois ai-je levé les yeux au ciel en disant à voix haute « Sérieusement ? »

Premièrement, respirez un bon coup car je vous assure, tout ira bien. Et si personne n'est apte à vous le dire autour de vous, amis, amants, amour, famille, ne leur en voulez pas. Moi je vous le dis.

Il est temps de vous tourner vers vous, de ne penser qu'à vous, de vous aimer vous, de vous haïr aussi, de vous pardonner, de cesser de vous lamenter, de vous battre, pas pour quelqu'un d'autre, simplement pour vous ! Vous passez en premier avant tout le reste. Ni par égoïsme ou narcissisme mais l'amour et la bienveillance auquel vous aspirer, que vous méritez, personne d'autre que vous ne pourra vous la donner si ce n'est vous-même en premier.

Les ouvrages en développement personnel sont nombreux. Ils m'ont évidemment guidé et accompagné à travers mon cheminement. Ce positivisme insistant, oppressant, sur le fait que par la simple pensée que l'on projette se réalisent nos plus grands rêves. Ce n'est pas faux.

Inspirant, mais irritant par moment, à force de persuasion de l'optimisme, du sourire et de la joie en permanence.

Parfois, on a juste envie d'aller mal. On a besoin d'aller mal. C'est le début du renoncement. Qui n'est pas figé dans le temps. Cette lassitude et cette fatigue émotionnelle se présenteront à notre porte à plusieurs reprises, mais le but est de mieux l'apprivoiser avec le temps, pour l'accueillir du mieux que l'on peut.

Je ne suis pas à vos côtés pour vous convaincre, car vous y arriverez très bien sans moi. Nous sommes tous confrontés à nos tourments. Ne les laissez pas prendre le dessus et gouverner votre vie. Ne vous en faites pas pour eux, ils sommeillent en silence profondément en vous, et entreront en scène en temps voulu.

À travers mes rencontres et lectures, définir aujourd'hui ensemble ces points qui me semble essentiels remettront un peu d'ordre dans vos questionnements je l'espère, avant de commencer un travail commun et nécessaire, qui durera tout au long de votre vie, à chaque étape. Vivre, exister, aimer, c'est du travail. Mais le jeu en vaut la chandelle. À vous de voir, d'entendre, d'apprendre, de comprendre, de grandir, de vous élever.

Cheminement vers la guérison et l'éveil
L'empreinte

Vivre une relation toxique et d'emprise c'est avancer avec une balafre au cœur et au corps. Le temps pansera cette plaie béante mais la cicatrice peut demeurer intacte.

Une empreinte. Laissée à même la peau. Qu'il va falloir accueillir, accepter pour apprendre à vivre avec.

La regarder et l'écouter pour ne plus baisser notre seuil de tolérance et augmenter notre seuil de vigilance.

Ne pas tenter de laisser un fil consolidé, laisser apercevoir la possibilité que, de nouveau, une personne malveillante puisse s'engouffrer à l'intérieur.

Votre voie libérée, votre engagement profond à ne plus réitérer cette expérience ne dépend que de vous-même et du travail des blessures émotionnelles que vous entreprendrez.

Qu'est-ce qui s'est passé dans votre chemin de vie, consciemment ou inconsciemment, pour que vous puissiez vous sentir indigne d'amour au point d'attendre sans agir et vous laissez subir les agissements d'une personne toxique ou perverse narcissique ?

Comment ne plus se faire victime et prendre en considération que la personne qui vous accompagnera sur un nouveau chemin amoureux devra se faire bouclier protecteur et connaître, respecter et gratifié votre passé douloureux assumé ?

Pourquoi saisir l'importance de ne pas sombrer dans l'isolement, la peur de vivre et d'exister au nom d'un événement traumatisant émotionnel ou physique ou les deux ?

D'où vient cette croyance en vous, qui définit que vous n'avez pas le droit au bonheur ? Pas le droit de sortir vainqueur la tête haute de cette spirale ?

Vous le pouvez.

En puisant dans vos ressources et votre force intérieure, vous en serez capable car rien n'est mis sur notre route que l'on ne puisse pas surmonter. Jusqu'à la prochaine épreuve.

« Dieu donne ses plus grandes batailles à ses meilleurs soldats. »

Les bulles
1 +1=3

Chaque individu peut être représenté par une bulle.

Cette bulle vous entoure et constitue tout ce qui fait que vous soyez la personne que vous êtes.

Votre héritage familial, vos valeurs, votre éducation, vos histoires d'amour, vos blessures d'enfant, vos blessures de grande personne, vos croyances, vos aspirations, vos passions, vos amis, votre métier, votre rapport aux autres et au monde.

Lorsque cette bulle s'entrechoque avec celle d'une autre personne, elle peut s'entrelacer pour en former une nouvelle. Il y a donc vous, cet autre, et votre bulle commune.

Dans le cadre d'une histoire d'amour naissante, et particulièrement en lien avec une personne toxique qui souhaite vous mettre sous emprise, son objectif sera de faire disparaître votre bulle afin de vous engouffrer dans la sienne.

Vous me suivez ?

Dans un rapport sain et bienveillant, les bulles de chacun sont préservées. Si vous fondez une famille, chacun de vos pupilles aura sa propre bulle et celle associée à la famille indépendamment de la sienne.

Dans un rapport malsain, toxique ou d'emprise, ses bulles s'entremêlent et ne laissent plus place à votre existence propre en tant qu'individu.

C'est par ce procédé que des personnes souffrent de charge mentale, s'égarent ou se sentent disparaître au nom du couple, d'une famille pourtant fondée avec un amour certain, d'un travail oppressant, de liens indésirables, en amitié, en famille ou en amour.

On repousse nos limites par don de soi, jusqu'à l'épuisement, jusqu'à ne plus savoir qui nous sommes vraiment.

Le pervers narcissique appuis comme sur un interrupteur précisément sur cette notion de discernement à donner de soi sans être dans le sacrifice, que l'on soit mère, femme ou épouse, à ne pas outrepasser vos limites, vos valeurs ou vos aspirations au nom d'un amour qui n'en est pas un.

Ce besoin d'être aimé ou d'aimer est tellement grand que l'on se perd à penser que si on fait les choses du mieux que l'on peut, tout rentrera dans l'ordre. Sans aucun doute. Mais juste un temps donné. Jusqu'à ce que cette ligne rouge recule petit pas par petit pas, sans même que l'on s'en aperçoive dans l'instant T. Les mots. Puis les coups. Jusqu'à en perdre la vie.

Nous avons tous des blessures émotionnelles. Elles participent à notre construction psychique. Elles ne définissent pas qui vous êtes mais interviennent largement dans les personnes ou événements que l'on s'attire au cours de notre vie. Voilà pourquoi il est essentiel de les déceler, les comprendre, les guérir et les soigner pour devenir la meilleure version de nous-mêmes, par nous-mêmes et pour nous même avant tout.

« En ce dernier mois de cette décennie, trouvez la force et le courage nécessaire pour faire le ménage dans votre vie pour vous préparer à accueillir une année remplie de succès, d'amour et de bonheur.

Si la vie vous donne six heures pour abattre un arbre, vous devez passer les quatre premières à affûter la hache pour réussir cette tâche. Les opportunités ne perdent pas de temps à se présenter devant ceux qui ne sont pas préparés à les affronter. Le prochain chapitre de votre vie vous attend, à vous d'en faire un conte merveilleux ou un roman noir. Si vous recherchez toujours une fin heureuse, peut-être devriez-vous commencer par chercher un nouveau début à cette histoire qui est vôtre. »

Jimmy Yuth

L'amour de soi

Votre relation avec vous-même donne le ton à toutes les autres relations que vous avez.

N'oubliez jamais votre valeur.

Rappelez-vous que vous êtes précieux.

Ne laissez pas la peur de perdre l'affection, la reconnaissance, ou l'appréciation d'autrui vous empêcher d'exprimer votre magie et d'atteindre vos désirs.

Ne négligez pas votre temps, amour, capacités ou talents à cause des autres, à cause de cet autre.

Entamer ce travail à aimer la personne face à votre miroir, qui a tant traversé mais reste debout va vous chambouler au point de mettre à mal vos croyances ancrées qui ne définit pas ce que vous êtes aujourd'hui ou souhaitez devenir.

Vous méritez le respect, l'amour, le bonheur, la gratitude et l'abondance.

« Saute. Et laisse-toi pousser des ailes pendant ta chute. »

Quand une relation prend fin, quand une situation se clôture, osez le vide.

Rester avec ce trou béant, cet espace vertigineux créé par l'absence, s'y maintenir sans se précipiter sur l'écriture d'une nouvelle histoire. Sentir l'espace qui vient d'être rendu libre et s'y laisser ensoleiller.

Lorsque le mental reçoit un tel choc et que le cœur se trouve déchiré de douleur, laissez résonner le silence à travers cette fracture, laissez la plaie ouverte par laquelle viendra s'infiltrer une lumière, la vôtre, une douceur de l'amour que désormais, seuls vous, pourra contenter.

Évitez un remplissage systématique pour qu'il n'y ait pas ce temps de silence, cette solitude, essayer de lâcher prise sur cet instant ou le mental ne plus s'agripper à rien en demeurant pleinement dans cette ouverture. Là où se trouve le passage vers l'incommensurable.

Écoutez tout le bruit que nous faisons pour tenter de ne pas être à l'écoute de ce silence assourdissant.

Trop vertigineux ?

On repart en arrière pour le combler d'une forme à adorer et à servir, d'une activité rédemptrice ou créatrice, qui sera salvatrice mais dans un deuxième temps.

Si vous voulez aller au bout de vous-même, il faudra se maintenir dans ce rien faire, rien être, dans ce trou immense sur l'absolu qui nous absorbe alors dans sa plénitude et nous comblera de notre éternelle présence.

Là maintenant, il n'y a rien d'autre que vous avec vous-même. Dans cet instant où tout s'abolit, cela vous embrasse d'un amour indicible.

Encore faut-il oser le vide, avoir le courage de rompre avec tous les désirs autres que celui de la vraie vie, du vivant, et de soi.

Osez demeurer dans ce rien pour se vivre enfin comme le tout.

L'être humain devient un adolescent individualiste et hyper-vulnérable incapable de gérer la frustration et d'y répondre avec maturité. Consommer l'autre comme un produit, en disposer à loisir et le jeter quand il l'a glorifié sans aucune prise et forme de responsabilité. Ce comportement classique vécu à l'enfance et à l'adolescence devient la norme des relations au stade narcissique entre adultes et devient problématique.

« Tout flatteur vit aux dépens de celui qui l'écoute. Le jour où ils n'auront plus d'auditoire pour croire à leurs inepties, ils n'auront plus aucun pouvoir. »

Pour s'en prémunir, travaillez le discernement et le respect de soi. S'incarner pleinement. Devenir soi. Travailler l'instantanéité, ne pas laisser installer le non-respect de son intégrité.

Grandir. Sortir de la dépendance affective et de la crédulité qui fait accepter l'inacceptable par faux altruisme ou orgueil du sauveur.

Avoir l'estime suffisante pour ne pas se consentir à ce genre d'éructations émotionnelles qui n'ont rien à voir avec l'amour.

Si ce type de personne se permet d'agir en ce sens, c'est que quelque part, elles le peuvent car vous acceptez de recevoir moins d'amour par manque d'amour pour vous-même.

Ne plus accepter qu'une personne fasse des projections automatiques sans avoir éprouvé de sentiments et prononce des mots profonds mais de façon superficielle pour attendrir, en quête d'attention permanente.

Nous ne pouvons pas saisir les bonnes opportunités avec ce voile sur nos yeux, si nos mains sont déjà prises.

J'aime beaucoup la représentation du Pendu, arcane majeur du Tarot de Marseille, qui dans son illustration la plus commune, est suspendu la tête en bas par les pieds avec de la corde les mains dans le dos. Il pourrait se décrocher les pieds et retirer cette corde, mais ne le fait pas. Il conserve ses mains dans le dos en guise de pieds et mains liés. Les pieds sont liés par une corde, tandis que les mains sont liées dans le dos par la simple force de l'esprit à reconnaître l'impuissance et l'incapacité d'agir, d'être dans cette action de retirer cette corde aux chevilles.

Prendre la décision de ne pas se laisser consumer par une situation qui ne nourrit pas notre vérité ou nos aspirations plutôt que d'être dans la stagnation sans payer de soi-même par des choix et des actes droits et cohérents servant l'amour.

Exercices
Miroir, mon beau miroir.

Certains d'entre nous, en s'aimant soi-même, ont peur de développer un ego démesuré. L'exercice du miroir, de prime abord, semble avoir un côté narcissique et pourtant, il ne s'agit pas de tomber dans les travers de l'égocentrisme.

En effet :

• S'aimer, c'est simplement remplacer nos critiques par des encouragements et des félicitations.

• C'est arrêter de vouloir être quelqu'un d'autre et accepter qui nous sommes.

• C'est réussir à voir le bon et le beau en nous.

En pratique :

— Regardez-vous dans le miroir et dites-vous, tous les matins : « *Je m'aime et je m'accepte tel que je suis* ».

Répétez cette affirmation plusieurs fois jusqu'à ce qu'elle vous touche émotionnellement.

— Remerciez-vous pour ce moment et félicitez-vous d'avoir mis en place cet espace pour mieux vous aimer.

Pratiquez ce rituel pendant au moins 21 jours d'affilée pour que de nouvelles connexions neuronales s'installent dans votre cerveau.

Le pouvoir de l'autosuggestion est énorme dans la reconquête de l'amour de soi. N'ayez pas peur d'être ridicule, superficiel ou égocentrique.

La méditation sur l'amour bienveillant

Un moment de méditation sur l'amour bienveillant est une technique très utile pour apprendre à s'aimer soi-même. Elle permet de développer l'amour de soi de façon progressive grâce à la technique du transfert.

En effet, le but est de penser à une personne que l'on aime pour ressentir naturellement de l'amour avant de transférer cet amour sur soi.

En pratique :

— Accordez-vous environ 15 minutes de calme et asseyez-vous confortablement.

— Fermez les yeux et commencez par respirer profondément.

Puis pensez très fort à une personne que vous aimez plus que tout, votre enfant, votre conjoint, un parent ou votre meilleur ami.

— Imaginez que cette personne a une souffrance, et ressentez l'amour qui naît naturellement en vous, à cette pensée. Laissez grandir cet amour en vous, cette envie de consoler, de rassurer la personne que vous aimez.

— Visualisez cet instant, visualisez cet élan d'amour puis étendez-le à vous-même.

Autorisez-vous à prendre un peu de cet amour pour vous-même, à vous consoler et vous rassurer.

Se débarrasser des influences négatives.

Il est difficile d'apprendre à s'aimer soi-même lorsqu'on a reçu de la part des autres des messages négatifs. Il y a alors une carence ou un vrai problème dans la construction de notre estime de nous-mêmes.

Si on ne nous a pas appris à nous aimer, alors nous sommes dépendants uniquement de l'image que nous renvoient les autres. Pour s'aimer, il faut identifier ces messages négatifs afin de les désamorcer.

En pratique :

— Faites la liste des personnes marquantes qui ont participé à la construction de votre identité jusqu'à aujourd'hui : votre famille, des enseignants, un camarade de classe, un ancien conjoint, un employeur, un collègue, un ami.

— Ces personnes ont eu une influence sur votre personnalité, sur votre comportement, sur votre vie. Et hélas, cette influence négative a pu être néfaste, voire toxique, pour la construction de votre « moi ».

— Quels sont les messages négatifs à votre propos dont vous vous souvenez ? Ces choses que vous avez régulièrement entendues et peut-être prises pour acquises ?

- Prenez le temps de cette réflexion.
- Lorsque vous avez listé ces messages négatifs, écrivez à côté un message positif qui vient contrebalancer ce message négatif.

L'avis et les actes des autres en apprennent plus sur eux que sur vous, ne considérez pas ce que vous avez pu entendre et/ou subir comme une vérité absolue.

Faites de la liste de vos qualités et de vos défauts

S'aimer soi-même, c'est reconnaître que nous avons des qualités. Mais cela nous ramène encore une fois à ce fameux ego à doser, alors on a plutôt tendance à s'appesantir sur ses défauts. Le tout est de savoir équilibrer les choses et d'être honnête avec soi-même.

Pour cela, il faut simplement bien se connaître. Il ne faut évidemment pas se voiler la face et faire comme si on n'avait que des qualités et des talents, car ce serait faux et donc contre-productif. Pour s'aimer soi-même, il faut faire un double travail sur ses qualités/talents et sur ses défauts/erreurs.

En pratique

— Listez sur un carnet vos qualités, ce qui définit positivement votre caractère. Par exemple une bonne mémoire, votre humour, votre sens de l'écoute. Pensez aussi à vos talents, à ce que vous avez réussi, à ce dont vous êtes fier. Par exemple un diplôme, une formation, une activité artistique ou sportive.

— Si les recenser est difficile, regroupez les compliments et messages positifs que vous recevez de votre entourage. Que disent vos proches de vous ? Quels compliments recevez-vous régulièrement ?

— En parallèle, listez également vos défauts. Si vous avez du mal, pensez cette fois à ce que votre entourage vous reproche. Têtu, râleur, jamais à l'heure, tête en l'air ?

— Demandez-vous comment agir sur ces traits négatifs de votre personnalité ? Quelles petites actions, pourriez-vous faire pour minimiser ces défauts ?

S'aimer soi-même, c'est apprécier sa valeur, sans avoir peur de manquer de modestie mais c'est aussi reconnaître ses erreurs, en toute humilité. Lorsque vous vous êtes trompé, prenez l'habitude de le reconnaître. Acceptez la responsabilité de cette erreur, et demandez-vous quelle leçon en tirer.

Savoir s'encourager et se consoler

Comment s'aimer soi-même ? En s'aimant d'amitié. Tout comme un ami le ferait pour nous, c'est prendre le temps de nous réconforter en cas de « coup de mou ». En effet, nous avons plutôt tendance à nous juger. S'aimer d'amitié, c'est être suffisamment :

• Exigeant envers soi-même pour aller de l'avant, présent pour s'écouter et se respecter et tolérant pour s'accepter tel que l'on est, avec nos imperfections.

En pratique

Ce dernier exercice consiste à prendre l'habitude de se parler comme on parle à son ou sa meilleur(e) ami(e) qui viendrait se confier à nous.

— Vous rencontrez une difficulté ou traversez une épreuve. Et vous n'arrivez pas à résoudre ce problème qui vous pollue la vie. Vous manquez de bienveillance envers vous-même et n'arrivez pas à sortir de cette situation.

— Alors imaginez-vous un instant que ce problème, ce n'est pas vous qui l'avez, mais votre meilleur ami. Il vient se confier à vous et vous demande un avis.

— Que lui répondriez-vous ? Que lui conseilleriez-vous ? Comment le rassurerez-vous ?

— Pouvez-vous à présent faire la même chose en utilisant votre prénom à la place du sien ?

Concrètement, comment se parle-t-on comme à un ami ? On prend le temps et on se parle :

- Comment je me sens ?
- Qu'est-ce qui se passe ?
- De quoi ai-je besoin ?

- Que puis-je faire pour me sentir mieux ?
- Quelle est mon intention, mon objectif ?

Pourquoi apprendre à s'aimer soi-même ?

En dehors du premier bénéfice évident qui est de se sentir mieux intérieurement, il y a plein d'effets positifs qui vont découler d'un meilleur amour de soi.

Au niveau relationnel, il sera plus facile d'aller vers les autres en restant nous-mêmes, authentiques, ce qui va améliorer l'état de nos relations et nous permettre de poser des barrières face à une personne malveillante ou toxique. Et comme on dit, il faut s'aimer soi-même pour aimer l'autre.

Quand on se considère de façon positive, on ne peut plus accepter d'être traité comme si nous ne valons rien, et un tri s'opère alors spontanément.

Quand vous croyez en vous et que vous avez conscience de votre potentiel, ce que vous expérimentez et attirez à vous vibre dans la même énergie ! Plus vous rayonnez de l'intérieur et plus les portes s'ouvrent facilement.

Vous entraîner à vous focaliser sur tout ce dont vous pouvez être fier, travailler sur votre estime personnelle grâce à ces exercices est l'une des meilleures choses à faire. C'est facile, ça ne demande pas beaucoup de temps, et pourtant, ça peut changer toute une vie.

Depuis tout petit, nous avons appris à faire les choses grâce à un système de punition-récompense. Quand nous faisions ce qu'il fallait, nous étions récompensés et quand ce n'était pas le cas, on était puni. Nous n'avons pas appris à être aimés pour ce que nous étions, mais plutôt pour ce que nous faisions.

Ainsi, si l'on souhaite améliorer son estime et son amour de soi, il est important d'apprendre à mieux se connaître et se comprendre, afin de changer ce mode de fonctionnement. Pour faire ce que nous voulons, il faut d'abord être qui nous sommes vraiment.

Ho'oponopono
Le pardon et l'enfant intérieur

Nous sommes créateurs de toutes les mémoires qui s'expriment dans notre vie et qui se manifestent en tant que problèmes, difficultés, maladies, rencontres, mais aussi sous forme d'événements heureux.

De manière inconsciente, nous attirons tout ce qui nous arrive dans notre vie. Ainsi, les mémoires, les croyances et pensées nous guident et nous attirent dans notre vie, selon leur nature.

Notre vie nous permet d'expérimenter tout cela et ce sont des opportunités de nous rappeler que nous avons encore et toujours des mémoires à nettoyer.

Les mémoires ne sont pas parfaites, elles sont soit connotées positives, soit négatives.

Pour vivre sereinement, nous devons être libérés de toute mémoire. Sans croyances, sans jugements ni critiques.

Par ailleurs, la philosophie Ho'oponopono indique que nous sommes composés de plusieurs individus : la mère, votre moi conscient, l'enfant intérieur, votre subconscient, et le père, votre superconscient. Ces trois personnages se doivent de vivre en bonne intelligence pour que votre vie soit supportable.

Sachez que le contact avec l'enfant intérieur, Unihipili, est crucial et doit s'effectuer de manière permanente : c'est ce qui vous permet de libérer et de retrouver votre créativité, votre joie mais aussi votre envie d'avancer et votre énergie au sens large. C'est pour cela, que vous devez nettoyer votre mémoire instant après instant, pour élever votre niveau de conscience et découvrir l'être véritable que vous êtes.

De cette manière, votre enfant intérieur saura qu'à chaque fois qu'un problème apparaît, vous êtes prêts à prendre l'entière responsabilité de ce qui vous arrive et que vous voulez nettoyer les mémoires qui en sont la cause. Ce qui est important c'est qu'en parlant à votre enfant intérieur, il fera ce travail de nettoyage lui-même.

Prendre la responsabilité de votre vie, c'est donc récupérer votre propre pouvoir sur vous-même en vous permettant de ne plus subir mais au contraire d'abandonner le rôle de victime auquel on est bien souvent attaché.

Comment se fait ce travail de nettoyage des mémoires ? Pour cela, vous pouvez utiliser quatre phrases du Mantra de purification :

« Désolée » d'être le créateur de cet événement.

Je demande « pardon ».

« Merci » à la vie de m'avoir montré cette mémoire erronée que j'avais en moi et dont je n'avais pas conscience.

« Je t'aime ». J'aime la vie, mais surtout j'envoie de l'amour à cette mémoire erronée et je demande qu'elle soit effacée.

Ho'oponopono utilise l'énergie de l'amour pour obtenir la guérison.

Désolée. Pardon. Merci. Je t'aime.

Sont les mots que pouvez répéter en tout circonstance.

Les cinq blessures de l'âme

Le concept des cinq blessures de l'âme, le rejet, l'abandon, l'humiliation, la trahison et l'injustice, a initialement été mis en lumière dans les travaux de recherches du psychiatre américain John Pierrakos qui, lui-même, s'était inspiré de Wilhelm Reich, médecin, psychiatre, psychanalyste autrichien.

Lise Bourbeau a par la suite fait connaître ce concept à plus grande échelle dans son livre « Les 5 blessures qui empêchent d'être soi-même ».

Dans mon parcours en tant que praticienne de soin de santé et de bien-être, joie de vivre et libération émotionnelle depuis 10 ans, j'ai étudié le concept des cinq blessures de l'âme et le partage car c'est une base solide pour mieux comprendre nos scénarios de souffrance.

Aujourd'hui, je porte la réflexion sur un résumé de l'approche des cinq blessures de l'âme spécifiquement car elle suscite bien des difficultés dans les relations affectives. Chaque blessure porte ce qu'on appelle un masque ou un mécanisme de défense.

Vous pourrez alors déterminer laquelle de ses blessures prédomine en vous et tenter de vouloir approfondir sa guérison.

La blessure du rejet :

Le masque du fuyant

Naissance de la blessure

- L'enfant est non désiré et rejeté par un parent.
- L'enfant ne se sent pas accepté ni accueilli par le parent du même sexe.

Caractéristiques du fuyant

- Sensible aux remarques du parent du même sexe
- N'ose pas donner son opinion, parle peu
- Se sent continuellement rejeté
- Doute de son droit à l'existence et de son droit à l'amour
- Fuit les situations où il pourrait se sentir rejeté
- Ne s'attache pas à l'argent ni aux biens matériels
- Sabote ses relations
- Cherche constamment la validation d'autrui
- S'isole, recherche la solitude
- Ne se donne pas le droit à l'erreur
- Principale peur : la panique

Caractéristiques physiques du fuyant

- Corps étroit et contracté
- Problème de peau
- Problème de santé : arythmie cardiaque, soucis respiratoires, diarrhée

Pour se guérir et se libérer

- Se pardonner et pardonner aux autres
- Prendre conscience de sa blessure et l'accepter
- Arrêter de fuir dans toute situation

- Affronter sa peur
- Oser s'affirmer, prendre sa place

La blessure de l'abandon :
Le masque du dépendant

Naissance de la blessure :
- Le parent du sexe opposé est renfermé et laisse prendre toute la place à l'autre parent
- Manque de communication avec le parent du sexe opposé
- Ne se sent pas assez nourris affectivement

Caractéristiques du dépendant :
- Dépend des autres, cherche constamment leur soutien, leur approbation
- Devient facilement « victime » des autres, des événements, des circonstances
- Cherche à attirer l'attention
- Dramatise beaucoup
- Vis des hauts et des bas
- N'accepte pas qu'on lui dise « non »
- Demande des conseils
- Préfère se laisser guider
- Recherche la présence des autres
- Principale peur : la solitude

Caractéristiques physiques du dépendant :
- Corps manquant de tonus
- Système musculaire sous-développé

- Grands yeux tristes
- Petite voix d'enfant
- Lorsqu'il était enfant : malade, chétif ou faible
- Asthme
- Myopie
- Hystérie
- Dépression

Pour se guérir et se libérer :
- Prendre conscience de sa blessure et l'accepter
- Se pardonner et pardonner aux autres
- Apprendre à vivre en se sentant bien dans les moments de solitude
- Ne pas chercher l'attention des autres
- Apprendre à se soutenir soi-même et avoir confiance en soi

La blessure de l'humiliation :
Le masque du masochiste

Naissance de la blessure :
- L'enfant sent qu'un de ses parents a honte de lui ou se sent humilié
- Souvent vécue avec la mère
- L'enfant se sent critiqué, rabaissé et comparé

Caractéristiques du masochiste :
- Éprouve de la satisfaction et du plaisir à souffrir
- Recherche la douleur et l'humiliation
- Est performant, prend beaucoup de responsabilités
- Aime prendre soin des autres
- À du mal à exprimer ses vrais besoins

- Relation fusionnelle avec sa mère
- Hypersensible
- Se dévalorise souvent
- Se punit lui-même
- Principale peur : liberté (peur d'abuser s'il n'a pas de limites.)

Caractéristiques physiques du masochiste :
- Développe un corps qui lui fait honte
- Souvent gros, rondelet
- Corps physique prend beaucoup de place
- Maux de dos
- Problèmes respiratoires
- Mal de gorge
- Problèmes cardiaques
- Extrémiste au niveau de l'alimentation

Pour se guérir et se libérer :
- Prendre conscience de sa blessure et l'accepter
- Reconnaître à quel point il a eu honte de soi-même
- Se pardonner et pardonner aux autres
- Prendre le temps de reconnaître ses besoins avant d'aider les autres
- En prendre moins sur les épaules

La blessure de la trahison :
Le masque du contrôlant

Naissance de la blessure :
- Le parent du sexe opposé dévalorise ou maltraite le parent du même sexe

- L'enfant se sent trahi de ne pas recevoir l'attention tant désirée du parent du sexe opposé

Caractéristiques du contrôlant :
- Chaque fois qu'une promesse n'est pas tenue ou que sa confiance est rompue, le contrôlant se sent trahi
- Personne très physique, très forte
- Aime attirer l'attention
- Exigeante avec elle-même
- Ne supporte pas la lâcheté chez les autres
- Forte personnalité
- Veut à tout prix que les autres adhèrent à ses propos
- Impatient avec les gens plus lents
- Mental très actif
- Veut avoir le contrôle sur tout
- N'aime pas se confier
- Se met facilement en colère
- Principale peur : la dissociation

Caractéristiques physiques du contrôlant :
- Corps qui démontre de la force et du pouvoir
- Pour l'homme : épaules larges, poitrine bombée
- Pour la femme : bas du corps plus large que les épaules
- Regard intense et séducteur
- Maux d'articulation, inflammations

Pour se guérir et se libérer :
- Prendre conscience de sa blessure
- Se pardonner et pardonner aux autres
- Apprendre à ne plus se mettre en colère lorsque les choses ne se déroulent pas comme il l'entend

- Apprendre à lâcher-prise et à ne plus vouloir tout contrôler
- Laisser les autres prendre leur place et ne plus être le centre d'attention

La blessure de l'injustice :

Le masque du rigide

Naissance de la blessure :

- L'enfant vit sous le règne de parents froids, sévères et autoritaires
- L'enfant trouve injuste le fait de ne pas pouvoir s'affirmer et s'exprimer
- Vit surtout la blessure avec le parent du même sexe

Caractéristique du rigide :

- Mal à s'exprimer et à être lui-même
- Se coupe de ses émotions
- Fait croire aux autres que rien ne l'atteint
- Cherche la justice à tout prix
- Perfectionniste
- Se sent apprécié pour ce qu'il fait et non ce qu'il est
- Très optimiste en surface
- Craint l'autorité
- Se débrouille seul et a de la difficulté à demander de l'aide
- La notion de « bien et de mal » est au cœur de son existence
- Exigeant envers lui-même
- Constamment dans l'action
- Croit « mériter » tout ce qui lui arrive

- Difficulté à reconnaître ses limites
- Principale peur : la froideur

Caractéristiques physiques du rigide :
- Corps droit et équilibré
- Bien proportionné, épaules droites de la même largeur que les hanches.
- Peur de prendre du poids
- Manque de souplesse et de flexibilité
- Regard brillant, mâchoire serrée, cou raide
- Corps tendu, même au repos
- Inflammations, burn-out, surmenage
- Constipation
- Insomnie
- Peau sèche

Pour se guérir et se libérer :
- Prendre conscience de sa blessure
- Se pardonner et pardonner aux autres
- Se donner le droit à l'erreur, être moins perfectionniste
- Montrer sa sensibilité, libérer ses émotions

Vous remarquerez que les phrases « prendre conscience de sa blessure » et « se pardonner et pardonner aux autres » reviennent pour les 5 blessures. Le fait d'amener à votre conscience votre blessure principale et de pardonner est à la base de toute guérison. J'espère que vous avez réussi à identifier la blessure qui vous empêche d'être vous-même et qu'enfin vous puissiez vous en libérer.

Test
Faites le point sur vos blessures

Voici un test en 28 questions pour définir les blessures de l'enfance dont vous souffrez encore aujourd'hui.

Certaines questions sont en lien avec plusieurs blessures.

Pour répondre à ces questions, vous pouvez interroger votre entourage afin d'être le plus neutre possible.

La majorité d'entre nous souffre d'au moins deux blessures liées à l'enfance.

Avec ce test, vous pourrez évaluer quelles sont les blessures de l'enfance, dont les mécanismes inadaptés sont encore actifs et conditionnent votre vie.

1. Répondez OUI aux questions qui correspondent le mieux à votre profil.

2. Obtenez la réponse

3. Comptabilisez les réponses.

Le total maximum par blessure est 50

Classez-vous en fonction du nombre de points obtenus par blessure, exemples :

Trahison 34/50 = Très fort

Injustice 27/50 = Fort

Abandon 23/50 = Moyennement fort

Rejet 18/50 = Faible

Humiliation 10/50 = Très faible

Ajoutez des petits bâtonnets à chaque réponse positive pour la ou les blessures correspondantes.

De quelle(s) blessure(s) de l'enfance souffrez-vous aujourd'hui ?

Blessure d'abandon :

I I I I I I I I I I I I I I I I I I I I I I I I I I I I I I I I I I I I I I I I I I
I I I I I I I I

Évaluation :

...../50

Blessure d'injustice :

I I I I I I I I I I I I I I I I I I I I I I I I I I I I I I I I I I I I I I I I I I
I I I I I I I I

Évaluation :

...../50

Blessure d'humiliation :

I I I I I I I I I I I I I I I I I I I I I I I I I I I I I I I I I I I I I I I I I I
I I I I I I I I

Évaluation :

...../50

Blessure de rejet :

I I I I I I I I I I I I I I I I I I I I I I I I I I I I I I I I I I I I I I I I I I
I I I I I I I I

Évaluation :

...../50

Blessure de trahison :
IIIIIIIIIIIIIIIIIIIIIIIIIIIIIIIIIIIIIIIIIIIII
IIIIIIII
Évaluation :
..../50

- Vous vous sentez régulièrement victime ?
BLESSURE Abandon

- Enfant, avez-vous eu le sentiment de ne pas être désiré ?
BLESSURE Rejet

- Manquez-vous de confiance en vous ?
BLESSURES Rejet/Abandon/Humiliation/Injustice

- Recherchez-vous régulièrement la solitude ?
BLESSURE Rejet

- Faites-vous les tâches lentement ?
BLESSURE Humiliation

- Êtes-vous boulimique ?
BLESSURE Humiliation

- Peinez-vous à demander de l'aide ?
BLESSURE Injustice

- Vous croyez-vous fort et très responsable ?
BLESSURE Trahison

- Cherchez-vous à être important dans la vie ?
BLESSURE Trahison

- Doutez-vous régulièrement de vos choix ?
BLESSURE Injustice

- Stressez-vous avant de prendre la parole ?
BLESSURES Rejet/Injustice

- Stressez-vous avant de partir en voyage, face à un changement dans votre vie ?
BLESSURE Abandon

- Consommez-vous des drogues ou des alcools en permanence ?
BLESSURES Rejet/Abandon/Humiliation

- Vous aimez jouer la comédie ?
BLESSURE Trahison

- Avez-vous toujours besoin de présence autour de vous ?
BLESSURE Abandon

- Ressentez-vous le besoin d'aider les autres en permanence ?
BLESSURES Abandon/Humiliation/Trahison

- Êtes-vous régulièrement convaincu d'avoir raison ? Cherchez-vous à convaincre les autres ?
BLESSURE Trahison

- Êtes-vous exigeant avec vous-même ?
BLESSURES Trahison/Injustice

- Aimez-vous que tout soit en ordre autour de vous ?
BLESSURES Trahison/Injustice

- Vous méfiez-vous généralement des autres ?
BLESSURES Rejet/Trahison/Injustice

- Occupez-vous des problèmes des autres avant de vous occuper des vôtres ? Vous vous occupez plus facilement des autres que de vous-même ?
BLESSURE Humiliation

- Vous vous blâmez souvent, vous culpabilisez régulièrement ?
BLESSURES Rejet/Abandon/Humiliation/Injustice

- Avez-vous régulièrement des problèmes respiratoires ?
BLESSURES Rejet/Abandon/Humiliation

- Faites-vous souvent de l'hypoglycémie ? Souffrez-vous de diabète ?
BLESSURES Rejet/Abandon/Humiliation

Avez-vous souvent des tensions corporelles ?
BLESSURES Trahison/Injustice

Êtes-vous hypersensible à la souillure ?
BLESSURE Humiliation

- Abandonnez-vous facilement un projet, un objectif en cours de route ?
BLESSURES Rejet/Abandon

Êtes-vous impatient, refusant la lenteur des autres ?
BLESSURES Trahison/Injustic

Grand ménage ! In et Out

Lieu de vie

Préserver votre intérieur de vie est représentatif de la façon dont vous vous traitez intérieurement et physiquement.

Cela nous arrive à tous de se sentir mieux après un grand ménage de printemps, faire du tri dans nos armoires, vendre, donner, jeter.

Ne vous encombrez plus aujourd'hui. Vous êtes à bout de souffle, à bout de force et d'énergie. Puisez en vous et en vos ressources pour vous reconstruire, vous bâtir la vie qui vous ressemble, poser la première pierre à l'édifice.

En fonction de vos conditions de départ et la meilleure façon pour vous de lâcher cette relation d'emprise, de votre entourage et de vos amis fidèles, apprenez à lire en vous et répondre à vos besoins essentiels. Ce sera la meilleure chose à faire mais pas la plus facile.

Une de mes plus grandes amies et ma tante m'ont hébergé plus d'un mois avant que je puisse rebondir et trouver un appartement, retrouver ma place dans mon espace à moi.

Même si vous vous persuadez d'être seul au monde, d'être isolé de tous et toutes, faites un pas en arrière, appelez ces amis peut-être lointains dont cette personne vous a isolé et que vous croyez avoir perdus, rappelez votre famille. Baissez les armes et oui, réclamez de l'aide, haut et fort, sans ego ou sans craindre d'y laisser votre fierté.

Je refuse de croire que vous êtes seul sur cette Terre, personne ne l'est véritablement.

Reprendre ses marques dans son lieu de vie n'est pas une question de coût ou de moyens. Cela dépendra également de votre parcours de vie en ce qui concerne l'approche matérielle de celui-ci.

Le témoignage bouleversant d'une de ses femmes m'amène à penser que lorsque notre vie est en jeu, plus rien ne compte à part la sauver. Et ce peu importe le train de vie que cette personne nous a fait mener, que l'on ait un travail ou non, que l'on ait vécu dans le luxe et la prison dorée dont cette personne toxique avait les clés.

Cette femme ayant retrouvé sa liberté de femme, sa liberté de vivre est plus heureuse aujourd'hui dans un 20 min 2 s en plein Paris que dans ce somptueux loft où elle vivait à Lyon avec cet homme.

J'ai ressenti la même chose.

Quand j'ai organisé ma fuite, je suis partie avec mes vêtements, mes livres, des objets de famille auxquels je tenais comme la machine à coudre centenaire de mon arrière-arrière-grand-mère ou un verre à vin en cristal gravé qui se transmettait de grand-mère à petite fille depuis 7 générations, un lit, deux serviettes de bain et deux parures de linge de lit, et mon tendre chat avec moi. Cette sensation envahissante de bonheur ne m'avait jamais à ce point frappé en plein cœur. Un cœur abîmé, raturé, brisé. Mais toujours là. Toujours debout.

Depuis cette nuit passée hors de notre lit ce soir de mai, j'avais pris soin de me meubler de l'essentiel. Même si tout était prêt à repartir de cet appartement 10 jours avant de pouvoir enfin y rester.

J'ai consacré mon énergie en tout premier lieu à me recréer cet espace de vie que j'avais perdu. Dans un esprit cosy et chaleureux, m'appliquer à créer cette harmonie pour moi et mon chat a été la meilleure des thérapies. Les jours et les semaines défilaient et cet espace prenait forme petit à petit, dès que je pouvais m'offrir un petit quelque chose, chiner dans une brocante, ou sur les sites de revente d'occasion, peu importe. Le goût et le sens de la décoration aiguisée, ce n'était ni une question de prix ou de valeur de ses objets ou meubles mais l'art de savoir les mettre en valeur tous ensemble.

Se sentir fier de soi et productif pour ne pas perdre l'équilibre et tenter de le retrouver, ça n'a pas de prix. Peut-être celui des silences qui suivent, mais qui demeurent surmontables quand vous savez ce que vous avez laissé et pourquoi. Ne l'oubliez jamais.

Si vous avez la chance d'avoir des enfants à vos côtés, faites défendre vos droits et battez-vous pour leur offrir le meilleur de vous. Épargnez-les, du mieux possible. Je ne connais pas encore cette notion de sacrifice de l'amour d'une mère, d'être mère. Mais ce dont je suis certaine, c'est que si vous vous allez bien, si vous souhaitez aller bien, ils iront bien aussi.

Amour, bienveillance et transmission. Tel est votre rôle. Leur offrir les meilleures armes dans les valeurs et l'éducation associé à cette famille que vous avez créée pour qu'ils se créent à leur tour leur propre vie, leur propre identité. Les aimer à l'infini. Vous en sortir.

Parfois, ils seront en âge de comprendre, parfois non.

Vous sauver vous, c'est les sauver eux.

Prendre ce temps pour vous sentir à votre place dans votre foyer est précieux et guérisseur.

Prenez-le.

Nettoyage énergétique

Une approche de relation d'aide et d'accompagnement de la personne, conduisant au bien-être par l'équilibre du corps et de l'esprit. C'est un travail d'harmonisation et de rééquilibrage des centres énergétiques du corps par imposition des mains. Un travail de résonance méditative qui libère la personne des tensions psychophysiques.

Au fil des séances, certains mécanismes énergétiques bloqués à l'origine de toutes nos formes de souffrance psychologique et émotionnelle, et de certains symptômes et maladies, laissent place à l'apaisement pour se remettre en route dans ses potentiels d'auto-guérison ses ressources intérieures.

Un soin énergétique est un complément favorisant et privilégiant une approche ancestrale de la prévention du bien-être dans sa globalité mais n'est en aucun cas un substitut à la médecine moderne occidentale.

Chaque épreuve de vie, blessures ou émotions, ou encore mémoires ancrées ou refoulées vont s'installer confortablement au sein de chacun de ces chakras.

Prendre en considération cette approche holistique lorsque l'on vit ou sort d'une relation d'emprise est important.

De même que vous preniez une douche chaque jour afin de vous nettoyer physiquement, un nettoyage énergétique intervient dans les corps qui se bullent autour de chacun de nous.

Par une image, ne pas en entamer cette démarche reviendrait à vous mettre sur un chantier de construction sans combinaison de travail ou chaussures de sécurité, et vous avancez chaque jour recouvert de poussières, de trace de mortier et de peinture, de terre pour tenter d'assembler les parpaings un à un. Pendant des jours entiers, des semaines, des mois et années. Cela vous viendrait à l'esprit de ne pas prendre une bonne douche après chaque journée de chantier ?

Je suppose que non.

Que vous soyez adepte, connaisseur, initié ou totalement hermétique à cette approche, il n'en demeure pas moins que pour les plus sceptiques et rationnels d'entre vous, la science a prouvé que ces courants énergétiques qui nous traversent le corps et leur champ associé autour de notre corps sont perceptibles bien qu'ils soient invisibles à l'œil nu.

Après cette relation, votre estime de vous-même, votre dignité, vos valeurs, votre rapport au monde, aux hommes et aux femmes, à l'amour, tout a été bousculé, abîmé, menacé, et raturé.

S'engager à participer aux rééquilibrages de vos centres énergétiques c'est répondre de votre responsabilité à vous reprendre en main, à vous rendre sain et clair de corps et d'esprit pour tomber mais vous relever.

Les médecines dites ancestrales et orientales prônent la prévention et la guérison de tous nos corps pour cheminer vers l'éveil ici-bas.

262

Avoir la capacité de maîtriser ses énergies pour participer à leur nettoyage et alignement demeure en chacun de nous, bien que certains sont plus aptes à guider, accompagner et guérir son prochain.

Ce soin se pratique allongé, habillé, dans état de demi-sommeil, méditatif.

Ainsi, l'énergie circule mieux dans le corps et cela permet de déclencher, stimuler et renforcer le processus d'autoguérison.

Un soin énergétique accompagne ce processus à un niveau physique, mental et émotionnel. C'est également un outil de développement personnel, pour les personnes qui le souhaitent.

La « crise de guérison »

Une crise de guérison peut intervenir après une séance de soin énergétique pour la simple et bonne raison que les énergies négatives libérées vont nous renvoyer dans nos propres questionnements actuels. Un choix difficile, une période tumultueuse en couple ou en famille, des questionnements sur notre nature profonde, notre mode de vie, nos conditions, une empathie qui nous pousse à absorber les énergies des autres, qu'elles soient bonnes ou mauvaises. L'univers va tout mettre en œuvre pour que l'on travaille sur ce qu'on a laissé passer depuis trop longtemps et surtout se concentrer sur soi, sur notre moi profond bien souvent délaissé au profit de l'image que l'on donne de nous-même sans être et incarné la personne que l'on est vraiment.

Il faut simplement accueillir, même si cela implique de la souffrance physique et intérieure. De la fatigue, des larmes, ou la sensation bien connue d'être à bout de souffle, à bout de nerfs, se sentant presque incapable de gravir ce mur face à nous qui se dresse depuis tant d'années.

La bonne nouvelle c'est qu'il n'y aura pas besoin de l'escalader, simplement le contourner.

Travailler sur soi en conscience, dans tous les cas essayer, est déjà un très grand pas.

Le faire en conscience et à vos côtés restera un chemin que vous seul parviendra à créer.

Chaque séance est unique et les effets sont propres à chacun. Cependant, la plupart des personnes peuvent ressentir un apaisement profond ou un sentiment de sérénité pendant et après chaque séance.

Son action se fait à des niveaux plus ou moins subtils : physique, mental, émotionnel, voir même une prise de conscience. Le soin énergétique apporte un supplément d'énergie qui ré-harmonise et revitalise le corps.

Quels sont les effets d'un soin énergétique ?

Il réduit le stress, calme et détend profondément.
Il soulage les douleurs.
Il stimule les processus d'autorégulation et d'autoguérison de l'organisme.
Il renforce les facultés de récupération après un traumatisme physique ou mental.

Il renforce le système immunitaire.

Il travaille sur les tensions, les blocages et les déséquilibres physiques et émotionnels.

Il libère les causes originelles des blocages émotionnels inscrits dans la mémoire cellulaire.

Il élimine les toxines, purifie, et fortifie les organes.

Il optimise l'efficacité d'un traitement médical.

Il agit les troubles : du système nerveux, du système respiratoire, du système digestif, du système cardio-vasculaire, du système uro-génital, du système locomoteur, etc.

Il accélère tout travail spirituel et évolution personnelle si la personne le désire.

Il a une action préventive.

Il facilite la concentration.

Le soin énergétique, à quel rythme ?

Cela va dépendre des besoins et attentes de chacun. De l'état énergétique au préalable aussi. Sans compter ce que l'on a besoin d'affronter et de guérir.

Le soin énergétique peut se pratiquer une fois par mois, le temps de laisser agir le cycle du renouvellement des cellules de notre corps, à savoir 21 jours.

Selon moi, au minimum, si vous commencez un travail énergétique, deux séances à un mois d'intervalle et une séance une fois par an en guise prévention sont suffisantes dans une approche de guérison préventive. Notamment dans le cadre d'une activité de soin en contact avec les personnes (corps médical et thérapeutique).

Si l'on travaille dans une démarche de développement personnel et de guérison sur le long terme, je recommande une séance une fois par mois jusqu'à amélioration de l'état émotionnel.

À qui s'adresse le soin énergétique ?

Tout le monde peut recevoir une séance et ressentir ses effets bénéfiques :
Les personnes en souffrance émotionnelle ou en addiction.
Les femmes enceintes : pour les accompagner, durant leur grossesse, dans la paix et le calme en vue d'un accouchement plus serein.
Les enfants et les adolescents : pour des troubles scolaires, pour la préparation des examens, pour le stress scolaire, etc. ou pour un véritable suivi.
Les personnes âgées et les personnes en soins palliatifs : à domicile ou dans le cadre hospitalier. Nous pouvons les accompagner pour une fin de vie plus douce. Lors de pathologies spécifiques, ces personnes connaissent généralement des souffrances physiques et morales (angoisses).

Pour le développement personnel : les personnes qui n'ont pas spécialement de problèmes, mais qui sont dans une démarche de développement personnel ou même spirituel.

Les praticiens ne sont plus rares alors allez à leur rencontre. Peut-être connaissez-vous quelqu'un dans votre entourage qui peut vous recommander une personne compétente ? Ou un professionnel ?

Étant moi-même thérapeute dans le domaine du bien-être, je pratique le Reiki Usui. Je tiens toutefois à vous mettre en garde contre certaines dérives qui subsistent comme dans chaque domaine.

Le Reiki est une énergie universelle.

Accessible à toutes et à tous, simple, évidente, efficace. Il n'y a pas de place pour le folklore ou la théâtralité. Chaque praticien ayant reçu une initiation par un maître Reiki, il est un canalisateur d'énergie. Il représente la verticalité entre le ciel et la terre. Il ne vous prend ni votre énergie ou vous donne de la sienne. Il favorise simplement la bonne circulation de votre énergie et votre capacité propre à la faire affluer dans votre corps pour favoriser et conscientiser vos capacités d'autoguérison.

C'est une personne à l'écoute de vos besoins, de vos attentes, perceptions et craintes, avec respect et bienveillance.

Un soin Reiki dure en moyenne une heure avec un temps de parole avant et après chaque séance, pour un coût d'environ cinquante euros. Certains le pratiquent même par simple empathie et don de soi, gratuitement ou en demandant de mettre le montant que vous souhaitez, au plus juste pour vous.

J'ai là aussi, eu affaire à des témoignages redoutables selon moi. Un soin énergétique ne doit pas se pratiquer afin d'impressionner une personne mal avertie ou là encore, profiter de sa capacité à se laisser avoir par désespoir. Restez donc vigilant et confiant. Écoutez votre intuition.

Un soin énergétique, que ce soit en médecine chinoise avec l'acupuncture, en massage Tuina, Shiatsu ou Reiki, ne s'apparente pas à des chorégraphies burlesques chamaniques pendant quatre heures, virevoltant dans la fumée d'un encens purificateur autour de vous.

C'est une pratique sage, douce, silencieuse et consciencieuse du bien-être d'autrui.

Les différentes pratiques

- Un soin Reiki Usui.

Pratique : Imposition des mains sur les sept centres énergétiques du corps, au niveau de la tête, entre les deux yeux, la gorge, le thorax, du sternum, entre le nombril et le pubis et enfin sur les côtés de part et d'autre du bassin. Aussi, au niveau des genoux et des pieds afin de rétablir la circulation énergétique dans sa globalité.

Protocole : Habillé et allongé sur la face dorsale puis ventrale.

Durée : 1 h

Coût : 50 euros

Atouts :

– Il réduit le stress, calme et détend profondément.

– Il soulage les douleurs.

– Il stimule les processus d'autorégulation et d'autoguérison de l'organisme.

– Il renforce les facultés de récupération après un traumatisme physique ou mental.

– Contre-indications : Aucune

Un soin chez un praticien en Médecine Traditionnelle Chinoise.

- Une séance d'acupuncture :

<u>Pratique</u> : Disposition d'aiguille à usage unique sur des points énergétiques correspondant à la bonne circulation du Qi, participant aux fonctionnements de nos organes et émotions, sur les méridiens, courants énergétiques du corps.

<u>Protocole</u> : En sous-vêtement avec une couverture, allongé sur la face dorsale. Après le placement des aiguilles sur les points énergétiques, 20 min de temps d'action sont nécessaires.

<u>Durée</u> : 1 h – 1 h 30

<u>Coût</u> : 60 euros

<u>Atouts</u> :

– Soulage les nausées et les vomissements liés à une grossesse, à une intervention chirurgicale ou à une chimiothérapie.

– Traite la migraine et la colique néphrétique.

– Traite l'hypertension et les états dépressifs.

– Soulage les douleurs menstruelles, dentaires ou articulaires.

– Soulager certains troubles psychiques.

<u>Contre-indications</u> :

– La grossesse : l'acupuncture peut provoquer de fortes contractions utérines, une fausse couche ou un accouchement si les points sont situés sur le bas-ventre et la région lombo-sacrée pendant les trois premiers mois. Après le troisième mois, il est déconseillé de piquer les points situés sur l'abdomen supérieur et la région lombo-sacrée ; de même que les points auriculaires.

La pratique de l'acupuncture est cependant autorisée durant la grossesse lorsqu'il s'agit de soulager les nausées, de provoquer ou de réduire la durée d'un accouchement à des fins thérapeutiques.

– Les urgences médicales et chirurgicales : l'acupuncture n'est en rien un traitement d'urgence ou de premiers secours, ni une substitution à une intervention chirurgicale nécessaire.

– Les tumeurs malignes : la pose d'une aiguille au site d'une tumeur est interdite. En revanche, placée sur un autre point, l'aiguille peut soulager les douleurs liées à la tumeur ou au traitement.

- **Un Massage Tuina :**

Pratique : En sous-vêtement avec une couverture, allongé sur la face ventrale et dorsale. Ce massage se pratique en général sans huile.

Protocole : Il est effectué avec les paumes, les pouces, les doigts, les poignets, les avant-bras ou encore les coudes avec une alternance de gestes de la surface en profondeur et de la profondeur vers la surface, en énergie puis en douceur à l'aide d'appui, de percussion et de lissage.

Durée : 1 h

Coût : 50 euros

Atouts :

Stimule l'auto-guérison, améliore la circulation du QI, draine les liquides organiques, améliore le sommeil, redonne de la vitalité, et calme l'esprit.

– Amène une libre circulation de l'énergie vitale dans tout le corps.

– Dénoue les nœuds et tensions musculaires.

– Améliore les circulations lymphatiques et sanguines.

Contre-indications :

Comme beaucoup de massages, le massage Tui Na est déconseillé en cas de blessures, de fièvre, d'une infection ou de la présence de bleus sur le corps. En ce qui concerne les femmes enceintes, il est contre-indiqué de masser certains points précis, notamment le point San Yin Jiao, situé entre le rein et la rate. Si vous souffrez de troubles de la circulation (troubles cardiaques, phlébite) et que vous souhaitez vous faire masser, il est impératif de demander l'avis à votre médecin traitant avant.

- Un soin chez un praticien en Shiatsu

Pratique : Habillé, allongé sur la face ventrale et dorsale. Ce massage se pratique sans huile.

Protocole : Le Shiatsu est une pratique corporelle japonaise qui, selon un protocole précis, utilise le trajet des méridiens d'acupuncture chinois pour détendre et dynamiser le corps et l'esprit par des pressions et étirements.

Durée : 1 h

Coût : 50 euros

Atouts :

– Soulage les tensions et raideurs corporelles.

– Relaxation profonde.

– Apaise profondément le système nerveux.

– Relance tous les flux (circulation du sang, de la lymphe) circulatoires.

– Harmonise et rééquilibre globalement la circulation énergétique.

Contre-indications : Les mêmes que pour le massage Tuina.

Nous sommes nombreux à utiliser plusieurs outils tels que l'olfactothérapie à l'aide de complexe d'huile essentielle ou Fleur de Bach, ou encore la musicothérapie avec les bols tibétains.

Trouvez en vous la méthode qui répond le mieux à votre inspiration afin de vous sentir à l'aise à explorer ce domaine peut-être encore inconnu.

Remise en forme physique
Le corps, notre vaisseau

Ce corps. Cette enveloppe. Qui soutient chacun de vos organes, chacune de vos émotions. Votre peau. La plus grande surface vivante de ce corps. Comment est-il ? Quel avis avez-vous de lui ? Que faites-vous pour lui ? Est-ce que vous le choyez, le cajolez, en prenez soin ?

Dans les épreuves de vie les plus difficiles, nos douleurs émotionnelles se reflètent sur notre corps. Comme si elles s'imprimaient dans nos cellules. Pour développer des douleurs physiques, des troubles du sommeil, des troubles digestifs, réveiller des maux anciens aux articulations, des maux de dos avec cet adage bien connu qui nous dit « J'en ai plein le dos ! ».

Tous ces signaux sont révélateurs de l'état d'alerte de santé dans lequel vous vous trouvez, vous confortez parfois.

Pendant presque deux années aux côtés d'un homme malveillant dans cette relation d'emprise, mon corps a été mis à rude épreuve. Et c'est seulement lorsque j'en suis sortie que je m'en suis finalement aperçu.

Je dormais mal. Peu ou beaucoup trop. Sans me sentir reposée. Mon énergie vitale était en plein déclin de semaine en semaine pourtant je m'efforçais de tenir debout. A bout de souffle, mais je courrais toujours.

Étant passionnée de cuisine, je me donnais du mal à vouloir le satisfaire jusqu'au bout de l'assiette, je me surpassais, tentant de me convaincre que son amour avait révélé ce pouvoir créateur en moi. Ce n'était pas le cas. Ni par amour à revendre ou encore par dévotion pour lui. Juste parce que c'était moi. Cette envie et cette créativité en cuisine émanaient de moi, et je continuais mes préparations pour moi-même, pour mes proches et mes fidèles amies par la suite. Ayant subi une intervention bariatrique pour perdre du poids, toute votre hygiène de vie, ressources et besoins alimentaires changent. Je m'efforçais là aussi de ne pas m'oublier, avec cette pression omniprésente sur mon physique qui lui convenait deux jours sur trois.

On passe sur les humiliations récurrentes que chacun et chacune a sans doute exploré, qu'elles soient physiques ou psychologiques ou les deux.

Je ne regagnais pas de poids, je ne dansais plus, j'avais mal partout dans le corps, je n'avais que très rarement un sommeil profond et récupérateur, je devais me focaliser sur tous les aspects de notre vie, être et incarner la perfection de toutes les femmes de sa vie. Ménagère, amie, psychothérapeute, amante, femme, femme indépendante, femme patronne, femme-objet, femme libre et sauvage, femme sous clé. Ma libido était sur la pente descendante, utilisée comme reproche et moyen de pression pendant les moments les plus sombres. Je n'avais plus de désir ou pour de moins en moins de choses, les jambes fébriles mais un sourire aux lèvres. Toujours.

Lorsque mon dos et mes cervicales se sont bloqués ce fameux soir, simplement en posant mon popotin sur le canapé en fin de journée, j'ai vérifié la signification de cette douleur dans le dictionnaire de ce grand monsieur Jacques Martel.

On ne pouvait pas tomber plus juste.

Le Dos.

« Le dos représente le soutien et le support de la vie. C'est l'endroit qui me protège si je me sens impuissant face à une personne ou à une situation. Si mon fardeau est trop lourd, si je manque de support ou si je ne me sens pas assez supporté, sur le plan affectif ou monétaire, mon dos réagit en conséquence et certaines douleurs pourront faire leur apparition. J'ai l'impression que ma survie est en danger et j'ai l'impression que l'on va me laisser tomber. Je ne supporte plus ce qui m'arrive. Je prends conscience que je m'appuie sur quelque chose ou quelqu'un qui est extérieur à moi. Puisque je ne leur fais pas entièrement confiance, j'ai de la difficulté à aller de l'avant. Je vis de la frustration, me sentant pris et me sentant limité dans les choses que je peux mettre en avant. Je peux aussi avoir le dos large et être capable de prendre sur moi, de m'incliner humblement de me courber par respect ou par acceptation. Peu importe la raison, un mal de dos indique donc je veux peut-être me sauver de quelque chose en la plaçant derrière moi car c'est avec mon dos que j'enfouis les expériences qui m'ont causé confusion ou peine... »

Plutôt clair n'est-ce pas ?

Conscientiser sa capacité d'autoguérison émotionnelle passe évidemment par celle du corps et de l'esprit. Prendre en compte la sphère holistique de notre être. Corps, mental et énergétique.

Accepter de libérer maintenant les énergies retenues aux endroits qui font mal. Dans votre cœur, dans votre corps, dans votre cerveau.

Focaliser son attention sur une guérison et agir en prévention pour maximiser son potentiel vital.

Par l'alimentation et la consommation de vos produits, premier carburant de ce vaisseau qui peut vous mener au bout du monde, par les soins apportés à votre corps, par la santé et par le bien-être, par la thérapie, par le yoga, par une activité sportive, par tous les outils et chances mis à votre disposition et à votre portée pour panser vos plaies, vous relever et vous élever. Vous tirer vers le haut. Vous-même, pour vous-même. Ni pour lui ou pour elle.

Acceptez chaque expérience, chaque douleur pour en tirer le meilleur. Souvenez-vous que tomber, c'est humain, mais se relever, c'est de l'ordre du divin, du sacré, et que, pour amorcer ce processus de guérison, il est essentiel de s'ouvrir à soi, aux autres, et en tout premier lieu de s'ouvrir à l'amour et à la lumière qui demeure en chacun de nous.

Saisissez l'opportunité d'être ou de se sentir à terre pour rebondir.

Cet outil de transformation exceptionnelle, c'est vous.

Une guerrière, un Viking, le forgeron de votre vie, le Michael Ange de votre univers, de votre environnement, de votre chapelle.

Ne laissez pas cette relation d'emprise prendre le dessus.

Pas une minute, pas une seconde de plus.

Durant plusieurs années, je n'ai pas supporté cette femme.

Celle que j'étais.

Je ne l'ai pas assez aimée.

Je ne l'ai pas aimée pleinement.

Je l'ai nourrie de mensonges et je lui ai dit qu'elle n'était pas assez bien, pas assez belle, pas assez fine, pas assez drôle, pas assez intelligente, pas adéquate, pas à sa place, pas comme il faudrait, pas aussi bien que les autres, pas adaptée.

J'ai permis aussi aux autres de lui dire qu'elle n'était « pas assez », voire même carrément « trop ».

Et je lui ai fait croire.

Tout ça.

J'ai été la première et la meilleure pour la rabaisser et lui faire entrer dans la tête qu'elle était insuffisante, médiocre, incapable, excessive et déplacée.

Je l'ai rabaissée.

Je l'ai laissée se briser.

J'ai permis aux autres de la traiter de manière irrespectueuse.

Je l'ai laissée se prendre des claques, se faire démolir, s'excuser d'être gênante, irritante, agaçante, soûlante. S'excuser d'être.

Je l'ai observée, navrée, gênée même, se battre pour d'autres qui ne la défendaient même pas.

Je n'ai pas pu empêcher les gens de la laisser tomber.

Malgré cela, je l'ai vue rester debout et continuer à être une lumière pour le monde en continuant à croire en l'Amour.

Elle est souvent restée paralysée par la peur, alors qu'elle se battait, parfois contre elle-même, dans son esprit, son cœur et son âme.

Cette femme s'est trompée plus d'une fois.

Elle a des cicatrices, parce qu'elle a une histoire.

Certaines personnes aiment cette femme, d'autres ne l'aiment pas du tout, et il y en a qui ne s'en soucient guère.

Elle a fait du bien dans sa vie.

Elle a fait du mal dans sa vie.

Elle passe des jours sans maquillage, sans s'épiler les jambes, sans se mettre en valeur.

Elle s'habille en pyjama très souvent.

Elle est parfois un peu idiote, mais elle ne prétendra pas être quelqu'un qu'elle n'est pas.

Elle est qui elle est.

Chaque erreur, échec, épreuve, déception, réussite, joie et réalisation en font la femme qu'elle est aujourd'hui.

Tu peux l'aimer ou pas.

Elle peut aimer ou pas. Mais si elle vous aime, elle le fera de tout son cœur.

Cette femme est une guerrière.

Elle n'est pas parfaite. Elle a beaucoup de valeurs. Elle a de la valeur. De belles et merveilleuses valeurs.

Elle est de celles qu'on n'arrête pas.

Gracieusement brisée mais magnifiquement debout.

Cette femme est une femme,
Une fille,
Une sœur,
Une amie,
Une vivante, une vibrante,
Une amoureuse,
Une alliée,
Une belle inconnue,
Une sœur de sourcières,
Une âme sœur et même une sœur de frères.

Une sauvage, une exploratrice, une artiste, une malicieuse, audacieuse, et ingénieuse.

Une femme entière et debout.

Elle porte le monde en elle, le vit et l'explore.

Elle incarne la vie sur terre et l'Amour inconditionnel.

Elle apprend, cherche, se goure, et recommence.

Elle est aimée.

Elle est la vie.

Elle est en évolution constante.

Elle est pleine de grâce.

Elle est courageuse, épatante, unique, magique et JE L'AIME !

Mesdames, soyez fière d'être qui vous êtes.

« Ceux qui ne bougent pas ne remarquent pas leurs chaînes. »
Rosa Luxembourg

Check up !

Maux du corps et émotions

Les maux du corps engendrés par des émotions négatives et situations de stress et d'anxiété sont nombreux. Il en demeure tout de même quelques-uns communs à tous.

Les douleurs physiques :

— Les douleurs articulaires, liées au support de notre corps, au niveau des os et des muscles.

— Les douleurs organiques, liées au fonctionnement de notre organisme au niveau des organes et de leur fonction.

— Les douleurs psychosomatiques, liées à l'état mental, qui perturbent notre condition physique et notre énergie vitale par des troubles du sommeil, de la concentration, de l'alimentation, par la rumination ou les états de stress et d'angoisse engendrés.

Si vous prenez en considération le fait que notre environnement détermine le bon fonctionnement de nos corps physique, émotionnel et énergétique, vous comprendrez aisément que la priorité demeure dans le réajustement de celui-ci. La décision de partir d'une relation d'emprise facilite l'ouverture de la porte dans laquelle vous avez mis une clé.

Votre instinct de survie prenant le dessus, sécurité et protection sont de rigueur. Vous devez en faire une priorité.

Si votre environnement est sécuritaire et protégé, matériellement et humainement, vous pourrez alors enclencher ce processus de guérison holistique.

Dans un premier temps, apaiser le mental est nécessaire. Ainsi, une fois cette situation confuse surmontée et une valise posée chez une amie, de la famille, ou un nouveau lieu de vie vous permettent de faire le point.

Prenez rendez-vous chez votre médecin traitant, pour vous, vos enfants.

Prenez tous ces rendez-vous de santé que vous repoussiez au lendemain. Que ce soit un rendez-vous chez le dentiste, une prise de sang à faire pour un bilan, un rendez-vous chez l'ophtalmologue ou le cardiologue, le gynécologue ou le podologue.

Listez vos prises de rendez-vous nécessaires et contactez les professionnels associés à une procrastination souvent évidente lorsque l'on sort d'une relation d'emprise.

C'est l'autre avant nous-mêmes.

Aujourd'hui, c'est vous-même avant qui que ce soit.

Ostéopathie

Vous offrir une séance d'ostéopathie avec un praticien compétent est un remède idéal pour faire un point sur l'état réel de votre corps face à vos émotions.

Cela fut un véritable déclic pour moi.

Cela matérialise que votre corps souffre, donc que votre mental est en souffrance puisque votre corps s'exprime en vous criant « au secours ».

Lorsque j'ai fui cet homme, et que j'ai pris la décision de me reprendre en main, notamment avec l'aide de ce praticien, j'ai retrouvé un sommeil réparateur, je mangeais mieux car je le voulais, je m'hydratais davantage, je n'avais presque plus de remontées après mes repas, je n'avais plus de problèmes de transit, j'avais moins de migraine, je ne serrais plus la mâchoire la nuit, je n'avais plus cette douleur constante et à la limite du supportable aux cervicales et dans le haut de mon dos.

Mon corps retrouvait son énergie. Et mon esprit aussi.

Notre corps se sent mieux donc nos idées s'éclaircissent.

J'ai compris l'importance d'avoir de la considération et de la gratitude face à ce corps que j'ai mis tant de temps à accepter, aimer, valider, approuver, tel qu'il est aujourd'hui.

Prendre soin de lui et être à son écoute c'est répondre à la nécessité de vouloir faire de sa vie celle que l'on s'est promis, car c'est précisément lui, qui déterminera votre capacité à y arriver ou non.

La respiration

Apprendre à comprendre ses ressentis, ses états d'angoisse ou de stress pour mieux maîtriser ses émotions.

Sortir d'une relation avec un PN est souvent le début d'un marathon au milieu d'une tornade qui peut se montrer dévastatrice. Elle ne l'est pas. Pas si vous êtes ancrée au sol. Rien ne pourra vous ébranler. Vous faire vaciller sans aucun doute mais ne pas vous emporter avec vous dans un tourbillon infernal.

Hors de question.

Lorsqu'on a la possibilité de couper court fermement avec le PN, c'est une chance et à la fois une source permanente d'angoisse dans vos débuts sans lui. Ce sont les autres qui vous préviennent de ses agissements. Et quand lui ne s'adresse pas directement à vous, vous apprenez par x ou un membre de votre entourage qu'il a dit ou fait telle chose. Les réseaux sociaux mis à notre disposition dans ce genre de cas n'étant pas un cadeau.

Vous serez donc à certains moments ou souvent parfois attaqué, atteint, dévasté. Surtout quand un coup bas ne prévient pas.

Maîtriser votre respiration et un état de calme dans ces moments-là reste votre meilleure chance de laisser passer cette émotion qui vous submerge. L'accueillir, la laisser sortir, l'accepter mais ne surtout pas basculer dans une émotion si grande qu'elle vous pousse à regretter vos actions dès le lendemain ou quelques heures après une rafale. Car c'est précisément cela que recherche le PN dans cette façon de vous maintenir sous emprise même à distance. Il vous touche, vous atteint, vous fait du mal, même loin de vous, ainsi il maintient ce fil entre vos deux personnes.

J'en ai pleuré toutes les larmes de ma chair, emplie de désespoir, de colère, d'incompréhension et d'envie folle de vengeance quand il s'attardait à vouloir me faire croire qu'il pouvait tout me prendre, faire de ma vie un enfer jusqu'à ce que lui en décide autrement.

Au bord de la crise de tétanie, j'étais seule face à cette douleur, veillée par mes deux chats.

Je me suis allongée, j'ai placé mes mains sur ma poitrine et je me parlais à moi-même, à voix haute. C'était comme une opération à cœur ouvert tellement la douleur m'envahissait. Je n'arrivais pas à reprendre mon souffle, et pourtant.

Je me suis concentrée sur les battements de mon cœur, sur mes inspirations et expirations, sur mon visage trempé, ma bouche répétait sans cesse :

Ne lui fais pas ce cadeau.

Ressaisis-toi.

Tu peux le faire.

Tu vas y arriver.

Respire.

Respire.

Respire.

Lentement à l'inspiration.

Et souffle ta rage à l'expiration.

Je fermais les yeux.

Mon but ultime était de retrouver une respiration normale et apaisée. Je me suis tellement focalisée sur cette idée que je n'ai pas déclenché cette crise de spasmophilie. Tant pis pour les paupières bombées de larmes du lendemain.

Les battements de mon cœur ne s'affolaient plus. J'étais vidée et exténuée mais cette émotion ne m'avait pas anéantie bien qu'elle soit arrivée face à moi telle une vague de la hauteur de la muraille de Chine. Elle s'était transformée en brume et m'a simplement traversée.

C'est un exercice difficile. La théorie c'est bien, le vivre c'est mieux.

Il ne s'agit pas là de contenir, d'être dans le contrôle pour se sentir opprimée avec une bonne dose de frustration. Surtout pas. Lâchez tout et maîtrisez cette vague d'émotions qui semble insurmontable. Prenez une planche de surf et endossez cette vague.

Seule ou entourée. Pleurez, hurlez, cassez des objets si nécessaires mais ne lui donnez pas le pouvoir de s'accorder une quelconque réaction de votre part.

La cohérence cardiaque ou respiratoire guidée est un bon exercice de respiration, elle détermine la puissance du lien entre le cœur et le cerveau. Il vous sera utile en cas d'émotions grandissantes ou encore en cas de trouble du sommeil pour apaiser votre mental avant de dormir.

1. Exercice d'ancrage sur sa respiration

On se met dans un endroit calme et on se recentre sur sa respiration. On compte dans sa tête cinq secondes sur l'inspiration et on expire cinq secondes sur l'expiration. Une minute suffit pour ressentir des résultats et se sentir plus détendue. L'idéal est de pratiquer l'exercice pendant au moins 3 minutes.

2. Exercice de l'inspiration-expiration en image

Sur l'inspiration, on imagine des bulles d'air pur qui viennent des montagnes qui oxygènent le cœur et par extension l'organisme.

À l'expiration, on imagine que le cœur est recouvert d'une poussière noire comme une suite qui correspond au stress de la journée et aux émotions négatives engrangées. On souffle sur son cœur, ce qui va le nettoyer de toute cette pollution émotionnelle comme sous l'effet d'un Kärcher. Au fur et à mesure des expirations, peut-être 30 ou 40 expirations, on visualise le cœur se purifier jusqu'à le sentir totalement « lavé ». Cet exercice chasse symboliquement le stress.

3. Exercice du plein d'amour

À l'inspiration, on imagine la bulle d'air pur qui vient dans le cœur et à l'expiration, on visualise un moment « d'amour » en sollicitant tous les sens. Cela peut être de penser à un souvenir heureux, ses enfants, un moment de bonheur qu'on a vécu en repensant aux couleurs, aux parfums...

4. Exercice de l'écran chiffré

On inspire et sur l'expiration, on imagine un écran face à nous sur lequel s'inscrit le chiffre 1. Puis on inspire de nouveau et à la seconde expiration, on visualise sur le même écran le chiffre deux, et ainsi de suite jusqu'à atteindre le chiffre 10 au bout de 10 expirations.

L'idée est de réussir à se focaliser sur l'écran et de remplacer toutes ses pensées parasites par cet écran chiffré. Mais il est normal de ne pas réussir à aller jusqu'à 10 et d'avoir l'esprit distrait. On laisse alors les pensées venir comme des vagues et on se recentre sur l'écran.

5. Exercice de la situation idéale

On choisit une situation qui nous tétanise : par exemple, pour un professeur, cela peut être de donner des cours dans un amphithéâtre bondé d'étudiants. On inspire et on expire en visualisant non pas cette situation paralysante mais la situation idéale, en l'occurrence dans notre exemple, d'être un professeur très à l'aise, souriant et parfaitement dans son élément face à son auditoire. Cette visualisation positive calquée sur l'exercice de cohérence cardiaque (5 secondes de visualisation sur l'expiration) permet de reprogrammer positivement son cerveau.

Alimentation et hydratation

Considérer une approche holistique de notre être, ce n'est pas parler de santé, mais d'énergie vitale. La santé touche principalement le corps ou l'esprit, mais fait peu le lien entre les deux.

L'énergie vitale, quant à elle, se nourrit et se renforce grâce à notre psychisme et notre environnement proche : mode de vie, habitudes et alimentation. L'énergie vitale est ce qui, entre autres, nous donne la pêche, nous aide à combattre les maladies, à garder l'esprit positif.

C'est un bien précieux que l'on reçoit à la naissance et qui ne s'éteint qu'à la fin de la vie.

C'est notre niveau de batterie à nous, ainsi que notre barrière de résistance. La différence est que nous grignotons nous-mêmes cette barrière. Les attaques extérieures ne l'affaiblissent pas, c'est notre état d'esprit, ainsi que nos mauvaises habitudes alimentaires et comportementales qui la détériorent. Citons par exemple le stress, la sédentarité, la rupture de connexion avec la nature.

Un symptôme est le signal d'alerte d'un dysfonctionnement dans l'organisme. En faisant taire ce signal, vous ne réglez pas le problème, qui risque de se faire entendre de manière bien plus insidieuse et intense la fois suivante.

Traiter une dépression avec du Xanax n'a jamais constitué selon moi un remède à ce mal. Ce type traitement aseptise et fait taire une douleur profonde qui ne peut se résorber qu'en la laissant sortir, en l'expulsant en favorisant un travail d'introspection.

L'hygiène vitale est un mode de vie en accord avec les besoins naturels du corps. Elle concerne l'alimentation, l'apport en eau, l'exposition au soleil, la pratique d'exercices physiques, le bien-être, le repos et tout ce qui touche au fonctionnement du corps. C'est le renforcement, la sauvegarde et le maintien du bon fonctionnement de l'organisme.

Cela passe donc par une remise en question de sa manière de se nourrir, d'aborder le quotidien, par la prise de conscience du besoin de se reconnecter à la nature, et par la « repositivation » de l'esprit.

Un programme alimentaire saisonnier adapté aux besoins du corps pendant l'automne, l'hiver, le printemps, et l'été.

Notre alimentation quotidienne est souvent bien trop riche en calories et pauvres en nutriments. Les repas avalés trop rapidement, la facilité d'accès et d'utilisation des produits industriels engendrent énormément de déchets et de toxines pour le corps, qui finit par les accumuler et éprouve de plus en plus de difficultés à les éliminer.

En laissant le système digestif reprendre des forces, l'organisme peut se concentrer sur sa purification et reprendre ensuite un nouveau rythme plus sain et plus efficace.

Pourtant, le corps a le pouvoir de s'auto régénérer, nous avons pu en faire l'expérience dès l'enfance : coupures, brûlures, chutes, fractures.

La plupart de nos blessures disparaissaient ou cicatrisaient en quelques jours. Nous nous guérissons nous-mêmes, comme nous respirons, sans y penser.

Adopter cette façon de penser et concevoir son mode de vie vous propulse vers votre potentiel d'auto-guérison, tant physique que mentale ou énergétique.

Beauté et bien-être au naturel

La nature met à notre disposition des merveilles pour se constituer de véritables ressources pour prendre soin de soi.

Un bain parfumé et relaxant, un lait ambré pour une peau délicieuse, une atmosphère fruitée et rafraîchissante à la maison, un sachet de lavande sous l'oreiller pour accompagner nos moments de répit, un joli bouquet de fleurs sur la table du salon, le parfum de la rose ou de la fleur d'oranger.

Explorer ses sens et ses goûts.

Se reconnecter à son apparence, à la femme que l'on souhaite incarnée, ici et maintenant.

Dans un lieu qui nous inspire, et chez soi, à la maison.

Triez votre garde-robe et allez chez le coiffeur.

Prenez rendez-vous pour un soin du visage.

Créez votre rituel beauté du matin, du soir, du week-end. Entre amies ou face à vous-même.

Prenez l'initiative de vous faire ce bien.

Prenez ce temps, de vous faire du bien.

Rituel beauté purificateur.

Programmez une sortie entre amies.

Au programme ? Bain thermal, hammam, et sauna.

Offrez-vous un gommage du corps et un massage relaxant ou dynamisant.

Accordez-vous ces instants à la maison.

Crème de douche et bains parfumés, un gommage corps pour soutenir la peau dans son processus de régénération une fois par mois, lait et huiles de soin pour lui apporter hydratation et nutrition chaque jour.

Demandez conseil à une professionnelle pour répondre au mieux à vos besoins, à votre type de peau, visage et corps.

Prenez soin de vos cheveux avec des produits sains et efficaces. Pas seulement nocifs déguisés derrière un packaging qui vous fait envie mais ne vous apporte rien.

Notre peau, nos cheveux, nos ongles, n'ont pas besoin de produits qui camouflent leur potentiel propre ou pire, d'aller à l'encontre de leur nature par simple désir olfactif. Les industriels ont l'art de mettre en avant un parfum et un décor autour du produit pour la simple et bonne raison que c'est ce qui déclenche l'achat à première vue. Donc dans un sens, peu importe ce qu'il contient vraiment étant donné que les facteurs d'achats sont enclenchés par une bonne dose de marketing, un zeste de textures et d'odeurs attractives et colorées artificiellement.

Notre rôle avec notre conscience c'est de leur apporter leur nécessité respective afin d'être en santé. Car une crème pour le corps de couleur rose ou un gel douche sentant les bonbons de notre enfance, c'est beau, on nous fait croire que c'est bon pour nous, mais c'est du vent.

Un peu comme le PN finalement.

En tant qu'esthéticienne Dr. Hauschka prodiguant les soins d'excellence qui m'ont été transmis, j'ai constaté que nombreuses d'entre vous sont parfois égarées entre tous ces produits qui nous sont proposés en masse à la vente et c'est légitime.

Peu importe les marques ou produits que vous choisirez, considérez que le tissu cutané ou les fibres de votre corps ont besoin simplement de répondre à ses besoins précis :

— Nettoyer. Ce qui correspond à se débarrasser des salissures de la journée, dues à notre exposition à l'extérieur, à la pollution, à des conditions de métiers, ou à la transpiration.

— Stimuler.

— Soutenir.

Toutes les odeurs artificielles ne servent à rien.

Tous les composants type glycérine non végétale, vaseline, paraffine, ou la concentration d'alcool ne sont que des agents de texture chimique dans la plupart des cas, afin d'apporter de la mousse, une texture lisse qui glisse sous l'eau, pensant que cela crée une barrière de protection et que notre peau ou cheveux reçoivent tout ce dont ils ont besoin, alors que pas du tout. Ces agents trompent et souvent exacerbent la cause réelle. Ils endorment les besoins réels. Les mettent en sommeil.

Nettoyer. Stimuler. Soutien.

Ce sont les seules choses dont ils ont besoin.

Car on pourrait tout autant se laver tout le corps et les cheveux avec de la lessive. Une belle odeur, de l'eau, de la mousse et une texture glissante. Merveilleux. Sauf que ça ne retire aucune salissure.

Oui dans la nature, les végétaux nous apportent gloire et sagesse et permettent la confection de produits adaptés. C'est pourquoi la composition de la mélisse correspond aux peaux à tendance grasse tandis que la rose va apaiser et nourrir les peaux sèches. Et si j'ai la peau grasse et que j'aime la rose ? Eh bien prenez un bain avec un sel de bain parfumé à la rose ! Mais ne l'appliquez pas directement sur votre peau sous prétexte qu'elle sent simplement la rose, ou pire, est de couleur rose. Vous suivez ?

On a toutes une amie qui se plaint d'une chevelure trop grasse, qui se lave les cheveux 4 fois par semaine pensant que cela peut résoudre son problème. Sauf que souvent, c'est précisément cette action qui graisse le cheveu car il n'a pas le temps de se régénérer correctement et surproduit du sébum.

Idem pour la peau. En gommant votre visage frénétiquement pensant que cela enlèvera toutes vos impuretés, cela provoque au contraire, une sur-stimulation du tissu cutané et donc de la production de sébum. Donc votre peau est toujours aussi grasse.

Vous suivez toujours ?

Douceur, bienveillance et conseils adaptés sont donc de rigueur à l'égard de votre peau, votre corps, votre vaisseau.

Cahier des engagements
Bâtir son rêve

Qui suis-je ?

Savoir qui nous sommes, c'est savoir vers quelle direction nous souhaitons aller. Si une personne ou une situation entrave cette direction, elle passera son chemin car vous allez redéfinir votre identité et vos limites.

Mes valeurs essentielles

Citer cinq valeurs essentielles qui correspondent à votre identité.

Les maîtres mots de votre existence. Les cinq choses les plus importantes en ce monde pour vous.

-
-
-
-
-
-
-

Votre vie de rêve

Si demain matin, vous vous réveillez dans la vie que vous souhaitez profondément. Que feriez-vous ? Où êtes-vous ? Dans quel pays ? Quelle profession exercez-vous ? De qui êtes-vous entouré ? Que possédez-vous ? Mettez un coup de baguette magique à votre vie. Pas pour être dans l'illusion que cela n'arrivera jamais, bien au contraire.

Simplement pour vous reconnecter à vos rêves profonds, à vos rêves d'enfant.

Si la fin du monde avait lieu dans une semaine. Que feriez-vous ?

Étape vers le succès : objectifs clés et calendrier

Maintenant que votre grand rêve est posé sur papier, lister chacun de ces projets dans un temps accessible et réaliste pour vous, même si cela s'effectue sur plusieurs années.

Allez vers votre rêve de façon progressive et chronologiquement réalisable pour vous. Émotionnellement, physiquement, psychologiquement, et matériellement.

1.

Date limite :

2.

Date limite :

3.

Date limite :

4.

Date limite :

5.

Date limite :

6.

Date limite :

7.

Date limite :

Vous saurez que vous avez réussi quand...

Quelles sont les choses ou personnes qui pourront vous apporter gratitude et reconnaissance ?

Quels objectifs de vie seront atteints ?

Je m'aimais, je m'aime et je m'aimerais

Prendre du recul pour mieux savourer notre présent pour un avenir prometteur.

Mon passé

Quelles sont les erreurs passées que vous ne souhaitez plus commettre ?

Quels sont vos regrets ? Vos remords ?

Quelle case n'avez-vous pas cochez selon vous ?

Mon présent

Qu'en est-il d'aujourd'hui ?
Que souhaitez-vous mettre en place dans votre vie ?
Quelle est votre direction à suivre ?
Quelles sont vos envies ? vos désirs ?
Quels sont vos objectifs ?

Mon futur

Projetez-vous un instant.
Qu'avez-vous envie d'améliorer ?
Dans quel lieu, pays ou dans quelle ville vivez-vous ?
Quel est votre mode de vie ?
Qu'en est-il de votre relation au monde, aux personnes qui vous entourent ?

Cahier des blessures

Identifier, analyser, et travailler des blessures est une étape douloureuse mais salutaire.

Durant votre parcours de vie, depuis l'enfance, vous avez dû faire face à certaines blessures qui ont participé à votre construction psychique et émotionnelle.

Quelles sont-elles ?

Quelles sont les plus grandes blessures de votre vie ?

Prenez le temps de les poser là. Comme un sac de brique devenu trop lourd à porter.

-

-

-

-

-

-

-

-

-

Code rouge

Définir son code rouge qui nous est propre, souligne et renforce notre capacité à ne plus se laisser envahir au-delà des limites que l'on s'impose à soi.

Quel est-il ?

Comment ne plus outrepasser ces limites ? Les laisser à la merci de quelqu'un d'autre que vous-même.

Définissez-les.

-

-

-

-

-

-

-

-

-

-

-

-

Journal du positif

Index

Roue de la Fortune

Faire l'état des lieux sur les différents domaines de notre vie et l'état émotionnel dans lequel on se sent au fil des mois. Remplissez en coloriant les cases à la hauteur de vos ressentis.

Lettre à moi-même

Prendre la décision de reprendre sa vie en main et se reconstruire nécessite une force et un courage qui sommeille en nous depuis trop longtemps.

Commencez une lettre en votre nom adressée à vous-même. Qu'avez-vous envie de vous dire ? De quoi aurait eu besoin votre moi d'il y a deux semaines, cinq ans ou hier ? Prononcez vos engagements envers vous-même comme si vous souhaitez prendre soin d'une tendre amie. Revenez sur votre vie, vos émotions et vos promesses au fil des mois.

D'ici quelque temps, vous pourrez relire ces lettres et vous souvenir du chemin parcouru, de ne pas oublier d'où vous venez pour savoir où vous allez aujourd'hui.

Souvenirs à piocher

Ticket vers la route du bonheur.

Prenez le temps de vous remémorer des souvenirs qui ont participé à votre joie de vivre, à votre sensation de liberté et de légèreté. Seule ou entourée de votre famille, de vos amis, de vos enfants.

Fermez les yeux et souvenez-vous. Cette sensation si particulière d'être en phase avec vous-même, d'apprécier un coucher de soleil, une pleine lune, un repas de fête ou une cigarette dans la nuit. Un sourire ou un regard échangé, aider son prochain ou un voisin, l'odeur de la cuisine de votre mère, de votre grand-mère, la bêtise d'un grand-père à vous amuser, la délicatesse d'une sœur ou d'une amie qui vous a soutenue, les rires partagés, les rencontres oubliées.

Décrivez ces souvenirs passés et ceux qui ne tarderont pas à venir.

Découpez ses tickets, pliez-les en deux et placez-les dans un pot qui sera à votre goût. Une jarre, une bonbonnière ou une boîte secrète.

Et n'y pensez plus.

À chaque moment où vous ressentirez cette sensation de légèreté, capturez cet instant dans votre esprit et créez un ticket souvenir.

Lors des instants plus sombres et parfois bercés par la mélancolie, piochez à l'infini, autant que nécessaire, dans cette jolie boîte que vous aurez consacrée à ces instants de bonheur capturé.

Calendrier de gratitude

Placez la gratitude, l'amour de soi et des autres au centre de vos objectifs pour cette nouvelle vie qui vous attend.

Retrouvez au fil des mois des propositions à mettre en application au jour le jour afin de répondre à cette sérénité d'esprit qui ne demande qu'à être explorée et à vibrer en vous.

Cahier de pensées positives

Chaque jour, écrivez au moins trois actions, situations ou personnes qui a contribué à vous rendre positif, de bonne humeur ou tout simplement meilleure… L'optimisme se cultive. Même dans les pires moments, il faut savoir en tirer le bon. Même pendant les mauvais jours. Basculer dans l'aigreur et se complaire dans ses malheurs n'attirent rien de bon et repoussent votre capacité à relever le menton et regarder vers le haut.

Le négatif attire le négatif. Inversement, le positif attire le positif.

Même quand cela s'annonce difficile, c'est précisément cette recherche et quête du positif en toute chose, parfois un détail, qui forgera votre armure pour affronter les épreuves à venir.

Matérialiser à l'écrit nos listes d'envies, nos pensées et émotions favorise la concrétisation de celles-ci dans votre vie. Un exercice essentiel pour ne pas perdre le fil, restez en contact avec soi-même et le monde qui nous entoure pour favoriser la loi d'attraction.

Journal

La vie vous donne ce que vous lui donnez. Si vous vous donnez à fond vers l'accomplissement de vos rêves, elle vous donnera plus ce que vous ne pouvez espérer. Ainsi ne faites pas l'erreur de ne donner qu'à moitié dans une relation ou un travail et espérer tout avoir en retour. Aprenez la différence entre intêret et engagement. Lorsque vous êtes intéréssé à faire quelque chose, vous ne le faites que lorsque les circonstances le permettent. Lorsque vous vous engagez dans quelque chose, vous ne tolérez aucune excuse pour abandonner, mais n'acceptez que les résultats pour continuer malgré les obstacles. L'échec importe peu, l'effort est ce qui compte.

Ma roue de la fortune

Chère Moi,
En ce mois de   .

Comment je me sens?
....
....
....
....

Je veux
....
....
....
....
....
....

Ce que j'ai envie de me dire
....
....
....

Bilan

Ma tête

Mon Corps

Mon energie

Ma bulle Bien être

MON EAU DETOX
Comcombre, Menthe et Citron Vert.
Pour 1 personne – Macération: 1h au frais.
½ comcombre coupée en rondelle.A cac de
gingembre râpé.1 pincée de poivre de
Cayenne.1 poignée de feuilles de
menthe.Lejus d'un citron vert.

Une Musique

Projets Perso

Un Resto

Objectifs

To do List

A voir
A Lire

Projets Pro

Soirée Connasses le

Pioche a Souvenirs

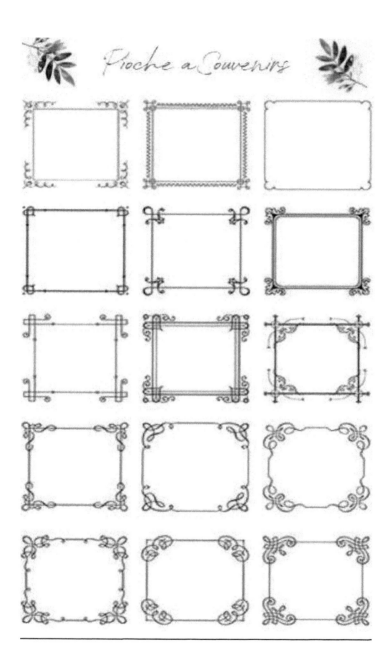

Pensées Positives

NOTEZ CHAQUE JOUR UNE PENSEE POSITIVE.

FAITES LE POINT SUR VOTRE JOURNEE ET CONSACRER

DE LA GRATITUDE POUR UNE SEULE CHOSE.

1	2	3	4	5	6
7	8	9	10	11	12	13
14	15	16	17	18	19	20
21	22	23	24	25	26	27
28	29	30	31			

Pensée a se repéter chaque jour

« TU ES TROP FORTE, TROP BELLE, TROP

IMPORTANTE. »

Gratitude Challenge

UN MOIS. UN GESTE PAR JOUR

1	2	3	4
Souriez à quelqu'un	Donnez des nouvelles à un ami	Prenez rendez-vous avec vous-même et jetez un œil derrière vous pour apprécier les bons moments de votre vie	Encouragez quelqu'un
5	**6**	**7**	**8**
Laissez un petit mot surprise à un ami	Ecrivez à la personne qui vous inspire le plus	Racontez une histoire drôle	Dites «Bonjour» en souriant à une personne qui n'est plus de ce monde
9	**10**	**11**	**12**
Complimentez quelqu'un	Dites à voix haute les raisons pour lesquelles vous éprouvez de la gratitude	Offrez une fleur des champs	Prenez en photo une chose insolite qui vous a fait sourire
13	**14**	**15**	**16**
Prenez rendez-vous avec vous-même et regardez le soleil se coucher	Offrez un dessin ou un poème	Aidez quelqu'un	Conseillez un film, un livre, un restaurant
17	**18**	**19**	**20**
Ramassez les déchets en bord de route de votre rue, de votre quartier, etc	Dégustez quelque chose de nouveau	Encouragez quelqu'un	Faites un gateau pour partager au travail
21	**22**	**23**	**24**
Prenez rendez-vous avec vous-même, fermez les yeux, écoutez, sentez, respirez	Allez dire bonjour à vos voisins	Regardez le lever du jour	Ecrivez un mot de remerciement à quelqu'un
25	**26**	**27**	**28**
Prenez en photo une chose insolite qui vous a fait sourire	Complimentez quelqu'un	Rangez un classeur, un tiroir ou un penderie	Apprenez quelque chose de nouveau
29	**30**	**31**	
Trouvez votre place de bonheur intérieur: un lieu, un moment, et sachez y revenir dans les moments difficiles	Souriez à un/une inconnu/e	Faites un compliment à vous-même	

Paix intérieure

« Tu mérites un amour décoiffant, qui te pousse à te lever rapidement le matin, et qui éloigne tous ces démons qui ne te laissent pas dormir.

Tu mérites un amour qui te fasse te sentir en sécurité, capable de décrocher la lune lors qu'il marche à tes côtés, qui pense que tes bras sont parfaits pour sa peau.

Tu mérites un amour qui veuille danser avec toi, qui trouve le paradis chaque fois qu'il regarde dans tes yeux, qui ne s'ennuie jamais de lire tes expressions.

Tu mérites un amour qui t'écoute quand tu chantes, qui te soutient lorsque tu es ridicule, qui respecte ta liberté, qui t'accompagne dans ton vol, qui n'a pas peur de tomber.

Tu mérites un amour qui balaiera les mensonges et t'apportera le rêve, le café et la poésie. »

Frida Kahlo

Une relation d'emprise

Définition

— Domination, manipulation exercée par une personne ou une organisation qui a pour résultat de s'emparer de l'esprit, faisant perdre tout sens critique et toute volonté propre, dans le but de faire dire certaines choses ou de faire exécuter certaines actions jusqu'au péril de la vie, propre à servir la cause du manipulateur.

« J'avais ton âge il y a encore quelques pages,
Le passage à l'âge adulte est grisant dans le virage.
Devenir une femme il y a pas de stage, pas de rattrapage,
Je sais que tu l'as pas décidé, mais tu le portes cet héritage.
Alors apprends à faire avec, rien n'est acquis vraiment,
Mais n'oublie pas d'être une femme avant d'être une maman,
Pense à ton arrière-grand-mère qui ne pouvait pas décider, même pas divorcer, à peine respirer.
Fais pas l'enfant gâté, rien n'est jamais gagné,
Écoute, j'ai pris quelques notes…

Petite, tu as le sentiment d'être différente, tu ne marches pas dans les clous, c'est peut-être toi qui as raison et les autres qui sont fous.

Après tout, qui crée les codes et les tabous ?

Qui a dit que ceux qui rentraient pas dans le cadre deviendraient rien du tout ?

Souvent, les futurs génies sont mauvais à l'école, et souvent c'est les plus timides qui deviennent des idoles.

Alors en classe, si le professeur te casse, te dit que tu n'es bonne à rien ?

L'ouvre pas trop ou alors ouvre-la bien.

T'inquiète pas si tu es petite, ne t'inquiète pas si tu es grosse,

Les popus du collège sont les premières à devenir des cassos.

Regarde pas les autres, leurs conseils à la con,

Écoute ce que dit ton cœur, il a souvent raison.

Apprends à t'aimer toi, tu es quelqu'un de spécial.

Spécial c'est suffisant, pas besoin de la jouer originale.

Les petits bonheurs de la vie sont souvent les plus cools.

Chanter Céline Dion à tue-tête, tu verras ça défoule.

Entoure-toi bien, de gens qui t'aiment, regarde seulement ceux qui te donnent et pas ceux qui te prennent.

Petite, tu as eu le temps petite.

Petite, prends de l'élan, la vie c'est une course de fond, tu as besoin d'entraînement.

Tu monteras des projets qui se casseront la figure, mais relève-toi, trouve une échelle et escalade les murs.

Tu veux devenir patronne, alors deviens patronne.

Ne laisse personne te dire que t'es pas assez bonne.

C'est jamais ceux qui foutent rien qui arrivent au sommet.

Te compare pas aux autres, ça, c'est un coup à déprimer.

Tu sais, il n'y a pas de limite, même pas de temps, les seules limites sont les regrets que t'auras d'avoir dit : « pas maintenant. »

D'avoir dit : « pas maintenant »

Écoute pas les ragots, te mêle pas des histoires.

La vérité, c'est que les choses ne seront jamais toutes blanches ou noires.

La vérité, c'est aussi que la vie ne sera pas toujours rose,

C'est du même style de personne dont tu tomberas amoureuse, tu sais ?

Le style de personne qui te rendra malheureuse.

S'il te fout une claque, faudra que tu te fasses la malle.

S'il te touche alors que tu veux pas, faudra pas que tu trouves ça normal.

L'amour et la violence ne font pas bon ménage, surtout laisse rien passer, pour pas tomber dans l'engrenage.

Il n'y a pas d'exception, pas d'excuses, c'est que du mytho.

Une fois, deux fois, trois fois, n'attends pas celle de trop.

N'aie pas peur d'en parler, n'aie pas peur de le dire.

Fais-moi confiance, c'est en parlant qu'on commence à guérir.

Et il n'y a pas que les gestes qui feront des dégâts.

Les mots seront comme des balles qui resteront bloquées en toi.

Laisse personne croire que c'est ta faute, que tu as mérité la violence,

Stoppe l'influence, quelle qu'elle soit des gens toxiques qui évoluent près de toi.

Tu es trop forte, tu es trop belle, tu es trop importante.

Tu es trop forte, tu es trop belle, trop importante.

Alors…

N'aie plus honte, il faut que tu saches assez,

De toutes les plaies que l'on cache,

Et de tous les cris que l'on garde en soi,

Tout ce mal qu'on se fait par amour.

Adieu le malamour, le malamour.
Souvenir des coups qu'on prend pour des caresses
Adieu le malamour, le malamour.
C'est un amour aveugle et sourd qui blesse.
Adieu le malamour, le malamour
Souvenir des coups qu'on prend pour des caresses.
Adieu le malamour, le malamour.
C'est un amour aveugle et sourd qui blesse... »

Barbara Pravi, *Notes pour trop tard réécriture.*

Mon oncle tend l'oreille.

A l'écoute tendre et sûre, avec son regard pétillant et son sourire malicieux, empli de toute sa sagesse, il émet un temps de réponse en guise de respect envers mon histoire et cet héritage avec lequel j'avance aujourd'hui.

Avec toute sa grâce et sa lumière, son bras se mouve pour faire tournoyer sa main dans les airs, pour me dire :

— Cece ? Jette !

« L'amour demeure éternel, contrairement à la beauté d'une rose qui se fane et se flétrit. Le regard que l'on porte sur l'une d'entre elles, comme pour les femmes, doit se résoudre au délice d'assister à ce somptueux spectacle. »

Dy. D

Bibliographie
Ouvrages recommandés, inspirations et sources

Bibliographie et vidéographie
Les cinq blessures de l'âme, Lise Bourbeau
L'art de l'essentiel, Dominique Loreau
Changez de vie en 7 jours, Paul Mc Kenna
Féminin Sacrée, Julie et Daisy Bodin
Le grand dictionnaire des malaises et maladies, Jacques Martel
Sois Belle-Sois fort, Nancy Huston
L'envie, Sophie Fontanel
Isabelle Ducau Sophrologue et praticienne en Jin Shin Jyutsu.
Parler d'amour, blog
Jimmy Yuth, La loi de l'attraction
Ho'oponopono, Luc Bodin
Line bolduc, conférencière et coach
Virginie Tanguay pour ESM
Anne Clotilde Ziegler, Psychanalyste et somatothérapeute
Frédéric Kochman, pédopsychiatre et spécialiste de la cohérence cardiaque.
Le jeu O. zen disponible sur iOS et iPad.
Ça commence aujourd'hui, Pervers Narcissique, un amour destructeur.
Stan Carrey, Sophrologue et Coach en développement personnel.

Un psy à la maison.
Affirmation de soi, Rémi
Heal, Reportage
Le Secret, Reportage

Imprimé en Allemagne
Achevé d'imprimer en Octobre 2020
Dépôt légal : Octobre 2020

Pour

Le Lys Bleu Éditions
83, Avenue d'Italie
75013 Paris